爆弾のような花びらか

は私になれた

あなた

方も無く熱が

バ

あ

上手く

上手く

探していますか

永遠

詩を書きた

親愛なるあなたへ

カンザキイオリ

河出書房新社

目次

親愛なるあなたへ

親愛なるあなたへ
私は私になれるでしょうか
こんな体でこんな見た目で自分を愛せるでしょうか
親愛なるあなたの爆弾になれるでしょうか
あなたの全てをぶち壊すような
そんな夏になりたい

序章

人生で初めて、そんな歌を作った。

完成したとき、初めてにしてはすごく素敵な曲じゃないかと自分で感心したのだが、改めて読んでみれば、コンプレックスの塊みたいな曲だ。コンプレックスを恥じて、誰かに救いを求めて、そして誰かに依存している。なんとまぁ、気弱な歌詞なのだろう。

そう思ってずいぶんと落ち込んだ。

だけど今になって思う。人は人と交わらないと生きていけないのだ。交わって、依存して、すれ違わないと、何者にも、何にもなれない。

そしてかくいう私は、私という人間がいったい何でできていて、何を得て、何とすれ違い、こんな人間になったのかを知らなかった。私は未熟で、馬鹿で、何も考えず、好きなものに好きと言えず、ただ何も知らない。無知で愚かな子どもだったのである。

しかし、何も知らなかったということを知ることができただけで、はっきり言って勲章ものだ。人生は長い。いつだって取り戻すことができる。逆に言えば、いつだって放棄することもできる。何をしてもいいのだ。自由。私は自由だ。自由だから、私は選択する。

何も知らなかったことを知った私は選択する。愚かだった私は選択する。幸せだった私は選択する。何も気づけなかった私は選択する。

カツンと、シャベルが何かに当たった音がした。

瞬間、力が漲《みなぎ》り、一心不乱に掘り続ける。しかし家の中で眠っている彼女にはバレないように音を立てずに。通常の三倍の量の睡眠薬とはいえ所詮は市販の物だ。いつ目を覚ますか分からないから慎重に行わなければ。

土を掘って、掘って、掘って、掘って、掘って、掘って、掘る。

そして私はようやく出会う。

ずっと私から遠ざかっていたもの。ずっと私から避けられていたもの。

偶然が積み重なって目の当たりにできた、まさに運命的な出会いだ。

興奮で心臓が大きく跳《は》ねた。まるでテレビで観るアイドルに直接会えたときのような感動が押し寄せる。事情が別なら、まさに恋をしているときと同じ身体の変化と言っても過言ではないだろう。身体が熱《ほて》り、身体中に血が巡り、意識が鮮明になり、落ち着かない。

私は手袋を外してそれに軽く触れる。

冬だからかなり冷たかった。だけどもし夏にそれと出会っていたとしても、温度なんて感じなかっただろう。

その無機質さに私は恐れを感じた。自分がやろうとしていることも十分恐ろしいというのに、実際にそれと出会うと、途方もない恐怖に身が強張《こわば》る。

だけど、もうすぐ終わる。

もうすぐだ。

一章　春、中学卒業後

柿沼春樹・園村書店

和紙のような肌触りに、桃色の背景。左上に小さく『ハル』と横書きの明朝体。そしてデカデカとした白文字で書かれた『母をさがして』というタイトル。

「カバーはお付けしますか？」

ふいにかけられた店員の言葉に、僕は狼狽《うろた》えながら一度咳払いをして、「要らないです」とぶっきらぼうに答えた。

店員も同じようにぶっきらぼうに「かしこまりました」とだけ言って、『園村《そのむら》書店』とプリントされたビニール袋に入れて差し出す。料金をトレイに置いて、店員がそれを代金とちょうどだと確認する。僕は店員の「ありがとうございます」を聞き終わらないうちに、そそくさとその場を離れた。

雑誌コーナーで女性誌を読んでいる母さんに、後ろから膝カックンをする。身長も小さく、華奢《きやしや》で細身の母さんは力も弱く、簡単に体勢を崩した。すかさず僕が支え、母さんは「もー」と間抜けな声を出して笑った。

「買えた？」

「うん、買えた」

「そっか、良かったね」

同じくぶっきらぼうに言うと、母さんは雑誌を置いて店の出口に向かって歩き出す。僕も財布をポケットにしまい後ろをついていった。

「もう一冊欲しかったのなら、九重《ここのえ》さんに言えばよかったじゃない」

外に出て車に向かいながら、母さんは僕のほうを見ないで言う。

「自分で買うのとは違うから」

僕も母さんのほうを見ずにふざけて答えると、母さんは「何それ」と笑った。車のもとに辿りつくと、母さんが鍵を開けて運転席に乗り、僕は後部座席に座る。そのままシートベルトを締めて、やがて車が走り出す。何気なく窓を開けると、外から冷たい空気が流れ込んできた。長く鬱陶《うっとう》しい前髪を風が揺らし、額の汗を冷やしていく。手でその汗を拭《ぬぐ》うと、ニキビで額がザラザラしているのが分かった。僕は制服のボタンを外そうと首元に手をかけたが、ふと手を止めて一度考えたあと、ボタンを引きちぎるように思いっきり制服を引き裂いた。

「おるぁ！」

「は？　え、ちょっと！　何してんのよ」

ブチブチッという音が車内に響き、当然母さんは驚いた。園村書店の駐車場を出て国道に入るタイミングで、母さんはバックミラー越しに僕を見る。僕も同じくバックミラーで母さんを見た。

「だって、今日でもう着ないじゃん」

言いながら、自分で可笑《おか》しくなってしまい、次第に笑う。

「いひひ。いひひひ」

母さんはそんな僕を見てポカンとしていたが、同じく子どものように笑った。

「ヤバい子」

そう言って母さんは視線を前に戻し、車の運転に集中する。僕は車内に散らばったボタンを回収してポケットに入れた。ついでにワイシャツも引きちぎってやろうかと思ったのだが、さすがに肌着が見えてしまうのが恥ずかしくて、首元のボタンを三個だけ外した。車の速度が上がり始めると、窓から吹き込む風が首に、胸に、脇に広がってくすぐったい。

「そうそう、九重さんにもちゃんとあとで挨拶しておきなさいね」

「分かった。電話する」

「あれ、素直ね」

「九重さんは褒めてくれるから」

「お母さんもいつも偉いねって言ってるでしょ」

「偉いねだけじゃん。もっと濃厚に褒めて」

「はいはい、ごめんなさいね。濃厚にお祝いしましょうね」

おいわい。

待ち望んでいたその言葉に、僕は再び「いひひ」と声を漏らした。

すると、前から大きな溜息が聞こえる。

「その癖、結局中学生で治らなかったわね」

「……いひひ」

皮肉を言ってくるものだから、あえてその癖で反抗した。

別に約束していたわけじゃないのだけど、今日は中学の卒業式で、それでいて初めて自分の小説が発売された大事な日だ。おそらく、おそらく何かしらご馳走があるに違いないと踏んでお昼をおにぎりだけにして良かった。自分からお祝いしてほしいとは負けた気がして言えなかった。

やっと母さんのほうからお祝いしてくれると言ってくれたのだから、そりゃあ『いひひ』の一つや二つ出るってもんだろう。

「ひひ、ひひ」

母さんが呆れながら運転を続ける。見慣れた風景がどんどん遠ざかってゆく。

卒業式は涙が出るほどの感動はなかったし、それほど悲しくもなかったのだけれど、この景色も毎日見なくなると思うと、少し愛《いと》おしく感じた。四月からは反対方向にある藍浜《あいはま》高校に通う。ワクワクもするが、緊張で気分が悪い。

ふと、車内にバラードチックな音楽が流れ始めた。僕はすぐに気づく。スクランブルというバンドの曲だ。最近母さんがハマっているバンド。中学の同級生も口ずさんでいたような。僕が中学に上がると同時にゆっくりと人気になり始めて、ファーストアルバムはものすごい売り上げだったとか。中学卒業間近の最近になってセカンドアルバムを出したらしいけど、路線変更をしたのか同級生は不評を口にしていた。だけど母さんにとっては最高のアルバムらしい。いつの間にか口ずさんでいる。僕は音楽をあまり知らないけれど彼らだけは知っていた。彼らのおかげで、今の僕があると言っても過言ではなかったから。

僕が窓を開けているのを知ってか知らずか、母さんの声量がどんどん大きくなっていく。溜息をついて、僕は横の座席に置いていたビニール袋から本を取り出す。改めてその本に触れると小さく胸が跳ねた。指が紙の微《かす》かな凹凸《おうとつ》に引っかかる。紙を擦《こす》るたびに指先から何かが流れ込むような感覚がした。わずかに身体にかかる重力が大きくなったように感じる。しかしなぜか呼吸が気持ち良い。一瞬で鉛のように変わった身体を解《ほぐ》すように、僕は母さんに聞こえないようにゆっくりと深呼吸をして、その本の一ページ目を開いた。

『母をさがして』

二百ページほどのハードカバーの本。

これは、僕が書いた物語だ。

＊

母ちゃんは僕にリュックを渡してくれた。それを受け取るとき、母ちゃんの細い指が触れて、僕は少し恥ずかしくなった。と同時に、別れが一瞬で身に染みた。

もうこの感触も、母ちゃんの声も、この景色ともお別れだ。次はいつ会える？　そもそも会いにきていいのだろうか。父ちゃんは母ちゃんと会うことをどう思っているだろうか。やっぱり嫌な気持ちになるのだろうか。

「母ちゃん」

僕は初めてそう呼んだ。母ちゃんは振り向いて僕を見る。

笑ってなかった。怒ってなかった。泣いてもいなかった。無表情で、だけど不思議と嫌な感じはしなかった。

呼び止めたは良いものの、僕は何を喋ろうかまったく考えていなくて、長い沈黙が流れた。後ろで待っているタクシーのエンジンの、犬の唸《うな》り声みたいな音だけが、僕と母ちゃんの間を通り過ぎていった。

「おい、ユキ、行くぞ」

父ちゃんが後ろで僕に言う。

最後まで父ちゃんは父ちゃんだった。早くこの場から離れたいのだろう。父ちゃんはあまり良い気分ではないはずだ。だけど僕はずっといい気味だと思っていた。いつもぶっきらぼうで堂々としている父ちゃんが、久々の母ちゃんを見たとき激しく狼狽えていた。父ちゃんぽくないヘタレな姿を見られて、それだけでこの旅は正解だったと思う。

最後の言葉は何を言うべきか。

僕はあっちで頑張るからね。僕が父ちゃんを支えるからね。母ちゃんも新しい父ちゃんと頑張って暮らしてね。またいつか会いにくるからね。母ちゃんの幸せを願ってるからね。母ちゃんと会えてすごく嬉しかったよ。電車に初めて乗ったよ。ヒッチハイクもしたよ。何もかも楽しかったよ。

しかし結局何も言えず、僕はただニコッと笑った。

何を言ったって、どうでもいいのだ。別れるばかりが人生じゃないのだし。会いたいときに会いにいこうと思えるほど、僕は強いのだ。そう思い、僕は後ろのタクシーのほうへ振り向いた。

「待って。待ちなさい」

そのとき、突然背後からギュッと抱き締められた。石鹸《せっけん》の匂いがした。母ちゃんは吐息をついて、僕は耳がむず痒《がゆ》くなった。柔らかい肌の感触がした。

さすがに僕はどうすればいいのか分からなくて、「えっと……」と口から漏れた。すると母ちゃんは、僕にこっそりと耳打ちした。

その言葉にくすぐったくなって、ジーンッてして、身体が震えそうだったけれど、その気持ちを必死に抑えた。やがて母ちゃんが力を弱めると僕は歩き出す。花と石鹸の匂いが遠ざかる。僕は父ちゃんと、黙ってタクシーに乗り込んだ。やがてタクシーは走り出し、風景が流れていく。

僕は振り向かなかった。僕は強くて、もう何も怖くないし、もう寂しくない。

でも、やっぱり涙は溢れた。

耳元で囁いた母ちゃんの言葉が、ずっとこびりついていた。

『ユキ、負けるな。ユキ、頑張れ』

小倉雪・葬式

中学生を三年間やってきて、私は人生に別れがあることを一度も教えてもらわなかった。別れとはなんなのか。そのとき、何を思うべきなのか。そのとき、何をするべきなのか。もっとその対処法について学ぶべきだ。日本の倫理観についての教育は詰めが甘い。

私には実の両親がいない。母のほうは顔すら見たことがなく、私は父に引き取られたのだが、その父ももういない。再婚相手であるお義母《かあ》さんと、その娘であるお義姉《ねえ》ちゃんのもとに預けられたまま、幼い頃に失踪《しっそう》した。小学生くらいまでは家の中に父の写真もあったと思う。だがそれも少しずつ劣化し、廃棄され、今では父の声も、匂いも、顔すら思い出せない。

失踪の原因はよく分かっていなかった。

幼心ながらなんとなく、お義母さんとの仲が上手くいっていないのだろうと感じていた。小学生の頃、父の荷物をお義母さんが捨てていたのを見たことがある。私は止めなかった。お義母さんとお義姉ちゃんを見捨てたのが悪いと思った。他所《よそ》に女でも作っているのかもしれない。そう思うとすんなりと受け入れることができた。私も見捨てられた一人で当事者であるのだけれど、どこか私は他人事《ひとごと》のように思っていた。どうでもいいと思うほどに、父の記憶がボヤけているように感じる。しかしまあ、お義母さんにとっては明らかに悪者だとは思ったから、忘れられて当然だ。だから私にとって父の失踪は、私の人生において事件でもなんでもないのだ。

本当の、私の人生においての事件は、今まさに起きている。

「ねえ、いつ帰れるのー？」

「これからどうするの？」

「オレんとこは住めねえぞ」

「加奈子《かなこ》さん、すごく優しい人だったのにね。まさか事故で死んじゃうなんて」

「おかーさん、コーラ飲みたい！」

「二人でどうやって暮らしていくの？」

「高校生は自《おの》ずと金がかかってくるのよね」

うるっさいなぁと声に出すほどの勇気など、今の私にはなかった。

私はここで、血縁者だろうがなんだろうが、人と人は瞬時には分かり合えないことを学んでいる。『人』という字が支え合ってできていると言った中学校の先生。本当にそうでしょうか。今ここは地獄です。

親戚たちの自分勝手な言葉が流れる。マシンガンのように、私の胸を、頭を、腹を貫いていく。だから私はまさしく死人のように、いや、葬式のときに死人なんてたとえは失礼だろうか？　ともかく私は何も考えず目の前の寿司を眺めた。人気《にんき》のないイカは傍目《はため》から見ても消しゴムのように乾燥していた。大切な人を亡くすと、こんなにも何も考えられなくなることを、私は中学校を卒業してやっと理解することができた。

お義母さんが死んだ。

父のような失踪なんかじゃない。今となっては父も死亡扱いになっているけれど、義母ははっきりと、しっかりと、目撃者がいる中で息の根が止まったのだ。

中学の卒業式が終わり、春休みに入った直後だった。

西のほうでは早くも桜が咲き始めるらしい。そんな他愛もない会話をしながら、お義母さん、お義姉ちゃんとともにショッピングモールに来ていた。四月から高校生になる私のために、必要な勉強道具やバッグを買い揃えるためだ。しかし私にとって一番の目当ては、高校生になったら買ってもらうと約束していたスマートフォンだった。今じゃ誰もが持っているスマホ。中学の同級生も大半の人が持っていた。母子家庭で、ましてや義理なのだからあまり贅沢を言ってはいけないと思い、中学ではおねだりせず我慢していたのだが、四月から藍浜高校に通うことが決まったとき、お義母さんがスマホを買ってくれると約束してくれたのだ。

それがまさにこの日。朝から一番に起きて、手に入れる瞬間をずっと待ち望んでいた。私が何度も催促するものだから、ショッピングモールの中の携帯ショップで真っ先に買ってくれた。早くも私はのめり込み、買い物の間ずっとスマホを弄《いじ》っていた。友達の間で人気の、銃で戦うオンラインゲームをやったり、早速教えてもらったお義母さんとお義姉ちゃんの電話番号に悪戯《いたずら》電話をかけたり、フードコートでは写真を撮ったり……

そうしてずっとスマホに夢中だったものだから、お義母さんが死んだ瞬間を私は見ることができなかった。

それは、二階から一階に降りるエスカレーターに乗ったときのことだった。私が先頭で乗り、その後ろにお義母さん、そのまた後ろにお義姉ちゃんが乗った。実際の状況はあとからお義姉ちゃんが教えてくれたのだが、ともかく、一階のステージで何かのイベントが行われていて、風船が配られていたらしい。子どもが風船を手放してしまい、昇ってきた風船を捕まえようとお義母さんは身を乗り出した。自分の運動能力を過大評価していたお義母さんは、呆気なくエスカレーターから一階の床に真っ逆さまに落ちていった。逆さまに、首から、床に、直撃した。打ちどころが悪く、首の骨が折れ、自発呼吸ができなくなって彼女は死んだ。

衝撃音と悲鳴で私が振り向くと、もちろんそこにお義母さんはおらず、お義姉ちゃんが表情を強張らせていた。周りの人が緊張した面持ちで下を見ていることや、一階で悲鳴が轟《とどろ》いていることと、お義母さんがいないことで私がゆっくりと状況を把握し、目線を一階のほうへ向けようとした瞬間、お義姉ちゃんが私に抱きつき胸で目を覆い隠した。

例えばもし、あのときお義姉ちゃんがお義母さんの死体を見せてくれていたら、ちゃんと状況を受け入れていたのかもしれない。お義母さんが血を流し、息もせず、本当の死体になったところを見れてなかったから、その後私はずっと、お義母さんがいないという事実を上手く受け止めることができず、フワフワと雲の上を漂っている。

お義母さんの葬式の手配は、全てお義姉ちゃんがやってくれた。

親戚への連絡、式場への連絡、喪服の購入。私はただお義姉ちゃんの言うとおり、流れに身を任せていた。今から葬儀場の人と打ち合わせに行ってくるからね。今から喪服を一緒に買いに行こうね。今から火葬するからね。今から……

全部をボーッとした頭で頷き、ボーッと時を過ごした。何も考えずに済んで楽だからだ。もちろん、自分が卑怯者だと自覚している。自覚して、自《みず》からそうしていた。しかしそろそろそういうわけにはいかないらしい。これで終わりかと思ったのだが、最後に精進落《しょうじんお》としだとかなんだかで、親戚一同で食事会が執り行われた。葬式で初対面だった親戚などとともにいったい何を喋り食事をすればいいというのだ。お義姉ちゃんが隣に座ってくれているとはいえ、もうここからは独りで動かなければならない。久々に自分の頭を動かさなければいけなくなったせいで、私は上手く頭が回らなかった。何を持ち、何を食べ、何を飲み、何を話すか、それすらも自分で決められないほど、私は今の状況に怯《おび》え、脳が衰えている。何が正解で、何が間違いなのだろう。これは食べて良いのだろうか。お茶は飲んでも良いのだろうか。お手洗いには行っても良いのだろうか。これから私は何をすれば良いのだろうか。

「雪《ゆき》ちゃん」

頭が不安で溢れていると、光が私の左手に差したようだった。私はその手を見る。お義姉ちゃんが私の手をギュッと握ってくれていた。温かい。細い腕だけれど、私の全てを包み込むような安心感が心に広がった。そして、私は顔を上げて、お義姉ちゃんの顔を見る。

「あまり、ご飯が食べれてないね……、具合悪い？」

心配そうに私を見つめるお義姉ちゃんの声に、私はすべてが億劫《おっくう》になった。返事を考えることも面倒臭いと思ったからだ。今の私には頷くことすらかったるくて、トロンとした目で彼女を眺めた。お義姉ちゃんの問いかけに、私の反応を待っているのは実はお義姉ちゃんだけではなかった。幼い私の心境を気にしている親戚たちも私を見ていた。先ほどから何も喋らず何も食べずにいる私がどういう返答をするか、どういう言葉遣いをするのか、どういう人間なのか、親戚の人たちも気になっているのだろう。そして、私がこれからどうなるかを楽しんでいるように見えるのは被害妄想ではない。そう思った。

まるで酔っているかのように脳が揺れた。お酒なんて、そもそも水すら飲んでいないのに、グワングワンする頭で私は精一杯言葉を絞り出す。

「ちょっと、外の空気を吸ってきます」

果たしてそれは、親戚たちが満足する回答だったのだろうか。私は立ち上がる。座布団の上とはいえずっと正座をしていたもので、足がもたついてしまう。それを感じ取ったお義姉ちゃんがとっさに私の腰を支えるが、私は礼も言わずに立ち去った。立ち去ったあとで、食事の場がシーンと静まり返ったのが分かった。私は構わずセレモニーホールの出口に向かう。

お義母さんとお義姉ちゃんの血筋である金野《こんの》家と、私の血筋である小倉《おぐら》家の食事の場。ちょくちょくどうでもいい会話が挟まれてはいるのだが、親戚たちの主な話題は、私とお義姉ちゃんが今後どうなるかについてだった。ただどうにも上手く話がまとまらない。お義姉ちゃんは社会人だから良いとして、問題は私なのだ。中学卒業したての私。きっとお金もかかる。誰かが保護しないとどうにもできない。自分独りでは生きていけない。果たしてそれが、お義姉ちゃんにできるのかどうか。

私はセレモニーホールを歩く。途中職員の人が心配して声をかけてくれたが、ぶっきらぼうに「大丈夫です」とだけ伝え、出口すぐ横の花壇の縁に座り込んだ。

微かに風が吹き、長い髪が揺れて鬱陶しい。身長も平均より高く身体も痩せ型で女の子らしくないから、入学前までに美容院に行こうと思っていた。そういえばショッピングモールで買い物したあとに美容院に行こうとお義母さんと約束をしていたことを思い出し、また気持ちが落ち込む。

春とはいえ、夜はすっかり冷え込んでいた。微かに雪も残っているんじゃないだろうか。九州とか、そっちのほうの家だったら良かったのになぁといつも思う。冬は暖かくて、夏は暑くて、かき氷も食べ放題なんだろうな。自分の名前が雪というのに、私は寒いのが大嫌いだ。寒いと何もかもが億劫になる。怖くなる。誰かを抱き締めたくなる。ああ、人肌が恋しい。

虫も鳴かない。風も吹かない。異質な空間に私は独り座り込む。

大きく息を吸い込んで、肺に空気を溜め込んで、私はゆっくりと息を吐き出す。周りには誰もいない。

誰もいないということに気づいたとき、私は息を吐くとともに、何かが外れた。自然と涙が流れていた。

「あ――――、あ――――、あ――――」

叫び声のような、動物の鳴き声のような、咆哮《ほうこう》を腹から絞り出す。しかし泣いている事実が恥ずかしくて、音が大きくならないように膝に顔を埋める。

なんだこれ。なんだよこれ。なんで、なんで私が。なんで私がこんな目に遭わなくちゃならないんだ。私はずっとそう言いたかった。そんなこと言ったってどうにもならなかったから思考を放棄していたのに。こんな単純なはずみで感情が漏れ出てしまった。

なんで私がこんな目に遭わなくちゃならないんだ。私が、私が何をしたっていうのだ。父も失踪して、お義母さんも死んで。今じゃたらい回し状態。たらい。『たらい』って漢字どう書くんだっけ。よりによって高校に上がるときに。これから楽しい時期っていうのにさ。私はこれから何にすがって、何をして、どう生きていけばいいの？　好きなものなんて何もない。やりたいことなんて何もない。ただ流されて生きてきた。流されて生きるのが楽だったから、ずっと人の言うことを聞いて生きてきたのに。お義母さん。ねえ、お義母さん。私どうすればいい？

　お義母さんに会いたい。

　ああ、出てしまった。出してしまった。口から溢れてしまった。

「会いたいよ」

　もっと甘えればよかった。もっと言いたいことを言えばよかった。もっと感謝を伝えておけばよかった。そんなこと、今更もう遅いのに。

　肌寒さと涙を我慢するため、私はスカートのポケットの中のスマホを強く、壊れるかと思うくらい握り締める。すると突然、ポポンッとスマホが鳴った。溢れる涙を拭きながらスマホを見ると、自動音声アシスタント機能が起動している。スマホを持っている同級生が言っていた。なんでも言うと答えてくれる。ふざけたことも、なんでも、かんでも……

　私はとっさに叫んだ。

「お義母さんに会いたい」

　しばらく点滅して、スマホが出した答えは、『すみません、よく分かりません』。

　私は腹を立てて立ち上がる。もう一度スマホを長押しして、自動音声アシスタントを起動した。

「お義母さんをさがして！　お義母さんに会いたい！　検索、お義母さんに会わせて。お義母さんをさがして。母をさがして。さがせ……、さがせよ！」

　私は叫んでスマホを投げる。砂利にぶつかり、数回跳ねて止まる。肩で息をして、呼吸を吐くたびに微量の涙もともに出る。悔しかった。徒競走やテストの点数で同級生に負けたことはある。だけどそんな日常の敗北などどうでもいいほどに、溢れるばかりの悔しさを痛感していた。不条理に負けた。世界に負けた。現実に負けたのだ。私は、奪われた。

シーンと静まり返り、冷静になって気づく。このスマホはお義母さんが買ってくれたものだ。お義母さんとの繋がりが消えてしまう！　これからどんどん消えていく一方だというのに、自分で傷つけて、捨てようとして、どうするのだ！

私はとっさにスマホに駆け寄る。微かに画面と背面に傷ができてしまったが、問題なく起動することにホッとする。

すると『こちらの小説が見つかりました』と、先ほどの私の喚《わめ》き散らした言葉の検索結果がスマホの画面に表示されていた。

「母をさがして……」

柿沼春樹・自宅

『発売、本当におめでとう』

家の固定電話から、東京に本社がある東川《ひがしかわ》出版の九重さんの元気な声が聞こえてくる。

九重さんがいなければ、今日この日は訪れなかった。

「いやいや、九重さんのおかげです。ありがとうございます」

『こちらこそ、今日まで本当にありがとうございました。お母様からお聞きしましたが、書店でさっそく見かけたみたいで』

「いひひ。見つけました。卒業式終わって帰るとき、国道沿いの園村書店を通りがかって、あるかなって思って入ってみたらすごく大きく飾ってあって。思わず買っちゃいました」

『自分の作品だけど、買ったんですね。分かりますよその気持ち。重みが違いますよね。ああ、というか、春樹《はるき》くん中学校卒業おめでとうございます！』

「ありがとうございます！」

九重さんが声を張ったので、僕も負けぬよう大声で返す。すると、電話越しの九重さんの声が聞こえたのか、後ろで夕食の準備をしていた母さんも続けて「あーりがとうございまーす！」と、まるでラーメン屋の店員のような声を上げた。

『お、お母様も、ありがとうございます』

もちろんそれが聞こえた九重さんが狼狽えながら笑った。その様子に僕は可笑しくなってしまい、フハッと声を上げる。それをきっかけに、電話越しの九重さんとまるで友達かのように大笑いをした。

『あー、高校はどこに行くんでしたっけ？』

「えっと、藍浜というところです。県立の藍浜高校」

『そうですか。これから楽しみですね。いやぁ、春樹くんと初めてお会いしたのは去年の秋頃でしたよね？　一年経ってないとはいえ、中学卒業の大きな節目となると、私も感慨深いものがあります』

「そんなこと言ってもらえて嬉しいです。ありがとうございます」

『ええ。桜美《おうみ》さ、あ、お母様も連れて、書籍化記念パーティを開きましょう。学校が始まって忙しくなる前に、いかがでしょうか？』

「ぜひ！　母も喜ぶと思います。楽しみにしています」

『ありがとう！　こちらこそ、楽しみにしていますね。春樹くん、焼肉が好きって言ってましたよね。美味しい所、探しておきますから』

「焼肉！　すっっごい楽しみにしています。じゃあ、ありがとうございました。母に代わります」

『はい、また会いましょうね、春樹くん』

焼肉のことを考えながら、僕は九重さんと繋がった受話器を母さんの所に持っていく。夕食のサラダを作っている母さんは、左肩に視線を向ける。一瞬なんだろうと思ったが、すぐに察して左肩に受話器を置くと、器用に顔と肩で受話器を挟んで喋り始めた。

僕はリビングのテーブルに座る。三、四人分の食事は置けそうな少し広めなテーブルの片隅に、『母をさがして』がご丁寧にスタンドに置かれ、折り紙で作ったバラが施されている。帰ってくるなり母さんが装飾したのだ。

食事の支度を待ちながらテレビを点《つ》けると、夕方の推理サスペンスもののアニメが流れていた。そういえば先週は犯人が分からずじまいだったと耳を傾けるが、いつもの三割増しに大きい母さんの声でテレビの音がほとんど聞こえない。九重さんと喋るときの母さんは、なんだかいつもより元気でうるさい。諦めて画面だけに集中する。桜並木のシーンになり、そういえばそろそろ桜が咲くよなと考えた。中国地方とか、九州地方とか、そっちのほうじゃ数日も経てば咲き始めるんじゃないだろうか。雪が降るこっちはいつも四月の中旬に咲き始めるから、開花の時期だけで劣等感を覚えていた。

しばらくして母さんと九重さんの電話は終わった。終わるなり僕はすぐ叫ぶ。

「やぁきにくぅ！」

そう言うと母さんは「はいはい」と笑った。

九重さんは焼肉に連れてってくれると言っていたが、実は今日のお祝いも母さんが焼肉を用意してくれた。この春は肉祭りだ。テレビのアニメが終わり、時刻は十九時に差し掛かる。お昼はおにぎりしか食べていない。はらぺこなのだ。

アニメが終わると、とたんにCMが流れた。あ、またスクランブルだ。アニメのエンディング曲を担当したんだよな。ロックが主流のバンドなのだが、エンディングに相応《ふさわ》しいバラードのために賛否両論らしい。ぼんやりテレビを眺めていると、母さんが「あっ」と思い出したように声を上げた。

「九重さんからの伝言――」

「何？」

「次回作、楽しみにしてますって」

次回作。次回作。二作品目。

さも当然のように提示された言葉に、僕は何も言えなくなる。テレビから目線を外さないまま、表情が少しだけ強張った。

「春樹?」

突然黙り込む僕を心配して、母さんは野菜を切る手を止める。何か応えようと口を開けるが、

「あー」と鳴き声のような音が出た。

「どしたの?」

もう一度母さんが問いただしてくる。母さんに気を遣う必要はないのに、何か言わなければと焦り、何も考えずに思ったことを口にした。

「小説は、今回だけで、別にいいよ」

「別にいいって?」

「次の、次回作、書きたくない」

書きたくない。その言葉に驚いたのは、母さんではなく僕だった。

それは自然に出た言葉だった。なんの引っかかりもなく、なんの躊躇《ためら》いもなく、書きたくない、と。

僕は思考を巡らせる。なぜ書きたくないのだろう。理由があるはずなのに、僕はそれを頭の中で模索する。僕はテレビを観ながらそんなことを考えていたから、まるでテレビのテロップのように頭の中で言葉が流れていった。

小説。印税。パソコン。ネット。ノーベル。物語。母。父。

小説家。

「そっか。もったいない」

しばらくして、母さんはぽつりとそう言った。その言葉に、パチンとシャボン玉が弾けたように思考を取り戻す。恐る恐る母さんの顔を見ると、いつもの表情でまた野菜を切り始めていた。

「怒ってないの？」

僕が訊くと、母さんは「はは」と笑った。

「なしてよ」

「なんとなく」

「何を怒ることがあるの。あなたが好きで始めたことじゃないの。書きたくなかったらそれでいいじゃない」

意外にも淡白なその言葉に、僕は動揺した。

好きで始めたこと。そうなんだけど。

いや、そうなんだよな。自分から始めたことだった。


なんとなく小説を読むことが好きだった。お小遣いは少ないから本は買えなくて、それでも小説が読みたくて、母さんのパソコンを弄《いじ》ってネットで探してた。そこで出合った『ノーベル』という小説投稿サイト。

最初はちょっとずつ黒歴史を作った。今見たら目を覆いたくなるくらいの駄作を大量に生み出した。でもそれが楽しかった。母さんにも教えてない、友達にもバレなかった僕だけの小説。ただインターネットの奥にいる少数の人だけが知っていた。

『母をさがして』を書いたのは、中学二年生のときに、修学旅行で沖縄に行ったのがきっかけだった。初めて乗った飛行機。初めて間近で感じた空。初めて感じた知らない土地、食事、気温、熱……。ありていに言えば、東北に住んでいる僕にとって、日本の真反対にある沖縄の空気感にただただ感動したのだ。絶対に、絶対に小説のネタにしようと決めた。

知らない土地の刺激を感じた僕は、せっかくなら旅をする物語にしようと思った。そこに家族の話をエッセンスに加えて、物語として面白くしよう。だけど、メインとなる刺激的な物語はいろんな場所を旅すること。いろんな地域を旅して、新幹線のルートを調べて、電車の時間を調べて……。ようやく完成したときには、中学三年生の初夏になっていた。早めに読んでいけば三十分くらいで読めてしまう短い量ではあるのだけれど、飽き性で、短編ばかりを書いていた僕にとってはそれなりに大作の気分で、それから数日、あまり小説を書くことはなかった。燃え尽き症候群というやつだ。もちろん小説を読むのは好きだったから、書くことだけをやめて、小説に浸る毎日を送っていた。だからノーベルを久しぶりに見て、月刊ランキング一位になっていて、僕は唖然とした。叫び散らした。暴れ回った。そこで初めて、小説を書いていることを母さんに伝えた。

小説に付いたコメントを見て驚いた。スクランブルのボーカルが、SNSかラジオか何かで僕の小説を紹介してくれたらしく、人気に火がついていた。それに目をつけた東川出版の九重という人から書籍化の提案のメールが来て……。新たな追加エピソードなどを加えて、やっと今日、書籍の発売日を迎えた。作家名として珍しかったが、知り合いにバレるのも恥ずかしかったので、投稿していたときの『ハル』というペンネームをそのまま使った。書籍になったとはいえ、ノーベルに投稿したものは消していない。ノーベルで『母をさがして』を読んだ人が、改稿が行われた書籍に興味を持ち購買に繋がるからとのことだった。

思い返してみれば、ただ好きなことを好きなようにやってきた。それを続けた結果今がある。何も考えないで好きなように。そう、何も考えなかったのだ。今の今まで、意識もしなかったことだった。小説を形作り、実際の書籍となり、僕はそこで初めて思い出す。

父のことである。

「父さんはさ――」

その一言で、母さんは手を止める。目線は野菜に向けたまま。あまり話題に出さない、本当は出したくもない人のこと。少しだけピリリと空気が固まるのを感じた。

「父さんは、なんで小説を書いていたのかな？」

母さんはゆっくりと顔を上げる。あっと、瞬時に失敗したと思った。怖い。いつもの明るい顔じゃない、少し翳《かげ》があるものの表情は朗《ほが》らか。あまり見せない、不安定な笑顔。

「春樹も書き続ければ、分かるわよ」

父のことを訊いたのに、僕を突き刺すような視線で、まるで見下されているかのように思った。少し棘《とげ》のある言い方で、それでいて含みのある笑顔なものだから、僕は若干腹を立てて言い返す。

「僕はあの人みたいになりたくない」

思えば、僕がその意思を表明したのは初めてのことだったかもしれない。顔も、声も、匂いも知らぬ父を、嫌いだと母さんに言ったのは。

　その言葉に、母さんは返事をしなかった。その代わり、またいつもの表情に戻った。ただ少しだけ意味は違うような気がした。

　呆れたような、見下したような、そんな笑顔。

「手を洗ってらっしゃい。もうすぐできるから。神戸牛よ」

　母さんは、明るいトーンの声であからさまに話を逸らし、まるでその会話は終わりだと言わんばかりに再び野菜を切り始める。

　なんだよ。なんなんだよ。

　僕はわざと音を立てて椅子から立ち上がり、黙って洗面所に向かった。蛇口を捻《ひね》り、水が勢い良く噴き出す。こんなのよくある喧嘩。というか、喧嘩ですらない、ただの気まずいだけの雰囲気。僕と母さんは自分で言うくらい仲が良い。すぐに元に戻る。戻るだろ。

　手を洗わず、鏡の中の自分の顔を見る。少し頬骨が張った縦長の顔。色白の肌に最近薄く生えてきた髭《ひげ》。目が母さんと似ているねと、九重さんと会ったときに言われたことがある。それ以外は、きっと父に似ているのだろう。見たこともない、父の顔。この家には父の写真は一枚もない。なあ、春樹。写真が一枚もないのだぞ。どういうことか分かるか？　それほどまでに、この家では父の存在は、そして父が生き甲斐としてきたらしい小説というものは、タブーなのだ。

　父は小説家だった。僕が幼い頃、一度だけ母さんが、父について話したことがある。小説を書くため、父は母さんを棄《す》てたのだと。そして書いて、書いて、書いて、書いて、書いて、書

いて、書いて、身体を壊して死ぬ寸前まで、物語を書いていたのだと。そのときの母さんの表情を今でも忘れない。僕に語りながら密かに涙を流し、僕が抱き締めても寂しそうにしていたことを。僕はそれ以来、父のことを訊くのはやめていた。母さんのそんな悲しそうな顔を、もう見たくなかったのだ。

なのに、僕としたことが。小説を好きになるなんて、なんて酷いことを。

母さんは僕が本を出したことを喜んでくれたけれど、本当はどう思っているのだろうか。父と同じ道を辿ろうとしている僕を、寂しく思ってはいないだろうか。僕が喜ぶように、お祝いを企画してくれたけれど、本当はすごく嫌な気持ちになっているんじゃないだろうか。

やっぱり駄目だ。僕は、小説なんて書いてはいけない。

ごめん、九重さん。僕はこのままではいけないと思う。小説家になったら父のような人間になってしまう。

父のように、母さんと僕を棄てる人間。家族を、人を、切り捨てる人間。小説のために、愛したものですら簡単に切り捨てる人間。

小説を書くことはやめよう。今回はちょっと気乗りしただけ。九重さんが印税の話をするから目が眩《くら》んだだけ。お金に、目が眩んだだけです。

僕は永遠に、一読者。ただの文学少年。もう二度と、僕は小説を書かない。

父のような人間には、絶対にならない。

そうしよう。

小倉雪・葬式

『ユキ、負けるな。ユキ、頑張れ』

『ノーベル』という小説投稿サイトにあったその小説は、三十分ほどで読める、比較的短い小説だった。寒さでかじかむ手のことも忘れて、物語に浸る。

小説にのめり込むなんて初めてのことだ。強制的な朝の五分間読書もあまり好きではなかった。好きな本もなかったし、そもそも五分間の短い時間で何を感じ取れと言うのだ。と、私は反抗的なまでに、読書に苦手意識があった。

だけどこの小説は違った。すぐに読むべきだと思った理由は、主人公の名前が『ユキ』、私と同じ名前だったからだ。まるで私がこの物語の主人公になった気分だった。

『母をさがして』という小説は、そのタイトルのとおり、母をさがして日本中を旅する物語だ。主人公は幼い頃両親が離婚し、父親に引き取られた。自分の中の母の記憶がだんだんと薄れていくのが怖くなり、幼い頃に九州にある母の実家に帰ったという記憶だけを頼りに、父に秘密で、ユキは少ないお小遣いで旅に出た。ヒッチハイクをしたり、知らない土地に寄り道したり。たくさんワクワクする展開はあったのだけれど、ともかく、物語はラストで九州に住んでいた母に出会えた。ところが、すでにユキの母ではなく、一人の女性としての新たな人生を歩み始めていた彼女には主人公のことを受け入れることはできなかった。父が迎えにきて、母との別れが訪れる。しかしそのとき、母は心の半分に残っている母としての感情で、最後に告げる。

『ユキ、負けるな。ユキ、頑張れ』と。

その言葉はまるで、お義母さんが私に言ってくれているみたいだった。

小説投稿者の名前は、ハル、という。本名ではないのだろうが、ともかくこれは彼の物語であり、言ってしまえば彼の妄想でしかない。なのに、なぜか私の心を撃ち響かせる。作中の母の言葉はお義母さんの声で響き渡り、主人公のユキの言葉はまるで私が言っているように思えた。

『ユキ、負けるな。ユキ、頑張れ』

その言葉を頭の中で響かせながら、私はお義母さんのことを考える。どんな人間だったか。お義母さんは、常に笑顔で私に接してくれていたように思う。表情のない顔を見たことはもちろんある。しかし私が話しかけると、無理にでもすぐ笑顔を作ってくれた。小学生の時点で、彼女が私に気を遣っていることは分かった。彼女は私に無理をしていたのだ。だから私もお義母さんに対して、血の繋がりがないことや、父が迷惑をかけたことばかり気にして、あまり本音を言えてなかったように思う。周りの意見や空気ばかりに流されやすい私の性格も、今思えばこの環境のせいだったのだろう。私はあまり可愛くなかった。それほど女の子らしくもないし、愛想の良いほうではない。

そんな私を、お義母さんは一度でも、憎んだり、嫌ったり、貶《けな》した素振りを見せたことがあっただろうか。どこかで私のことを嫌いになるときもあったかもしれない。状況を考えればそうなってもおかしくない。

しかし今思い返せば、彼女は私と過ごした一瞬一瞬を、他人ではなく家族と思い接してくれていた。無理をしていたとは思うけれど、それでも、無理をしようとした心遣いは、きっと私と、血の意味ではなく、心の意味で、家族になろうとしてくれたということだ。

それは私だって同じだ。私だって、彼女のことを他人ではなく、家族と思っていた。家族と思っていたんだ。

「雪ちゃん」

お義母さんのことに思考を巡《めぐ》らせていると、突然お義姉ちゃんの声が聞こえてきた。私はびっくりして、スマホの電源を落とし座ったまま振り向く。そこにはお義姉ちゃんが立っていた。血が繋がっていなくて、私より少しばかり身長が小さいお義姉ちゃんだけれど、喪服姿と見上げた雰囲気で、いつもより大人びて見えた。

「なかなか戻ってこなかったから、心配したのよ」

お義姉ちゃんは私の隣に座り、肩を抱く。ホールの中にいた彼女の手は少し温かった。私は恥ずかしくなって赤面しながら、彼女のほうを見る。

「ごめんなさい」

私はとっさにその言葉が出た。久しぶりに、数日ぶりに自分の頭で考えて、自分の言葉で言った。ハルの小説を読んでからずいぶん頭が澄み渡っていて、思考回路がすっきりしたからだ。綺麗な頭で彼女を見てやっと、彼女にたくさんの迷惑をかけたのだと自覚する。お義姉ちゃんは酷く、酷く疲れ切った顔をしていた。髪型も微かに乱れて、お義母さんが死んでから眠れてないのか隈もできていた。目も若干充血をしていて、明らかに疲弊している。

先ほど食事会の席で隣に座っていたときと何も変わらない。でも、しっかりとお義姉ちゃんの顔を見てようやく彼女の努力に気づいた。彼女にこんなに無理をさせたのは誰だ。彼女にこんな顔をさせたのは誰だ。

いや分かってる。全部私だ。私じゃないか。

死んでしまったお義母さんじゃない。無神経な言葉を投げかける親戚の奴らでもない。私のせいだ。私のせいで。そして私だけが彼女を支えられたはずだ。

「どうして謝るの？」

謝罪をする私に、お義姉ちゃんは不思議そうに微笑む。ああ、そうやって、あなたも私に微笑むのか。お義母さんのように、私に無理をしているのか。

私は彼女の微笑む以外の表情をほとんど見たことがなかった。彼女にとって私は突然現れた血の繋がりのない他人だというのに。いつだって私が安心するように微笑んでいた。ずっと微笑まさせていた。今だけじゃなく、ずっと無理をさせていたんじゃないのか？

何も言わない私に、お義姉ちゃんは一度ゆっくりと息を吐き、そして言う。

「雪ちゃんあのね。これからのことなんだけど、幸次郎《こうじろう》叔父さんと、清美《きよみ》叔母さんが一緒に暮らしてもいいよって言ってくれたの。どう思う？」

「えっ」と、そこでやっと声が出る。その二人は父の弟夫婦だ。

「四人で暮らすの？」

「四人じゃないわ。雪ちゃんだけ」

「お義姉ちゃんは？」

「私は変わらず、今の家に住もうかなって思ってる。でも雪ちゃんにとっては一番良いと思うの」

何？　一番、良い？　とは？　一番？

お義姉ちゃんは俯いて、少し翳《かげ》を作り、それでも微笑みはなくさず言う。

「親戚の人にさ、言われちゃったの。高校生の多感な時期だから、大人の支えが必要だろうって。みんなに。やっぱりしっかりした大人に面倒見てもらったほうがさ、私よりはいいんじゃないかなって」

いいんじゃないかなって。ずいぶん卑屈な。お義姉ちゃんは二十五歳。十分大人じゃないか。葬式の準備をしてくれたのはお義姉ちゃんだ。お義母さんが死んで私の側《そば》にずっといてくれたのはお義姉ちゃんだ。私の喪服を用意してくれたのは、お金を払ってくれたのは、何もかもお義姉ちゃんじゃないか。立派に私の面倒を、見ていたじゃないか。

幸次郎叔父さん、清美叔母さん。あの二人は小倉家の人間である。つまり私は、小倉家のもとに住むということになる。直感で私は気づく。金野家との繋がりが、私を今日まで育ててくれたお義母さんがいなくなってしまった以上、なくなりかけている……

そしてこれからどんどん薄れて消えていく。お義姉ちゃんも、私から離れていく。お義母さんのように。どこかへ。

「少なくとも、雪ちゃんが不自由することはないと思う。だから……」

そこで、私は息を呑んだ。

お義姉ちゃんは、言葉を続けられなくなっていた。泣いていたのだ。とうとう、初めて、私は彼女と出会ってから今日までで、初めて彼女の涙を見た。

変な話なのだが、初めて彼女が人間だと感じた。

いつでも私に対して虚勢を張り、しかし私を嫌うこともなくいつも微笑みかけて、心配している、大人びたお義姉ちゃんという印象だった。私が誰かに彼女を紹介するとしたらそう言うだろう。

しかし目の前の彼女は、先ほどの私と同じようにポロポロと涙を流し始めた。どこか子どもらしさを感じるその涙。

私はついに腹を立てる。

先ほどの言葉が鳴り響いたのだ。まるでドラマのように、パッと。お義母さんの声でその言葉は私の頭の中に響き渡った。

『ユキ、負けるな。ユキ、頑張れ』

「嫌だ！」

彼女が初めて涙を流したのならば、それに対抗するというわけではないのだけれど、私もここまで嫌悪感をむき出しに、何かを否定したことはなかっただろう。気持ちが昂《たかぶ》ることはあったが、いつでも私は空気を読んで、周りの様子を窺って、我慢してきたつもりだ。

しかし私は初めて、自分の感情に、想いに従い言った。

私は立ち上がり、わざとらしく足音を立て、ホールの玄関を強く開ける。後ろからお義姉ちゃんが私の名前を呼んでいたが気にしなかった。バンッと乾いた大きな音が鳴る。そしてドカドカと親戚の食事の場に辿り着く。

親戚の集まる部屋のドアを開けると、男どもは酒を飲んで赤くなり、女どもはそれぞれ固まって話をし、ガキは母と思《おぼ》しき女の膝に座りジュースを飲んでいた。

私の登場にシンと静まり返り、私に視線が注がれる。幸次郎という奴はどいつだったか。ああ、見つけた。ハゲ頭の小太りの男。今日初めて見たぞ。小倉家の人間のくせに、私の父が失踪してから一度も私の様子を見にきたことなどなかったのに。

私はテーブルにあった出前の寿司桶を取り上げ、思いっきり横に振る。先ほど誰にも手をつけられていなかった消しゴムのような見た目の乾いたイカが壁に飛んでいく。そんなことは気にせず、私は出前の寿司桶で幸次郎のつるっ禿《ぱ》げの頭を思いっきりぶん殴った。

最初に悲鳴を上げたのは隣に座っていた妻の清美だった。そして周りの親戚たちもどよめく。幸次郎が頭を押さえて蹲《うずくま》るのを見て、私はテーブルを踏みつけて乗り出す。清美のことも殴ろうとした。しかし金野家の人間が私を抱き締めて止める。止めた人間が女性だったため振り解こうとしたが、今度は小倉家の別の男性も私を制止しようと押さえ込んできたので、私はついに動けなくなってしまった。

清美は驚いた表情で私を見ていた。幸次郎は案外ダメージが少なかったのか、すぐに起き上がり不穏な目で私を見ていた。金野家が連れてきたよく分からない子どもは、突然のことに泣いていた。暴れた拍子に零《こぼ》れた醬油が私の喪服にかかっていた。

動けない。そう思った瞬間力強く叫ぶ。

「私はお義姉ちゃんと一緒にいたい。お前らなんか、知らない！　帰れ、帰れよ。帰れよ！　今まで連絡なんてしてくれなかったくせに！　誰だ、お義姉ちゃんを大人じゃないって言った奴、誰だよ！　出てこいよ！」

叫ぶたびに強い力で男性が私を押さえつける。クソ、これだから男の人は嫌いなんだ！　そう思い私は少しばかり自由な足でテーブルを蹴飛ばす。お寿司以外の料理も、無残に零れてしまった。私を制止している手に噛み付くと、その手は女のもので、驚いて引っ込んだ。そのまま男にも噛み付いたが、我慢強いのか一向に放さない。無駄だと分かった私は、ただがむしゃらに声を荒らげた。

「私は、お義姉ちゃんが好き！　私とお義姉ちゃんを引き裂こうとするな！　私たちの、家に、入ってくるな！　部外者のくせに！　お前らなんかいらない！　私はお義姉ちゃんと一緒にいる。お前らなんかいなくたって、私がお義姉ちゃんを守るんだ……。私が、たった一人の、お義姉ちゃんの、お義姉ちゃんの家族なんだ！」

私を制止する声を、私は聞かなかった。ただひたすらに足掻《あが》き、叫んだ。

だけどたった一人の声に、ようやく私は暴れるのをやめた。

「雪ちゃん！」

お義姉ちゃんが、私より大きな声で叫ぶ。私は捕まったまま、彼女のほうに目をやる。あとから追ってきたお義姉ちゃんが、肩で息をして立っていた。そして私を押さえ込んでいた男の人を突き飛ばし、代わりにお義姉ちゃんが抱き締める。

「もう、もういいから……」

お義姉ちゃんは、震える声で泣いていた。おっぱいを感じると同時に、手の痛みに気づく。何かにぶつかったのか、手の甲が少しだけ裂けて血が出ていた。

抱き締められたとしても、私は黙らなかった。ただ、叫ばなかっただけ。

「お義姉ちゃんと一緒がいい」

「大丈夫、大丈夫、大丈夫だから……」

涙を流しながら、お義姉ちゃんは私のことを抱き締めた。

ようやくお義姉ちゃんの本心に気づけた気がする。

とても我慢強くて、いつも笑顔で、泣いたときは子どもみたいに可愛い、ただどこにでもいる一人の人間。

私は抱き締められて、身体の力を抜いた。彼女は私の耳元で、優しく囁いた。

「大丈夫、離れない。私たちはずっと一緒だよ」

*

寝惚《ねぼ》け眼《まなこ》で私は昨日のことを考える。

今思えば、幸次郎を殴りつけてしまったのはいけないことだった。彼とその妻である清美は、善意で私を引き取ろうとしていたのだ。優しさを蔑《ないがし》ろにしてしまった。そもそも、昨日私が暴れたおかげで、お義姉ちゃんが周囲に謝る羽目になってしまった。親戚一同はもちろん、セレモニーホールの人たちにも。

ただお義姉ちゃんの側にいたかった。お義姉ちゃんにとってこれが最善だったかは分からない。だけどお義姉ちゃんのこれからを支えたいと思ったし、支え合いたいと思った。家族である私だけがそれをするべきだと思ったのだ。私はそれを守りたかった。

暴力的な行動に出たのは、感情を表に出す方法が難しかっただけ。だって、だって初めてだったんだ。いつだって周りの空気を読んできた私にとって、感情を露骨に人前に曝《さら》け出すなんて今までなかったのだ。感情の出し方が、分からなかった。

負けてはいけない。頑張らなくては。それだけが頭にまとわりついて、私はあんなことを。間違っていなかっただろうか。

そんなことを思いながら目を開けて、身体を起こし、私はボーッとお義姉ちゃんの寝顔を見下ろす。寂しがる私を落ち着かせようと、昨夜、お義姉ちゃんは私の部屋で一緒に寝てくれたのだ。

あまりにも静かに寝息を立てているものだから、あなたまで私のもとから旅立ってしまったのかと怖くなり、思わず肩を揺らす。それと同時におっぱいが揺れたのを見て、ほう、ずいぶんと成長したじゃないかと、オヤジ臭いことを考えてニヤけてしまう。

お義姉ちゃんは小さく唸り目を開けた。私が変なことを考えた瞬間に目を開けるものだから、まるで自分の頭の中を察知されたように思えて恥ずかしくなる。ニヤけた状態の私を見て、お義姉ちゃんは久しく見せていない微笑みを見せた。昨日の葬式が嘘みたいだ。

「おはよう、雪ちゃん」

少し渇《かわ》いた声の挨拶に、私はなぜか申し訳なくなり、もう一度布団に潜って、「んー」と唸る。するとお義姉ちゃんが後ろから、自然に私を抱き締める形になった。

温かい。

少しだけ寝汗をかいてしまったが、もう少し、もう少しだけこのままでいたい。そう思って私は目を瞑《つむ》る。ちなみに、別におっぱいが当たって心地良いからという意味ではない。

こうして彼女の柔らかい皮膚に触れると、同じ人間なのだと認識する。お義姉ちゃんとこうして一緒の布団で眠るのはいつぶりだろうか。別に仲が悪いわけでも、嫌いなわけでもない。それなのになぜか、どこか距離を感じていたような気がする。こうして彼女と一緒に寝て、それを改めて思う。一緒に食事を取ることもあまりなかったんじゃないだろうか。初めて会ったときは常に笑顔で好印象で、幼心ながら堂々と毎日ベタベタしていたような気がするのに。何をそんなに遠慮していたのだろう。

『ユキ、負けるな。ユキ、頑張れ』

ふと、頭の中に文字が浮かび上がる。

それは、昨日読んだ小説の言葉だ。そうだよな。負けちゃいけない。頑張らなくちゃいけない。これからは二人で過ごしていくんだ。

自分の弱さに負けちゃいけない。自分以外の誰かを守るために頑張りたい。

私は強くなりたい。ならなくちゃいけないんだ。


と、心で豪語しておきながら、私はお義姉ちゃんのおっぱいの心地良さにすっかり絆《ほだ》され、二度寝をしてしまった。目を開けると、抱きついて眠っていたはずのお義姉ちゃんがいつの間にかいなくて、近くのスマホの電源を点けて時間を見るとすっかりお昼になっていた。でもいいだろう。昨日はいろいろあって心底疲れ切っていたのだから。

寝惚け眼で自分の部屋を出ると、台所でお義姉ちゃんが料理を作っていた。

はにかみながら私は「おはようございます」となぜか敬語で言う。

「寝ぼすけ」

お義姉ちゃんが私に言う。お義姉ちゃんの今までの遠慮がちな雰囲気はどこか薄れていて、なんとなく壁が消えたような口調だった。

「私も、料理する」

頭をポリポリと掻きながら近づくけれど、お義姉ちゃんは「大丈夫だよ」と私を止めた。

「昨日は疲れたでしょ。すぐできるから待ってて」

「でも私も料理できるようにならなきゃ。だってこれから二人だから」

「そうね。そうだね。二人なんだからね……。これ、テーブルに運んでくれる？　あとは座ってて」

「おけ」

手渡されたお皿二つ。そこにはスクランブルエッグと冷凍食品の春巻き。テーブルに運び、椅子に座る。

すぐにお義姉ちゃんが、サラダとご飯をお盆に載せて持ってきてくれた。向かい側にお義姉ちゃんが座る。右側の空席は、お義母さんの席。もうそこには誰もいない。少しだけ涙が出そうだったけれど、私はすぐに持ち堪《こた》えて手を合わせる。私を見てお義姉ちゃんも手を合わせた。

「「いただきます」」

一人足りなくなってしまった食事の挨拶が渇いた部屋に鳴り響く。昼時の鶯《うぐいす》が外で鳴いていた。

私は若干本調子ではない寝惚けた頭で箸を取る。

たくさん暴れて、たくさんの人に迷惑をかけた。セレモニーホールの人にも。もう親戚の顔は見れないだろう。だけど今、本当にあれで良かったと思った。あのとき私の気持ちを言わなければ、今この瞬間二人で食事をしていなかったかもしれない。彼女のおっぱいをこんなにも間近で感じることもなかっただろう。

時折お義姉ちゃんを見ながら、私は遅い朝食を食べる。

今日はやることがいっぱいあるのだ。これからの生活の計画と、お義母さんの遺品の整理。しばらく手入れをしていない家の掃除、高校生活の準備。やらなきゃいけないことがある。ああ、私は生きている。初めて生きていると実感する。大切なものを、大切だと気づいて、ようやく自分が生きている意味を知る。味を感じる。

これから二人の生活が始まる。

私と、お義姉ちゃん、二人だけの。

柿沼春樹・高校入学

母さんの運転する車の中で、僕はなんとなく窓を眺めていた。自分の背丈より少しだけ大きい藍浜高校の制服は、薄い素材で暑がりの僕には最適だった。

高校に入学するという期待とは裏腹に、小説のことを考えて少し気分が不安定になる。

『私も母を最近亡くして悲しくて、この作品に近いものを感じて感動しました』

『スクランブルのエイタが紹介してたので読んでみました。同い歳とは思えない言葉遣いで素敵です』

『一つひとつの景色が浮かぶようで、すごくワクワクしました』

『ユキが母に会えて、本当に良かった』

『すごく、すごく救われた気がします。あなたに救われました』

昨日携帯で見たコメントを思い出し、僕は鼻で笑う。

救われました、ねえ。はは、馬鹿みたいだ。何言ってんだか。

これは全部僕の妄想で、僕の想像でできた物語だ。それに感動なんて、馬鹿みたいだ。こんなさ、一般市民の、どこにでもいるような人間の言葉で感動するなんて、本当に馬鹿な奴ら。

車内から窓の外を眺めていると、雨模様の中に入学説明会で見覚えのある景色がようやく見えてきた。本当は徒歩で行ける距離ではあるのだが、初日だし、雨も降っていたので母さんが車を出してくれた。

「そろそろだよ。春樹先生」

母さんはあれ以来、僕をどこか茶化すようになった。なんともまあ腹立たしい。印税全部僕が管理してやろうか。そう反抗したくなってしまうが、途中で車から追い出されても怖いため反論せずに「うん」とだけ答える。

僕はあれから、自分からは小説のことは話さなくなった。母さんは茶化すようなときもあるけれど、母さんにとっても、早く忘れるべきじゃないかと思ったからだ。小説というもの自体、柿沼《かきぬま》家ではあまり関わってはいけないのだ。

だけど僕は、読むことは好きだ。それはなかなか変えられない。だから読みたい本があるときは外で読むようにしている。自宅には本を持ち込まないように。母さんがこれ以上悲しまないように。

そして僕は決めていることがある。

自分が小説を書いたことは周りには言わない。絶対にバレないようにしたい。だって恥ずかしい。だからこそペンネームで本を出したのだ。僕は父のような人間じゃあないんだ。僕はただ本が大好きなだけで、本を読むだけの文学少年。読むだけに留めよう。

身体がどこか重かった。ねっとりとした空気に自由を蝕《むしば》まれているようで、思考がずいぶん重かった。その全てが低気圧のせいだと思い込んだ。

学校の入口近くのコンビニで車が止まる。

「母さんは保護者入口から学校入るから、もう先行っちゃいなさい」

「はいはい」

「春樹、入学おめでとう」

降りる直前、母さんは言う。僕は「いひひ」と笑って車を降りた。だけど少しだけ反抗期に突入した僕は母さんの顔は見なかった。

僕を降ろしたあと、母さんは保護者のために開放された専用駐車場に向かっていった。僕は持ってきた傘を差し歩き出す。

途中、水溜りを踏んでしまい、瞬時に靴の中に水が入ってくる。はぁと溜息が出た。億劫だ。何もかも億劫だ。新しい生活への緊張と、自分を隠し続けなければいけない不安で吐き気がする。高校生になりたくない。ずっと中学生のままでいたい。しかしここまで来てそんなこと言ってられない。こうなりゃやけだと、僕は重い足取りでゆっくりと藍浜高校への道を歩いていった。偏差値のそれほど高くない自由が売りの高校。決めた理由は、家から近いから。

歩いていると、同級生かそれとも上級生か、なんとも素行の悪そうな生徒が前を歩いている。自分と同じ年頃とは思えない風貌に、中学生のときとは全然違う空気を感じた。

バレないように。誰にもバレないように。

僕はそう強く頭で念じて藍浜高校の門をくぐる。

緊張で息を吞む。

僕の正体は、僕だけが知っていた。

小倉雪・高校入学

前髪よし。制服よし。リボンよし。バッグよし。

鏡の前で自分の顔を眺める。笑ったりほっぺを手でつねったり。

「何してるの？」

「顔の体操」

「何それ」とお義姉ちゃんが笑って私の部屋を通り過ぎる。私も自分の部屋を出ようとしたとき、本棚にあった『母をさがして』を視線が捉える。書籍化していたことをノーベルの『母をさがして』のページで知り、本屋さんを駆け巡り先日やっと見つけたのだ。

ふむ、と私は一度考えたあと、その本を手に取りスクールバッグに入れた。

部屋を出て、居間に飾ったお義母さんの写真の前に向かう。

そこにはお義姉ちゃんがすでに座っており、線香に火を灯していた。私も隣の座布団に座ると、お義姉ちゃんが手を合わせる。私もそれに倣《なら》い手を合わせ目を瞑《つぶ》る。

お義母さん。私高校生になりました。

まだ私はあなたがいなくなったことから立ち直れていません。でも、ゆっくりとお義姉ちゃんと一緒に頑張ってみようと思います。

あのね、私、高校生になったらやりたいことがあるの。ハルの小説みたいに、誰かを感動させるものを生み出したい。私が勇気づけられたように、誰かを勇気づける、そんなものを生み出してみたいの。

それがまだ何かは分からないのだけれど、いつか必ず、ハルのように誰かを救ってみせる。

そんな人になりたい。なりたいです。

「行こっか」

先に目を開けていたお義姉ちゃんが私の肩を叩く。私もゆっくり目を開けて「うん」と答え、居間を出た。

一瞬一瞬を、生きるのだ。生きるしかないのだ。

玄関で身支度を最終確認したあと、玄関の扉を開ける。入学式だというのに生憎《あいにく》の雨だったが、低気圧に負けてたまるかと心の中で叫び、傘も持たずに近くに駐めてあるお義姉ちゃんの車に走った。

「うおおおお！」

車の後部座席に手をやり、思い切りドアを開ける。と思いきや鍵がかかっている。私は勢いが止まらず、車のドアハンドルをガチャガチャやったり、ドアに体当たりしたりした。

「暴れ牛！　濡れる！　雪ちゃん濡れる！」

後ろから、家の鍵を閉めたお義姉ちゃんが駆け足で近寄り、運転席に回り込んで鍵を開ける。

私は今度こそ勢い良くドアを開けて、車に乗り込んだ。

「どっせい！」

「いや、気合い入りすぎなのよ」

お義姉ちゃんはそう言いながら冷静に車のエンジンをかける。

ふははは。私はもう誰にも止められない。気分を上げていけ。私は強い。負けない。雨になんて負けてたまるか。大丈夫、きっと私は大丈夫。

車は走り出し、獣道のような山道を進む。この全てがきっと、私にとって大切なものになる。

私はすごい人になるのだ。私が触れたもの、住んでいる街並み全てがきっと宝になるはず。

この人里離れた場所にある山に囲まれた木造平家ですら、私が住んでいたという事実だけで世界遺産になるだろう。

私は私だけのもので、私がどんな人間になるかは、私だけが決められる。未来は光で満ちていた。やりたいことが見つかっただけで、人生がこんなにも明るくなるなんて。中学生の、何も考えずボーッと生きていた自分に教えてあげたかった。

私は制服にかかった雨を払い、スクールバッグに入れていた『母をさがして』を開く。

もうすでに何度も読んだのだけれど。これから始まる自分の人生を祝って読み直そう。

そんな大袈裟《おおげさ》なことを頭で考えながら、私は最後のページを開いた。

『ユキ、負けるな。ユキ、頑張れ』

二章　夏、高校一年生

小倉雪・自宅

親愛なるハルさんへ

はじめまして。私は小倉雪と言います。

人生で初めてファンレターを書きます。

私は今、高校一年生です。高校に進学してから軽音部に入って、歌とギターを練習するようになりました。

将来の夢、というほどではないのですが、いつかシンガーソングライターになりたいなって思っています。そう思うようになったのはハルさんがきっかけでした。

ハルさんの書いた小説『母をさがして』を読んでとても感動したんです。ちょうどそのとき義母を亡くしてしまい、何も考えられなくて。そんなときに『母をさがして』に出合って、すごく元気づけられたんです。最後の『ユキ、負けるな。ユキ、頑張れ』って言葉が、まるで本当にお義母さんが私に言ってくれているような気がして。

だからこそ初めて読んだ衝撃は忘れません。泥まみれの視界が、パァッて広がっていくみたいな……

その言葉を頼りに、何か挫《くじ》けそうなときや、不安なときは、その言葉を思い返すようにしています。『ユキ、負けるな。ユキ、頑張れ』って。私の名前も雪だから、それもちょっと運命を感じました。本当に人生が変わった気がするんです。毎日の一瞬がすごく大切に思えて、朝起きてから眠るまでが全部刺激的で。今までがどれだけ平凡にのほほんと生きてきたかを自覚しました。

私も誰かに感動を与えたい、誰かの人生を変えてみたいって、思うようになりました。ハルさんが私の人生を変えてくれたように。だから最初は私も小説に挑戦してみたんですけど、まったく語彙力《ごいりょく》がなくて、何を書けばいいか全然分からなくて、断念してしまったんです。でも高校でできた友達に軽音部に入ろうって誘われて、そうだ！　歌でも人を感動させられる！　って気づいたんです。小説とはちょっと違うかもしれないけれど……。そういえば歌を歌うことが好きだなって気づいて。だからまずは自分の好きなことで表現できるように練習していきます。

毎日がすごくすごく楽しいです。すごく、生きてるって感じがします。

そう思えたのは、大袈裟ではなくハルさんのおかげです。素敵な小説を書いてくれてありがとうございます。私の人生を変えてくれてありがとうございます。

これからもハルさんのような素敵な人になれるように頑張ります。

汚い字でごめんなさい。最後まで読んでくれて、本当にありがとうございます。

小倉雪

＊

ファンレターを書き終え、一息つく。

張り詰めた意識を解くと、お尻のあたりに汗をかいているのを感じた。エアコンは居間にしかない。私は椅子に座ったまま、足の親指で扇風機の『強』のボタンを押した。扇風機の音に混じって、外からキリギリスやケラの鳴き声が聞こえた。夏だなぁと私は机にうつ伏せになりながら、先ほど書いたファンレターを読み直す。なんとまぁ、語彙力のない文章なのだと恥ずかしくなった。心臓を落ち着かせるため、大きく溜息をつく。

私は、感情を曝け出すのが苦手だ。好きも嫌いも、どうにも上手く伝えられなくて、頭が真っ白になってしまう。手紙だったらとペンを取ってみたけれど、自分の文章力に落胆する。しかし、今更どう書き直したって、格段に文字が綺麗になるわけでも、表現が向上するわけでもない。今書いたこの文章が、私自身のありのままの姿なのだ。みっともないけれど、そんな今の私のことを、ハルには知ってほしい。

ハルのおかげで今すごく楽しい。今すごく充実している。そのきっかけを作ってくれたのが紛れもないハルで、私はそんなハルにずっと感謝を伝えたかった。

だから、これでいい。気取る必要なんて、まったくない。

そう心で呟き、百均で買ったクマのイラストがあしらわれた便箋に手紙を入れた。

ファンレターと書籍になった『母をさがして』を右手に持ち立ち上がる。木製の引き戸を開けると、ガラガラと音が鳴った。縁側に向かう途中の壁にカメムシがよじ登っているのが見えたから、私はそのカメムシをそっと左指で摘み、縁側にいるお義姉ちゃんに話しかける。

「お義姉ちゃん。見て見て、カメムシ」

夕食後、縁側で外の景色を眺めながら、お酒を飲んで過ごすのが日課のお義姉ちゃんに、摘んだカメムシを見せる。カメムシは微かに足を揺らして抵抗している。私に敵意はないのに逃げようとしている姿を見ると、悲しくもあり、愛おしくもあった。

「逃してやり。そっと」

「うん」

私は縁側に備えてある庭用サンダルを履き、庭に出てすぐの地面にそっとカメムシを逃す。生きられるだろうか。この小ぶりな庭でもカメムシにとっては魔界だ。寿命がどのくらいなのか分からないけれど、生き延びて老衰で死んでほしい。でもごめん、家の中には入らないで。家の中で繁殖されてもそれはそれで困るから。

「ごめんね」と言いながら後ろ歩きし、そのまま縁側に座り込む。

「ここにいると蚊に刺されるよ。雪ちゃん」

「蚊取り線香は？」

「ちょうど昨日なくなっちゃった。さっき思い出した」

「そっか、いいよ今日くらい。吸わせてやろうよ」

「何それ」とお義姉ちゃんは笑う。お酒を飲んでるときのお義姉ちゃんは、なんだかリラックスしてるようで私も安心する。私もお義姉ちゃんの隣で一息つき庭を眺めた。

お義母さんが死んでから、あっという間に四ヶ月が経った。葬式の場で親戚に叫び散らしたが、内心本当に二人で過ごしていけるか心配だった。だが、今のところ何も問題なく暮らせている。

毎朝学校に行く前にお義母さんの仏壇に手を合わせ、学校にはお義姉ちゃんが送ってくれる。お義姉ちゃんはフリーランスのグラフィックデザイナーで、パソコン一つで仕事ができる。私を学校に送ったあと、駅前のカフェで仕事をするか、家に戻って仕事をすることもある。私は軽音部が終わったあと、頃合いを見てお義姉ちゃんに連絡し、お義姉ちゃんが迎えにきてくれるのだ。

掃除当番は別に決まっていないけれど、送り迎えをしてくれるお義姉ちゃんに感謝を込めて、基本的には私がやるようにしていた。

家のこと以外での日常といえば、時たま、新しくできた友達の御幸《みゆき》と小夜《さよ》と一緒に遊んだり、お義母さんの形見のようなスマホで彼女たちと一晩中ＳＮＳでやりとりをしたり。軽音部に入ったから、家事を終えてひと段落したあと、ギターを練習するようになった。周りは山で、近所付き合いと言えるほどの近くに家なんかないので、お義姉ちゃんが怒らない限り弾き放題、歌の練習し放題。それが私の最近の日常だった。

お義姉ちゃんとは今までもずっと一緒に過ごしてきたけれど、これほど密に会話をしたことも、深く接したこともなかったように思う。私が今まで血の繋がりがないことを不安に思い遠慮がちになっていたこともあるのだが、それはお義姉ちゃんも同じ。彼女も彼女なりに遠慮しながら接していたのだろう。こうしてお義姉ちゃんの隣で一緒に縁側に座り外の景色を眺めることも、お義母さんが生きていた頃にはなかったことだ。

お酒を飲み、少し火照った顔をしているお義姉ちゃんに、私は申し訳なさそうに話を切り出した。

「お――ね――ちゃん。あのね」

「なんじゃ」

「お願いがあるの」

私は持っていたファンレターと、『母をさがして』の最後のクレジット部分を開き、お義姉ちゃんに見せる。お義姉ちゃんが小声で、「出た」と漏らした。

「私ね」

「うん」

「ファン、レター、書いたの」

「ファンレター！」

自分で言うのも恥ずかしい『ファンレター』という言葉に、お義姉ちゃんも驚き、私より一層大きな声で叫ぶ。私はちょっとびっくりして肩を強張らせながら、話を続けた。

「送り方分からなくて。とりあえず手紙は書いたんだけど、でも本にはファンレターはどこに送ってとか、書いてないから、分からなくて。出版社の住所は書いてあるんだけど……、なんというか、いきなり送っていい？　のかとか、分からなくて」

「ファンレター、読ませて」

「絶対嫌！」

私のお願いをよそにニヤニヤしてるお義姉ちゃんに危機感を覚え、ファンレターを渡そうとしていた手を引っ込める。お義姉ちゃんは「ケチンボ」と言いながら微笑んでお酒を一口飲んだ。ほろ酔い。

「お義姉ちゃん、インターネット詳しいよね。送りたいんだけど託していい？」

「雪ちゃん、現代人としてあるまじき。いいよ、調べて送っておけばいいのね」

ニヤけながらも、頼もしく私のお願いを聞いてくれた。ありがたい。

私はネットがまったく分からない。スマホを持つことは楽しみではあったのだけれど、友達とやりとりをするラインくらいしかしないものだから、周りの話に全然ついていけないし、ついていこうとも思わなかった。音楽と小説は好きだから、ユーチューブとノーベルだけは見ているのだけれど、最近の世間の情報には疎《うと》い。

「うん、ホント、本当に見ちゃ駄目だからね」

私は恐る恐るファンレターを渡す。

「分かった分かった」

お義姉ちゃんは楽しそうな顔をして受け取った。

「ハルの小説、そんなに好きだったんだね」

「え、いや、うー」

「好きなんでしょ？」

「い、いいよ。もう。お義姉ちゃん、私もお酒飲みたい」

「は？　何言ってんの。私は別に飲ませてもいいけど、お母さんに怒られる」

お義姉ちゃんが冗談を言う。私は「えー」と悪態をつきながらも、お義姉ちゃんはいいのかと心の中で呟き、その肩にもたれて庭を眺めた。

「あ、そうだ。お母さんで思い出した。雪ちゃんさ、夏祭りに着ていきなよ、お母さんの浴衣」

「え、いいのかな」

「御幸ちゃんと小夜ちゃんにも見せてあげようよ。身長、同じくらいだから似合うと思うよ」

先週、お義母さんの荷物を整理していたときに浴衣があった。紫の紫陽花《あじさい》の模様が入った浴衣。もう着られることもないのかと思い涙ぐんだのを思い出す。

「あんなに綺麗なのに、着ちゃっていいのかな。もったいなくない？」

「どうして？　私はそうは思わないな」

弱気の私に、お義姉ちゃんが言った。

「一瞬一瞬を大切に生きなきゃ。その全てが風化していくのよ。私も雪ちゃんも、この家だって。大事に取っておくより存分に着てあげたほうが、浴衣にとっても良いことだと思うよ」

風化していく。

私は黙った。返答はしなかった。その言葉に感動したわけじゃなくて、風化という言葉の意味が分からなかったからだ。少し間を置いてから「うん」とだけ言って、目を瞑る。

虫の鳴き声と、土の匂いがする。お義姉ちゃんの口元からアルコールの匂いもしていた。

この時間が永遠に続いてほしいと願った。誰に批判されることなく健《すこ》やかに続いてほしいと願った。そんな都合の良いことはないから、明日が来なければ良いと思った。

ハルのことが好き。そう言えば良かったのに。私は好きと言うのが怖かった。なぜ怖いのかすら分からず、だんだんと意識がぼやけてきて、知らないうちに重力に任せてお義姉ちゃんの膝に落ちて眠りにつく。

すぐそこに、夏休みが近づいていた。

柿沼春樹・図書室

帰りの時刻、部活動に向かう準備をしていたり、談笑している同級生の中で、隣のロッカーの結城《ゆうき》が鼻歌を歌っていた。その鼻歌は聞いたことがある。なんだっけ。最近聞いたやつ。ああ、そうだ。

「スクランブル」

僕が言うと、結城が一回拍手をして、「いえーい」と笑った。少し大きな声だったので、僕はビクッと身体を反応させた。

「正解。スクランブル知ってるん？」

結城は嬉しそうに話す。僕は自分のロッカーを開けた。

「いや、あまり知らない」

「俺アルバム持ってる。貸してやるよ」

「え、ホント？」

自ずと声のトーンが上がる。

結城は面白がってよく僕に話しかけてくれる。僕がまだクラスに馴染めなかった四月の頃、一番に話しかけてくれたのは結城だった。移動教室でも、昼食でも、僕が独りのときになんとなく話しかけてくる。僕はそれを鬱陶しく思わず、むしろ安心感があった。あまり自分から話しかけることができないから、結城が僕と仲良くなろうとしてくれていることが嬉しかった。

「最近出た二枚目のアルバムは、あんまビビッと来なかったけど、それでも好きなんだよな俺。なあ、カラオケ行かん？　スクランブル歌おうぜ。二人で」

カラオケ、行きたい。行ってみたい。と思ったけれど、すぐに落ち込む。お小遣いなんてないのだ。チラリと結城を見ると、彼は左手で団扇《うちわ》を煽《あお》ぎ、右手で携帯を弄りながら話しかけてくる。彼の目線が携帯に向いているのを確認して、僕もロッカーの中の教科書に目線を戻した。

「ごめん、お金ないんだ」

そう言って教科書をリュックにしまい、汗ばんだ背中に背負って結城を見る。彼は口元を歪ませ、お決まりの残念そうな表情を作ると、携帯をポケットにしまって同じくリュックを背負った。結城のリュックは僕よりも薄い。おそらく宿題をするための教科書を入れてないのだろう。結城はそういう奴だ。勉強はしない。宿題もしない。素行も悪くて、意味の分からないチェーンを腰につけているし、いつも無駄に髪型を気にしているし、リュックにタバコを入れているのを見たこともある。しかし誰にでも気さくに話しかける人懐っこい性格のおかげで、みんなから慕われていた。

「残念だな。奢《おご》るで？」

「いやいや、申し訳ないよ。お金あるときに誘ってよ……誘ってや」

結城のマイブームであるエセ関西弁で言い返すと、結城は含み笑いをした。

「そうなんや」

なんとも楽しそうな声でそう言うと、結城は別の同級生のもとに行ってしまった。結城が行った先の集団は、結城が入ったことによってなんだか盛り上がっている。そんな彼らが羨《うらや》ましかった。

僕は小さく溜息をつくと教室を出て歩き出す。先生や少し話したことのある同級生とすれ違うと、なんとなく挨拶をしてくれる。僕も微妙な苦笑いで挨拶を返し、しかし特に話をしようと足を止めることもなく、一年生玄関とは反対のほうへ向かった。


窓から来る日差しが廊下を強烈に照らしていて、夏だと思った。

夏の匂いが好きだ。日差しはカレーパンの匂いがする。雨が降ると石の匂いがする。同級生からは制汗剤の匂いがする。ベリーやら石鹼やら好きな匂いの制汗剤をみんながつけるから、体育の前の更衣室は匂いのスクランブル渋滞を起こしている。その異様さが、無性に生きていると感じるのだ。ジメジメとした梅雨も、その梅雨が明けたあとの、全てを焼き尽くすんじゃないかと思う日差しの勢いも、全てが好きだ。哀愁を、風流を感じる。

夏を嚙み締めながら、東館のほうから階段を降りて二年生玄関のほうへ向かう。途中、同じ学年の軽音部の女の子たちがギター、それともベースだろうか、楽器のケースを持って音楽室に向かって走っていくのを見かけた。そんな光景を尻目に、僕は独りで図書室に向かう。

二年生玄関の真向かいに、目指す図書室はひっそりとあった。

図書室の引き戸を開けると、すぐにエアコンの効いた涼しい風が身体を包む。入口すぐ左側で、おそらく上級生らしき、本の貸出係をしている図書委員が僕を見たが、すぐに目線を読んでいる本に戻した。

楕円形の長テーブルが三つ。一番端っこのテーブルの、一番日差しが強い座席にリュックを置く。座る前に、座席に近い本棚から昨日読んでいた本を二冊取り出す。一つは恋愛短編集。もう一つはちょっとカロリーの高そうな長編サスペンス。どちらも文庫本だ。他の人に借りられていなくて良かった。席に持っていき、リュックを背もたれにして、昨日まで読んでいたところから読み始める。

やがて、同じように暇潰しで本を読みにきた生徒や、文芸部員の生徒も続々と図書室に集まり少しずつ賑わってくる。図書室ではあるのだが私語厳禁というわけではないため、無邪気な生徒の会話がダイレクトに響く。やがて、少し遠くの部屋から軽音部のドラムの音が微かに流れてきた。野球部が校庭で練習を始め、部員の掛け声が聞こえ始める。

みんな、自分の世界にいた。

藍浜高校に入学して四ヶ月。

高校生になったら自然と友達ができると思っていた。

しかし時間が経てば経つほど、そんなことはないのだと気づく。四月、五月、六月、七月と、やがて夏休みが始まるというのに、親しい友達ができることもなく、ただ日々が過ぎていく。時々クラスメイトが遊びに誘ってくれるのだが、母子家庭でお小遣いも少ないし、極力遊び回ることは控えなければ。

母子家庭じゃなかったら、もう少し裕福だっただろうか。父がいればと、また僕は父を嫌いになる。

強く変わろうと思わない限り、人間は変われない。だけど僕は行動しなかった。今のままでそれなりに満足な気がしていたからだ。

こうして放課後はエアコンの効いた図書室に来て、下校時刻になるまで好きな本を読む。好きなだけ読んでも誰にも怒られない。誰にも止められない。だって誰もが自分の世界を生きているのだから。

ジワリと汗を垂らしながら、生徒たちの楽しそうな声をＢＧＭに小説を読み耽《ふけ》る。

それが僕の、毎日の過ごし方だった。

小倉雪・教室

エレキギターを教室で練習しながら思う。ギターを始めたとき、Ｆコードが弾けなくてみんな挫折するって言ってた。だけどそれは罠《わな》だ。本当に難しいのはディミニッシュコードだ。なんだあれ。よく分からん。考えた奴は死ね。なんだよディミニッシュって。パンの名前か？

「買ってきたでー」

突然ほっぺに冷たい感触が当たり、身体中に電気が走る。ほへっと間抜けな声が出て、肩の力が抜けた。ゆっくり振り返る。

「小夜」

「どう？　弾けそう？」

じゃんけんに負けてコーラを買ってきてくれた小夜が戻ってきた。ほっぺにくっつけられたコーラを受け取る。キンキンに冷えて結露ができていた。少し濡れた頬を拭いながら、私は溜息をつく。

「駄目、全然駄目。もう嫌だ！　暑いし！」

がむしゃらに叫ぶ。ヤケになっていた。暑いし、ギターのコードは上手く弾けないし。指が攣《つ》りそうだし。もう駄目だ。

教室のエアコンはなぜか風力が弱い。窓を開けたほうが断然涼しい風が入ってくるのだが、それも正直快適と言えるほどじゃない。音楽室を使いたいけれど、軽音部では音楽室の使用は順番になっていて、私たちが使えるのは十七時十五分から。仕方なしに教室でアンプに繋がずに練習している。

「スクランブルの曲、そんなに難しいんだ。バラードって簡単だと思ってた」

「私も簡単だと思ってた。コード表見るまでは」

小夜は呑気に笑いながら私の前の空いている席に座り、いつものとおり突然私を写真に撮る。

私はギターを持っているからピースもできず、とりあえず変顔だけをした。

軽音部に入ろうと思ったのは白鳥《しらとり》小夜がきっかけだった。小夜は中学からの友達で、高校生になったとたんに髪を短くし、化粧を始めてプチ高校デビューを果たした。ピアスや茶髪もしたいけれど、そこまですると周りに距離を取られるからと控えているらしい。部活動見学のとき、『高校といったら軽音部でしょ』と私の知らない謎の文化を教えてきて、小夜に連れられて半ば強引に軽音部に所属させられた。

でも入ってみて気づく。まだギターは全然上手くないのだけれど、これが一番良いと思った。もともとハルのように誰かを感動させるものを作りたいと思っていた。最初、私も文芸部で小説を書いてみようか、なんて思ったのだけれど、よくよく考えたら、最後まで読むことができた小説は『母をさがして』が最初だったし、国語の点数は低いから、すぐに不向きだと悟った。その点、音楽だったらよく歌いながらお風呂に入るし、お義姉ちゃんがよく好きなアーティストを車で流して一緒に熱唱しながら登校するし、馴染みがあるぶん軽音部のほうが向いている。自分の歌で誰かを感動させようとすぐに決めた。

運命的だったものはもう一つある。家にギターがあったのだ。お義母さんが亡くなったあと、いろいろな手続きを済ませ、お義母さんの荷物や、物置を整理しているときにそれを見つけた。お義母さんの部屋の押し入れに黒色のギターがあったのだ。ストラトキャスター。埃《ほこり》を被っていて、弦も明らかに錆びていた。なんとなく興味が湧き、お義姉ちゃんに欲しいと言うと変な顔をしていた。お義姉ちゃんは結局何も言わなかったのだけれど、もしかしたらこのギターはお義母さんのものではなく、もともと父のものなんじゃないかなと思った。お義母さんがギターなんて弾いているところを見たことがない。もしかしたら父の思い出として、これだけは残しておいたのかもしれない。

ともかくその黒いギターで、私は毎日心が折れそうになりながら練習している。お義母さんのものは使いづらいけれど、父のものはどうでもいいからね。残してくれたのなら、存分に使わせてもらおう。

「マイナーとメジャーは弾けるんだよ……、それ以外がもう、もう、嫌い」

「そんなムズいんだ。私には分からんや。偉いよ雪」

「そっか、ドラマーだもんね」

「ドラマ」

「ドラマーでしょ。太鼓の人」

「太鼓の人ってなんやねん」

あっ、出たエセ関西弁！　私は小夜を指して大袈裟に笑う。

「志田先生じゃないですかぁ！」

小夜は適当に志田先生の物真似をする。思わず私は噴き出した。なんやねんやでって、それはもう関西弁でもなんでもないんじゃないだろうか。

「太鼓の人ってなんやねんやで」

志田先生は軽音部の顧問で、関西弁をよく喋る。若くて親しみやすいから、その関西弁を物真似する生徒がよくいる。しかし志田先生の出身は全然関西じゃないらしい。子どもの頃からの癖で関西弁の真似をよくしているだけなのだ。エセ関西弁。だから私たちが真似しているのもエセ関西弁だ。関西の人に怒られる。

「何笑ってるのー」

ガラガラと教室のドアが開き、おっとりとした声が教室の入口から聞こえてくる。御幸だ。

私と小夜は、二人で「よっす」と言い、それがまたハモって笑った。

御幸はテクテクと効果音が鳴りそうなほど背筋を伸ばして礼儀正しく歩き、私たちのもとにやってくる。私たちの前に着いて、背負っているベースを下ろすと「ふー」と溜息をついた。

「なんでもないよ。あ、間違った。なんでもないんやで」

私がふざけて言うと、今度は小夜が笑った。御幸は一瞬分からなかったが、すぐに志田先生の物真似をしていると気づき、「そうなんやー」と返した。はぁ、可愛いです。

「ギター練習してたの？」

「そうだよ。でもあとでいいや」

「なんでー」

「二人と喋る」

私はギターを窓際に立てかけて、椅子に寄りかかり二人と喋る。一回一回休もう。あとは音楽室での練習時間で、アンプを通して練習しよう。

篠原《しのはら》御幸は軽音部で出会った女の子だ。というか、一年生の女子は私たちしかいない。ちょうど御幸はベースを志望していて、小夜はドラム、私はギターボーカルを志望していたから、自然と一年生女子で集まって私たちはバンドを組んだ。御幸は喋り方がおっとりしていて可愛くて、身長も低くて、まるで目の大きな小動物みたいな子だ。この子と話してみたいと直感で思い、私から話しかけた。小夜も御幸と馬が合い、スクランブルというアーティストが二人とも好きだったらしくすぐに仲良くなった。同じバンドを組まなくても、三人で仲良くなっていたかもしれない。

十七時十五分でいつも音楽室を使う順番が回ってくる。それまで私と小夜のDクラスに御幸が来て楽しく談笑するのが日課だった。好きなアーティスト、好きな先生、最近あったこと、家であったこと、クラスであったこと。

「御幸はいいよね、志田先生が担任で。絶対楽しいじゃん」

小夜が鞄《かばん》に入っていたドラムスティックを取り出し、なんとなく弄りながら御幸に言う。御幸は椅子に座りながら、自分の足で固定して立てているベースのケースに顎《あご》を載せていた。

「えー、怒るときは怒るよ？　いつも面白いから怒るときはギャップで怖いんだよねー。古角《こかど》先生のほうがよくない？」

古角先生は私たちのクラスの先生。国語教員をしている小太りの先生だ。

「私は古角先生のクラス楽しそうだなって羨ましいときあるよ。古角先生優しいよね」

「そう？　古角おじさん、話長いときあるからそれがちょっと嫌だな。雪は？」

「ん？」

「雪はどの先生が一番好き？」

好き、と言われると、困惑してしまう。

んー、と目を瞑るけど、すぐに出てこなかった。古角先生は優しくて、おじいちゃんっていう歳でもないけどおっとりしてて好きだ。志田先生は若くて活発で、もしお兄ちゃんがいたらこんな感じなんだろうなって思うくらい楽しい人。でもどっちかを選ぶってなったら、なんかパッとしない。

私は考えて、考えて、考えて、考える。

そうしてようやく思いついた。

「あの人」

「誰々」

「友田《ともだ》先生」

そう言うと、小夜はポカンとした顔で私を見た。

「なーに」

「雪、男の先生を言うところでしょ」

「いいじゃん友田先生。数学のときいつも楽しいから」

小夜が釈然としない顔をしている。そんな小夜を、まあまあと御幸が宥《なだ》めた。

友田先生はBクラスの担任の女性の先生だ。数学を教えていて、ちょっと早口な先生。

「友ちゃんが好きだなんて、ちょっと意外だね、雪ちゃん」

「私、数学好きだから」

「そこなんや」

御幸が珍しく、エセ関西弁で自分からふざけてくる。私はふふっと笑い、「そうなんやで」と返した。

好き、か。

二人は時々、誰が好きとか、先輩がかっこいいとか、同じクラスのあの人が良いよねとか、恋バナをすることがある。同じ中学でそこそこ仲が良かった小夜も御幸に便乗して恋バナをしたがるから、自分はそういうのにあまり積極的ではないのかと気がついた。

同級生の中で、早くも何人かが付き合いを始めていた。高校生になったとたんに、目に見えるように周りが付き合い始めたから、なんとなく自分だけが浮いているように思えた。入学式のときは赤の他人だったはずなのに、四ヶ月で交際して、きっと誰もいないところで手を繋いだりキスしてるんだろう。私には当たり前のように、当然のように、周りがどんどん付き合うのがなんだか気持ち悪かった。なぜ男の子と付き合わなきゃいけないのか。必要性を感じなかった。だけど周りがどんどん付き合うものだから、まるで私の頭のほうが異常みたいじゃないか。浮いていて、取り残されていて、まるで別の世界にいるようだ。

きっと、御幸と小夜も、いつか誰かと付き合うんだろうな。御幸はのんびりしているから、エスコートしてくれるしっかりした男の子が合いそうだな。小夜はいつも元気で生き生きしているから、もしかしたら落ち着いた優しい子が合うかもしれない。でも自分だけは、誰かと付き合うなんてまったく想像ができなかった。

私だけ取り残されたら、嫌だな。

そんな言葉を飲み込みながら、私たちの練習時間が始まるまで二人と談笑して時間を潰す。

次第に日が落ちて気温が下がり、窓から流れてくる風が心地良かった。

柿沼春樹・図書室

「春樹くん、時間だよ」

顔を上げると、古角先生がテーブルの真向かいの席に座り、妙な笑顔で佇《たたず》んでいた。

昨日半分まで読んだ恋愛短編集を三十分余りで読み終わり、長編サスペンスを三分の一まで読み終わったところで、どうやら十八時過ぎになっていた。二人目の死体、しかも今度は密室状態という謎の深まるシーンなのに。僕は露骨に嫌な顔をして古角先生を睨《にら》む。

隣のクラスの担任で、文芸部の顧問と図書室の管理を兼任しているらしい、眼鏡で太っちょの先生。身体が大きくて一見怖そうなのだけれど、穏やかな性格だからそのギャップで人気があり、文芸部の生徒が親しみを込めて『古角おじさん』とよく呼んでいるのを知っている。

「あと五分……」

「駄目駄目、みんな帰ったんだから、君だけ帰らせないわけにはいかないよ」

それは……、本当にそうなんだけれども。

部活動終了時刻は十八時。完全下校時刻は十八時半となっていて、大抵の生徒は十八時になる前にそろそろと帰っていく。それはもちろん文芸部も同じこと。一人、また一人と帰っていって、最後に残されたのが僕一人。図書室の時計を見ると十八時十五分を指していた。

あと十五分あるのにと、本当はもっとごねたかったのだけれど、部活動で十八時半を越すと顧問が教頭に怒られてしまうらしい。古角先生に迷惑をかけることはできず、僕は渋々と本を棚に仕舞《しま》った。

「ほら、玄関まで一緒に行こう」

「ぁい」

気の抜けた返事で答えると、古角先生は「よいしょ」と重い身体を持ち上げて、図書室の出口へ向かう。僕も背もたれにしていたリュックを背負い椅子を戻して、古角先生の後ろについて図書室を出た。

「今日は何冊読んだの？」

図書室の鍵を閉めると、古角先生は腹を揺らしながら一年生玄関に向かって歩く。

「〇・八冊」

「〇・八？」

「半分と、三分の一」

「ああ、そういうこと」

「はは」と先生は笑う。

図書室に毎日のように通い、下校時刻まで本を読んでいると、当然先生に覚えられる。図書室の最後の最後まで残り、鍵を閉めにきた古角先生に連れられて一年生の玄関を出るのが毎日のルーティーンだった。気づけば敬語を使う必要がないほどに仲良くなっている。

僕は先生につられて、「いひひ」と笑う。

「出た」

「何？」

「いひひって笑い」

「なんで。いいじゃん」

「嫌いじゃないよ。面白い。いつもそうやって笑えばいいのに。周りの子にはなんだか畏《かしこ》まっているように見えるよ」

「畏まってるかな。そんな気はなかったけど」

弱々しく僕が言うと、先生は「うう」と犬のように唸った。考え事をするとき、いつも変な音を喉から鳴らす。僕の笑い方同様、古角先生の癖なのだろう。僕に親しんでくれていると思うと嬉しい。

「何も気負わず、自然でいればいいよ。今みたいに。私は今の春樹くんのほうがいいと思う」

今の自分を褒められたのと同時に、日常の自分を否定された感じがして、どう返して良いか分からず考えて考えて、結局出た答えは「いひひ」だった。

一年生玄関に向かう途中、国語科の教員室に着く。古角先生の受け持つ教科だ。まさに扉を通り過ぎようとしたとき、古角先生は「あ」と惚けた声を出した。

「そうだ、明日ね、新しい本が入ってくるんだ」

「マジ！　やぁ！」

「うん。昼休みに図書委員が本棚に追加してくれる」

「何入ってくるの？」

僕の質問に古角先生はまた「うう」と唸り、国語科教員室の扉を開けて中に入った。僕にも入れということだろうか。恐る恐る中に入る。他の先生は同じように見回りに行っているのか、誰もいなかった。

古角先生は自分の机の古いパソコンを開き、何やらカチカチと弄ったあと、コピー機のところに移動する。カルガモの子どもになった気持ちで古角先生の後ろをぴったりついていく。一枚の紙が印刷され、出てきた瞬間に器用に手に取った。

「これ、図書室に明日入ってくる本のリスト。最近出た本とかも来るらしいから、楽しみにしてて」

エクセルで作られた、文字が小さい見にくいリストだった。けっこうな数がある。

「へえ、明日楽しみだ。こういうのって誰が決めるの？」

「図書委員がアンケートを取ったり、先生たちがお薦めの本とかを会議して決めることもあるよ。私が図書室を管理しているから、私が好きな本とかもちゃっかり入れてる」

「うわ、職権濫用」

「なんとでも言いなさい。ほら、帰ろう。お家で見て楽しみにしておくれ」

「ほらほら」と、古角先生は僕を国語科教員室から追い出す。僕はそのリストを読みながら、背中を押されるまま歩いていった。

最近出た漫画や文庫本がある。僕が今日読んでいた長編サスペンスの続編も載っていて、涎《よだれ》が出そうになった。まだまだ全然物語が続くのか。あのテンションで。作者はすげえな。食欲にも似た感覚に陥り、自分は本当に本の虫なんだなぁと自覚する。

「前見て歩きなさい」

「んー」

古角先生に背中を押されたまま、一年生玄関に向かう。陽が落ちて、少しだけ暗くなってきた。エアコンで冷えた肌が温くなり、少しだけ脇汗をかき始めたとき、僕は叫んだ。声にならない、鳴き声のような叫び。マントヒヒのような、引き笑いの狂気版みたいな叫び。

「何！」

小さく飛び跳ねる動きをして、古角先生は子どもっぽく驚く。いつもだったら、『何その動作！』って馬鹿にしたり笑ったりするのだけれど、今はそんな余裕がなかった。

僕は喉がつっかえたまま無理やり「なんでもない！」と掠《かす》れた声を出す。出かかっていた脇汗がドッと解放された。

そこには僕が書いた『母をさがして』が記されている。

蟬の声が、遠くで鳴り響いていた。

小倉雪・放課後

「今日はお前らが最後か」

下校時刻近くになり、自分のギターを片付けていると、国語教諭の志田先生が見回りにやってきた。高身長で短髪の、エセ関西弁が口癖の先生。スティックを仕舞うだけで片付けの終わった小夜が真っ先に駆け寄る。

「志田ちゃん、結婚して」

「いいえ。早く帰ろや」

さすが毎日顔を合わせるたびに小夜に言われているだけある。適当にあしらうスキルがハンパない。自分の片付けを済ませて御幸を見ると、ベースアンプを重そうに隅っこに運ぼうとしていた。私はすぐに駆け寄り一緒に支える。

「ありがとう。惚れそう」

「単純すぎるでしょ」

ふざけ合いながら、一緒に音楽室の隅っこにベースアンプを移動させる。お互い身支度を済ませると志田先生のもとに集まった。

「ねえ志田ちゃん。三人で夏祭り行くんだけどさ。志田ちゃんも一緒に行こうよ」

二人に近寄ったとき、耳に聞こえてきた会話に唖然とする。ちょっと、小夜。何言ってるのさ。先生と一緒だなんて駄目に決まってるでしょ。

しかし案外御幸も、「いいね〜」と抜けた声を上げている。そういうものなの？　私は恐る恐る志田先生を見る。

「何言ってんだよ。教師が一緒に行けるわけないだろ。生徒と一緒に行ったら怒られるわ。教師舐めんな」

と、当然の如く怒られた。そりゃそうだよな。ホントすみません。そう言いながらも、志田先生は本気で怒った素振りは見せずニヤニヤ顔をしていた。

「えー一緒に行きましょうよ。四人で行ったほうが楽しいよ。ねえ？　雪」

「え、あ、えーと」

楽しい、のか？　分からない。

「俺がついて行ったらちゃんと楽しめないだろ。三人で思い出作ってこい」

「はーい……」

「保護者と一緒じゃないから禁止って言わないだけありがたいと思え」

志田先生はそう言って小夜の頭を軽く叩いた。じゃれあっちゃって。

「ほら、帰るぞ」

志田先生の言葉を小夜は受け入れ、私たちは音楽室を出る。最初に私が出て、最後に志田先生が電気を消して音楽室の鍵を閉めた。

「本当は雪ちゃんのお義姉ちゃんに付き添いを頼もうと思ったんだよね」

御幸がベースを背負い器用に中履きを履きながら、おっとりとそんなことを言う。すると、意外にも志田先生が私に興味を示した。

「雪、姉ちゃんいんの？」

志田先生にあまり話しかけられることはなかったから、私は少し驚きながらも立ち止まる。志田先生が靴を履いて、隣に来るのを待って言った。

「はい。義理なんですけどね。今二人暮らしなんです」

「義理？　そうか……」

一瞬心配そうな顔で私を見る。ああ、またか。この目には慣れている。再婚という状況だと、物珍しく訊いてくる人や、何も言わず心配してくれる人、優しく接しながらも陰で噂する人、いろんな人が私を好奇の目で見る。四ヶ月も経つと、それももう慣れた。

意外に広まっていると思ったのだが、志田先生には言ってなかったか。別のクラスだし、まだ四ヶ月しか経っていないし、把握できていないのも当然だ。

私は志田先生の隣を歩く。自然と、御幸と小夜が先頭で、私と志田先生が後ろを並んで歩くという状況になった。なんともまあ珍しい。私たちが軽音部で最後のときはいつも、小夜が志田先生とお喋りして、御幸と私でお喋りして玄関まで行くのに。

「頼もう、っていうか実際に頼んでみたんですけど、断られました。人混み嫌だって。家で独りでお酒飲んでるほうがいいって」

「面白い義姉ちゃんだな。酒乱なのか？」

「いや、そういうわけじゃないんですけど、たぶん人混み嫌だっていうのが主な理由だと思います。インドアなんで、うちのお義姉ちゃん」

「へえ。でも二人で生活してるなんて立派なもんだな」

「狙ってます？」

「は？」

「いや、妙に訊いてくるから。うちのお義姉ちゃん狙われてんのかなって」

「なわけないやろ！　なんで女子高生って、こうなんでもかんでも恋愛関係に持ってこうとするんだ」

志田先生は大袈裟に否定する。

おお、珍しく志田先生と意見が一致した。恋バナ、私もあんま興味があるほうじゃないのだけれど。でもなんとなく、これを機にあまり喋れていない志田先生と仲良くなれるんじゃないかなと思い、「へえ、本当ぉ？」と私はあえて悪戯にニヤついてみせた。

志田先生いくつだっけ？　確か二十代中盤くらいだったような。お義姉ちゃんと同じ世代だよね。もしお義姉ちゃんが志田先生とお付き合いして結婚したら……。と、そこまで考えて眩暈《めまい》がした。いや、無理無理。ていうかそうなったら志田先生のことなんて呼べばいい？　お兄ちゃん？　おじさん？

「志田先生、なんて呼ばれたいですか？　お兄ちゃんでいいですか？」

私は本気の疑問で志田先生に問いかける。

しかし志田先生は私の頭を軽く叩くだけだった。

志田先生は一年生玄関まで見送ってくれた。

三人で仲良く玄関を出て、学校近くのコンビニに向かう。いつも、お義姉ちゃんとそこで待ち合わせしてるのだ。二人はいつもお義姉ちゃんが来るまで一緒に待ってくれる。

「早く夏祭り行きたいね」

コンビニ裏でアイスを食べながら御幸が言う。私と小夜も、一緒に買ったアイスを齧《かじ》った。

「あ、そういえばさ。私浴衣着て行こうかと思うんだけど」

私がなんとはなしにそう言うと、小夜は「え！」と大袈裟に反応した。

「マジで！　見たい！　すごい！　浴衣なんてあったの！」

「うん、お義母さんのやつね」

私がそう言うと小夜は、「そうなんだ！」と笑顔で返したが、微かに俯いた。御幸も少しだけ視線を下げる。ああ、そうだ。そういう話題だった。まだこの感じに慣れていない。

母子家庭というのは意外とあるもので、中学時代は自分がそうだと言っても特別変に思われなかった。だから私は同じ要領で、二人と仲良くなり始めた頃、父も義母もおらず義姉と二人暮らしだと言うと、なんだか気まずい雰囲気が生まれたのを覚えている。肯定も否定も、珍しがることもなかったけれど、触れても良いか分からなそうな顔をしていた。そのくらいのレベルなのだ。私の環境というやつは。この四ヶ月意外と苦ではないのだが、あまり明るく言うことでもないらしい。

空気を読むことは、私は今までずっとやってきていて、それこそ得意分野だった。二人が会話をしやすいように、私から話を続ける。

「なんかね、紫色のやつなの。紫陽花のやつ。お義姉ちゃんが着せてくれるって」

「そうなんだ。夏祭りに浴衣って、すごい青春」

御幸がとっさに話に入りフォローしてくれる。私はホッと胸を撫で下ろした。小夜もそれを感じ取ってすぐにいつもの笑顔を見せる。

「あ、待って、私も浴衣持ってるかも。中学生のときのやっすいやつだけど」

そう小夜が言ったので、先ほどのお返しのように私もあえて大袈裟に反応した。

「本当！　小夜も一緒に着てく？」

「雪ちゃんも小夜ちゃんもずるい。ずるいよ。私浴衣ないのに！　待って、お年玉で買える？」

「え、どうだろ……。小夜頼んだ」

「はいはい」

小夜は中学時代からスマホを持っているためか、ネットのことはお手の物だ。分からないものはなんでも小夜に訊いてみれば調べてくれる。自分で調べればいい話なのだけれど、小夜も自分からそれを良しとしていた。

「あ、これ、可愛いの。五千円くらいのやつがあるよ。あ、でも一万円のも可愛い」

どれどれ、と小夜が開いたページを見ると、大手ネットショッピングのサイトで女性用浴衣が検索されていた。あ、ピンクの花柄のやつ、可愛い。私には似合わないけど、御幸にはぴったりだろうな。

「意外と買えそう！　お年玉使う！」

御幸は値段を見て叫んだ。そのあとは三人でどの浴衣が御幸に似合うかで盛り上がった。いっそのこと甚平《じんべい》とかにしてみようかと、メンズのページに飛んだあたりで、ようやくお義姉ちゃんがやってきた。

いつものことだから、もういちいちお義姉ちゃんが二人に挨拶することもない。

「あ、来た。じゃあね二人とも！　またね」

会話をきりの良いところで終わらせ、二人に手を振る。「次は甚平で会おう」と小夜が御幸を茶化し、御幸が「絶対に着ない！」と叫ぶ。私は笑ってお義姉ちゃんの車の後部座席に乗った。

「お疲れ」

「お疲れ様。今日は楽しかった？」

お義姉ちゃんはいつもの決まり文句を言って車を発進させる。車の中はキンキンに冷房が効いていて心地良かった。

「うん。楽しかった。お義姉ちゃんって志田先生覚えてる？」

「志田先生？」

お義姉ちゃんは私の言葉を繰り返す。私はギターを横に立てかけ、シートベルトを締めながら言った。

「軽音部の顧問で、御幸のクラスの担任の先生だよ。ほら、あの若い」

「ああ、そうね。志田先生。どうかした？」

「どう？」

「はあ？」

お義姉ちゃんは当然間抜けな返答をしてくる。バックミラー越しにお義姉ちゃんの顔を見ると、ポカンとしていた。

「お義姉ちゃんいるんですよーって志田先生に言ったら、なんか食いついてきたから」

「へえ……、なんか言ってた？」

「ううん。二人で生活してるから立派なもんだなって」

「それって私じゃなくて、雪ちゃんに言ったんじゃない？」

確かにそれもそうか。私は後部座席にもたれかかり、大きく欠伸《あくび》をした。

「良い人だと思うよ」

「え？」

目から零《こぼ》れた涙を擦っていると、不意にお義姉ちゃんが言う。

「素敵な先生だと思うわ」

おっと？　私はとりあえず「ふーん」とだけ言って、あとはずぅっとニヤニヤしてた。

なんかみんな、好きなものがあっていいな。

好きなもの、というか、好きなものにちゃんと好きって言えるのって、いいなぁ。

なんか、ちょっとずるい。

柿沼春樹・図書室

「じゃあみんな、また明日！」

担任の友田先生の号令でみんなが挨拶をする。しっかりと深くお辞儀をするクラスメイトもいれば、軽い会釈だけで済ませる奴もいる。その中で僕だけ頭を下げず、歯をカチカチ鳴らしながら身構えた。

誰か一人が動き出した瞬間、僕はすでに横に用意していたリュックを持って、教室のドアに向かって走る。

「あ、春樹――」

ドア近くの席の結城が話しかける。そうだ、遊びに行く約束をしていたんだ。汗が目に入りそうになった。

「ごめん！」

軽く目を瞑りながらそう言って教室を出る。思いのほか大きな声が出てしまって結城は驚いている。あまり目立った行動をしたことがない僕が慌てているものだから、数人の生徒が僕を見ていた。

教室を出た瞬間、猛ダッシュを決め込む。これほどまでに図書室までの廊下が長いと思ったことはあっただろうか。体育の千五百メートル測定ですらこんなに本気で走ったことはなかったのに。しかしそれでもいつもより遠く感じる。

身体を動かすのは好きだけれど、毎日積極的に運動しているわけじゃない。簡単に身体は衰えてしまう。早くも息切れを起こし、汗も噴き出て、身体中が気持ち悪い。でも止まるわけにはいかなかった。

早く、早く行かなければ。早く、早く！

今日の昼、試しに図書室に行ってみたが、予想どおり図書委員の入れ替え作業により入れなかった。不審者っぽく何度も前を行ったり来たりしたのだけれど、作業が終わる気配はなかった。それなら放課後に急いで行くしかない。

『母をさがして』を見つけて、捨てよう。小説を出していることは学校のみんなには絶対知られたくない。恥ずかしい。出版は一度きりと決めているのだ。怒られるかもしれないけれど、バレなければいいのだ。

ようやく図書室に到着する。木製の引き戸を開けて中に入る。良かった。鍵が閉まっていたら急いだ意味がない。友田先生が、いつもホームルームを早く終わらせる人で助かった。早口で何を言っているか分からないときがあるけれど、今日は初めて友田先生のせっかちな性格が好きだと感じた。

反射的にいつもの自分の席に身体が動いてしまう。そのまま乱暴にリュックをテーブルの上に置いて、真っ先に新刊図書のところを見にいった。

新しく図書室に来た本はまずここにまとめられる。おそらく『母をさがして』もここにあるはずだ。

そう思ったのだが、どこにも見当たらない。特徴的な桃色のデザインの背表紙だからすぐ見つかるはずなのに、ない。別の本棚に入れたのだろうか。この量の本の中からたった一冊の本を捜すのか？　マジか？　一瞬諦めようか悩んだが、ここまで来たら捜すしかない。本棚を片っ端から捜していく。

古角先生が、今回の新刊の量はいつもより多いのでこれを期に整理すると言っていた。よく見ると、昨日読んでいたサスペンスの文庫本がない。それに加えて、乱雑に入れられていたシリーズもののライトノベルも整理整頓されている。図書委員総出でだいぶ入れ替えたみたいだ。読み途中のものまでどこかに行ってしまったこともあり、苛立ちが湧き上がる。

「母をさがして……、母をさがして……、母をさがして……、さがして……、さがして……、さがして……」

走ったせいで流れ出す汗と、長くなってきた前髪をかき分けながら捜すが、一つ目の本棚にはなかった。

二つ目の本棚に差し掛かったとき、図書委員の男子生徒が来た。誰よりも早く来た僕に一瞬驚いていたが、面識も関わりも特になかったので、彼はいつもどおり受付の貸し出し管理をしているパソコンの前に座る。一般の生徒もそろそろ来てしまう。

僕は急いで二つ目の本棚を見る。片っ端から見ていくが、それっぽい桃色の背表紙のものはなかった。その間にも、続々と図書室で暇を潰そうと生徒がやってくる。一人、また一人と増えてきて、次第に生徒同士の会話が聞こえてきた。今日は吹奏楽部の練習の日なのか、音楽室から金管楽器の音も聞こえてくる。

ゆっくりと、僕に追いついていつもの放課後の風景がやってきた。

そして最後の本棚を見る。

「……ない」

ない。ない。ない。ない。ない？

誰かが借りた？　いや、でも昼休みは図書委員が本の入れ替えをしていたから誰も借りられなかったはずだ。放課後も僕が一番最初に来た。さっきから本を抜き取ろうとしている一般生徒を、気味悪がられながらも逐一観察してみたけれど、おそらく僕の本を借りている人はいなかった。

はぁと溜息をついて椅子に座り込む。どっと緊張が解けて、それと同時にさらに多くの汗が噴き出した。背もたれに寄りかかる。

何も考えられないまま上を向いて再び溜息をつく。その様子を数人の生徒が奇妙な目で見ていたが、すぐにそれぞれの時間に戻っていった。

なかった。『母をさがして』が。

拍子抜けした。なんだよ、ないじゃないか。なんなんだよ。こんなことなら走らなきゃよかった。ああ、結城に酷い態度を取ってしまった。これでまた浮いてしまう。

古角先生に確認しにいこう。だけどちょっと、ちょっと休ませてくれ。

誰に言うでもなく、心の中で呟く。

もう完全に、いつもの放課後の風景が広がっていた。気怠《けだる》そうに受付をする図書委員。椅子に座ったり、立ち読みをしている生徒たち。グラウンドからは、走り込みをする野球部員の掛け声が聞こえてきた。

馬鹿みたいだ。こんなに必死になって。こんなに後悔するなら小説なんて書かなければよかった。気になって、ネットの評判も見た。僕の年齢のこともフォーカスされているみたいで、気恥ずかしかった。この台詞《せりふ》が良いとか。ラストの展開が良いとか。いろんなことを褒められていた。褒められて、褒められて、褒められるたび、なぜだか自分が醜く見える。

しかし、褒められるコメントばかりではない。もちろん、少しだけ悪評があった。

「くそっ」

苛立ちが沸点に達し、泡のような悪口になって外に出る。父さえいなければ、僕はこんなにも悩むことも、縛られることもなかったのだ。と、頭の中で言葉にしてようやく気づく。

縛られる、か。縛られているのか、僕は。

顔も見たことがない男の影に僕は怯えている。醜い人間になりたくないと叫んでいる。

「優香《ゆうか》ちゃんお疲れ！」

突如、どこかから聞こえてきた妙に甲高い声に思わず現実世界に戻ると、顔は動かさずに目線だけを入口のほうに向けた。

受付の図書委員に話しかけている女子生徒の声だった。確か文芸部員だったはず。中履きに水色模様がある。僕と同じ一年生か。

なんとなくその二人のやりとりを見続ける。楽しそうに話す二人を見て、ああ、僕も結城や他のクラスメイトとあんな感じに喋れたらなぁと嘆いた。

中学生の頃からそうだった。考えるのに時間がかかって、すぐに言葉が出せず、それが寡黙《かもく》に映るのか、誰からも少し距離を置かれた。別にいじめられていたわけじゃないけれど、あの女子生徒のように、楽しそうに喋れるような人間だったら、もう少しいろんな人と仲良くできたと思うんだけれど。

「ありがとー」「いえいえ」。二人の会話が楽しそうに盛り上がる。図書室に来た女子生徒が深々とお辞儀をする。優香ちゃんと呼ばれた図書委員が、机の引き出しから本を取り出し、女子生徒に渡す。それを嬉しそうに受け取っ――

「んっ！」

その光景を見た瞬間、衝動で腹から声が出たのだが、口を閉じていたためまるで唸り声のようになった。身体も反射的に動き、膝が机にぶつかる。唸り声より、膝がぶつかった音のほうが大きくて、図書室にいる人たち全員が僕のほうを見た。もちろんその女子生徒も。

さっきから出っ放しの汗がとたんにさらに溢れ出た。図書委員が女子生徒に渡したその本は、まさに僕の本『母をさがして』だったのだ。

女子生徒と図書委員が驚いた顔で僕を見る。

「ご、ごめん」

僕はオロオロと立ち上がり、ひとまずそう言葉を出した。何がごめんなのか自分でも分からないのだけれど、ともかくその一言で、女子生徒が自分に用があるのだと感じ取ってくれたみたいで、心配そうに駆け寄ってきてくれた。

柑橘系《かんきつけい》の制汗剤の匂いが鼻を抜ける。

「だ、大丈夫？　何？」

「その本、えっと……」

「本？」

ああ、また、もう！　考えてから喋れよ自分！

その本を返してほしい。返して、ていうかこの学校の物なんだけど、でも僕が書いた本であって、いやもうそんなことどうでもいいんだよ。

どうする？　なんて言う？　まさか正直に自分の正体を明かすわけにはいかない。そうだ、と僕は恐る恐る言った。

「僕もその本、借りたかったんだ」

できるだけ自然に言ったつもりなのだが、いつもの癖で語尾に「いひひ」と気色悪い愛想笑いが出てしまう。そのとき初めて、本気で自分の癖を改善しようと決意した。客観視したら絶対気持ち悪い。逃げ出したい。逃げ出したい。逃げ出したい。

もはや頭の中は真っ白になってしまったのだが、意外にも目の前の女子生徒は目を輝かせ、

「ええ、本当⁉」と驚きの声を上げた。

「私もずっと読みたかったの！　偶然。え、ホント？」

なぜか好感触だったみたいで、心でガッツポーズを取る。

「読みたかった。すごく読みたかった」

「私も。お小遣いなくて買えないから、試しに優香ちゃん……、えっと、図書委員の人に言ってみたら学校の本として買ってくれたの」

リクエストしたのは君だったのか。

目の前にファンがいる。少し恥ずかしい。自分の本を求めてくれている人が実際にいるなんて。ネットの奥の顔も見たことない人たちの声じゃない。本物のにんげん。

しかし偏見ではあるのだけれど、本を読むような女の子に見えなかった。彼女は一目見た瞬間から不良のように思えた。薄く化粧をして、髪も若干茶髪で、制服も着崩して、耳にピアスまでしてるじゃないか。自由な校風とはいえ、さすがにこれは怒られるだろう。少しだけ結城と同じような雰囲気を感じる。

「えっと……」

「春樹、です」

「春樹は――」

呼び捨て？

「なんでこの本知ったの？」

「ネットで知ったんだ。ノーベルっていう小説サイトで」

「私も！　ノーベルで見つけたの！　投稿されたときからずっと読んでたんだよね。えー、嬉しい。こんな身近に仲間がいたなんて」

仲間、と言われてなんとなくむず痒くなる。脇から汗がすんごい出てるのが分かる。

「あーでも、一冊しかないんだよね。この本……」

女子生徒は残念そうに、手に持っている本を見た。

今だ。ここで強く押して、なんとかその本を譲ってもらおう。そして、この本を焼却炉で燃やそう。そしてこれからの高校生活は、この女子生徒と関わらないようひっそりと過ごそう。日陰でひっそりと暮らしていくんだ。なんなら退学しよう。母さんに土下座して、どこか遠い学校に転校しよう。もう駄目だ。終わった。さよなら古角先生。さよならいつも話しかけてくれる結城。

旅立ちを決意し、僕は口を開こうとした。

「じゃあさ――」

ところが、女子生徒は僕よりも先に口を開く。喋ろうとしていた身体のリズムが崩れ、「はふん」と小さく声が出た。彼女はそれに笑いながら続ける。

「一緒に読もうよ。私と」

僕は、沈黙するしかなかった。

「ほう」

十八時、図書室の見回りにきた古角先生が、僕たちに気づいた瞬間にそんな気の抜けた声を漏らす。目線をちょっとだけずらして先生を見ると、いつもと同じようにほんわかとした表情をしていた。いつもの表情なのだけれど、どこか冷やかされているように感じてちょっとムカつく。

隣の女子生徒は古角先生の声を無視して、本に集中していた。それはもう熱心に、のめり込んでいた。

結局、僕は彼女と、自分が書いた本を一緒に読むことになっていた。

提案されたとき、一瞬迷ったけれど、よくよく考えたらそれが一番良い方法だと納得した。本を燃やさなくても、女子生徒を避けなくても、ここですぐ読み終えて満足させればいいのだ。たった一日でなんとかなるんだ。今日さえ我慢すれば。

そう覚悟したのだが、今になって間違いだと気づく。

彼女は、たとえるなら蝸牛《かたつむり》のようなのだ。

ゆっくりと、のんびりと、這うように視線を動かし、時には頷き、時には「へぇ」とか、「うわぁ」と声を出して読む。見開き一ページを読み終わると「お願いします」と敬語で僕に伝える。左側に座っている僕が、緊張で汗ばんだ手でゆっくりとページを開く。一ページ二分か三分くらいだと思うのだが、奇妙な間のせいか、雰囲気のせいなのか、僕には見開き十分くらいに感じられた。

僕は一度、というか何度も読み返した自分の小説だ。何度も読み返して、修正して、句読点一つだって何度も吟味《ぎんみ》した。そんなもんだから、ほぼ彼女が読み終わるのを待っている状態だった。

気づけば喉が渇いていた。喉奥がネバついていて、自分の息が臭くないか心配だった。

「こんにちは」

古角先生はニヤついていて、僕と女子生徒の向かいに座り、そうしてようやく女子生徒が顔を上げる。

「古角先生」

パッと陽気な顔になり、そのあと動揺しながら図書室の壁にかけてある時計に目を向けた。

「え、あ、ヤバ、こんな時間。気づかなかった」

彼女がそう言うと、古角先生はふふっと笑って僕を見る。何があったのか、僕に説明してほしそうだったけれど、一発で説明できる良い言葉が見つからない。

「古角先生、お疲れ様です」

とりあえず敬語で挨拶する。あまり使ったことのない敬語に、古角先生はより一層ニヤニヤし始めた。何笑ってんだよ。

「ごめん、春樹。付き合わせて」

「あ、いや、うん。大丈夫、だよ」

「古角先生もごめんなさい。今帰りますから」

「焦らずに」

女子生徒が帰る準備を始めたが、当然のように『母をさがして』を鞄に仕舞う。あっと思ったがそりゃそうか。彼女が借りてるんだもの。

　僕がむず痒くなり気まずい顔をして彼女の鞄を眺めていると、女子生徒はそれに気づいて「先に読まないよ」と笑った。タラリと汗が流れる。呼吸が難しかった。

　一年生玄関を出るまで、古角先生はニヤニヤしていた。ムカつく。

　ここで別れるのかなと思いながらゆっくり靴を履いていたら、彼女は先に行かず当然のように待っていた。どうやら一緒に帰る流れみたいで、僕は焦って立ち上がる。

　振り向いて古角先生に手を振り、女子生徒とともに歩き出す。

　話し始めたのは彼女のほうからだった。

「春樹はBクラスだよね」

　なんで知ってるの？

　そう訊こうと思って初めて、彼女の名前を訊いていなかったことを思い出す。約一時間半ほど一緒にいて名前も知らないとは。

「穂花《ほのか》」

　それを察して、彼女は自分の名前を告げた。

「ほのちゃんでもいいよ」

「ほのちゃん？」

　馴れ馴れしい。

「そう呼ばれてるの。クラスのみんなに」

「明るいんだね」

「明るぃよん」

よん、と言いながらやや茶色が混ざった長髪を撫でてオーバーリアクションする。微かに香水の匂いがした。すぐに彼女は僕と正反対の人間だと思った。

僕と穂花さんは正門玄関を出て、お互いがどこへ向かうのか言わないまま、しかし同じ方向へ足を運んだのでそれとなく一緒に歩いていく。

「本、いつも読んでるよね」

いきなりの穂花さんの言葉にドキリとした。見られているとは思わなかったが、考えれば分かることだ。自分だって彼女を見たとき、いつもいる文芸部の生徒だと感じたのだから。毎日視界の端にいるのなら、そりゃあ記憶に残るだろう。

「そうだね」

「本、好きなんだね」

「嫌いじゃない」

僕がそう言うと、穂花さんは何も返答しなかった。なんだろうと思って彼女のほうに顔を向けると、ポカンとした顔をしていた。

「何？」

「素直に好きって言えばいいのに。変なの」

僕は沈黙する。

後ろから車道に沿って、上級生が自転車で通り過ぎていく。通り過ぎる生徒になんとなくクラスメイトがいないか不安になった。なんだか、見られたら恥ずかしい。

「ハル」

えっ、と思わず穂花さんのほうを見る。

「春樹と名前似てるね。良かったね」

ああ……。びっくりした。自分だとバレてしまったかと思った。

「そうだね。なんか運命感じる」

運命というか、まんま自分自身なんだけど。

「春樹は、ノーベルでもう全部読んだ？」

「うん、読んでたよ」

「私も！　でもさ、なんか実際本になって、手に持って、質量感じると、すごい感動するよね。ずいぶん修正されてるみたいだし。画面で読んでたのと全然違う」

彼女は急に声のトーンを上げて喋り出した。

「いつもはSFとか、ラブコメとか、分かりやすい展開のやつが好きだったの。流し読みできる感じっていうか……。でも『母をさがして』は、一つひとつの言葉に深みがあるっていうか、なんか引き込まれたんだよね。ランキングの一位になってたからなんとなく読んでみたら、すごい心に残って」

目を輝かせながら語る穂花さんにだんだんと恥ずかしくなってくる。まさかこんな身近にファンがいるとは。世界は広いのに、同じ高校のまさか同じ学年に自分の作品を読んでいる人がいるなんて。むず痒さがバレないように、適当に相槌《あいづち》を打つ。

実際本になって、手に持って、質量を感じる。僕もその感動は忘れない。彼女みたいに表には出さなかったけれど、自分の本を中学卒業式の日に買ったあのとき、僕も同じことを思っていたはずだ。

「意外だね」

「意外？」

「穂花さん、本が好きな感じしないから……」

「私めっちゃ本読むよ。オタクだよ。ラノベも読むし、翻訳《ほんやく》ものとかも読むよ。誰とも遊ばない日とか、ずっとノーベルで新しい本探してる。あと漫画も描いてる」

「漫画！　本当？」

「うん、絵描くの好きだから。でも全然だよ。趣味程度。でも秋になったら雑誌に応募してみるんだー」

「そう、なんだ」

「うん。いやぁ、実は春樹とちょっと喋ってみたかったんだよね。そんなに毎日本読んでるなら、文芸部に入ればいいじゃんって思ってたから」

文芸部への入部は僕も一瞬考えた。春先の部活紹介のとき、部長らしき人が新入部員を勧誘していたのを思い出す。文化祭ではそれぞれの詩や小説、中には漫画なども展示したり、県が主催する詩のコンテストに応募したりする人もいるらしい。小説を書かないと決めた自分には縁がないと思って入らなかったが、図書室で文芸部の活動は毎日のように眺めていた。それぞれが図書室に集まって、好きなように漫画を書いたり書き物をしている。ただ単に溜まり場にしている生徒もいて、どうやら緩い部活動のようだった。そういえば穂花さんも確かに何かを書いていて、下校時刻間近に見回りに来た古角先生に見せていた。あれは漫画だったのか。

「文芸部に入ったら、なんか作らないといけないんでしょ？」

「そんなことないよ。普通にサボってる先輩もいるし。本読んでるだけの先輩もいる。古角先生に訊いたら、文化祭のときに必ずなんか作品作って展示しとけば、とりあえず文芸部に居ていいみたいだよ」

「へぇ」

前を歩きながら間の抜けた返事をすると、穂花さんは僕を覗き込むように顔の角度を変える。ニヤニヤと、先ほどの古角先生のような表情をしていた。

「入らない？　文芸部」

「えっ？」

僕は声を漏らす。すぐに断る理由を考えたが、何かを作らないといけないみたいだから面倒臭いという言葉は先ほど否定されている。

返答に悩んでいると、穂花さんは続けた。

「春樹、絶対小説書くのも好きだと思うなぁ。それこそハルみたいに――」

「好きじゃない」

僕は穂花さんの言葉を遮るようにすぐに言った。言ってしまった。初めてその言葉を口にした。小説を書くことが嫌いだと。僕は慌てて彼女のほうを見る。弁解するべきだと思ったからだ。

しかし彼女は何も嫌な顔をすることなく、先ほどと何も変わらぬ表情で「そっかー」とだけ答える。

拍子抜けしてしまった。惚けた声で僕は言う。

「ごめん」

「え、何が？」

「好きって言えば良かったのかなって」

「え？　なんで？　別にいいじゃん」

彼女は、すぐに僕を慰めるかのように微笑んだ。

「好きなときは好きで、嫌いなときは嫌いで、それでいいじゃん」

言葉が出ない。

「好きなものを好きで居続けられるわけないんだから。私だって嫌いな小説のジャンルとかあるし。あと漫画を描くの上手くいかなかったときよく鉛筆へし折ってる」

「へ、へし折ってる？」

「でも楽しいときに楽しければさ、それでいいじゃん。本、読むの楽しいでしょ？　私は楽しい。春樹と本読むの、今日すごく楽しかったよ」

そこでようやく僕は顔を上げる。

いつの間にか彼女は僕よりも前を歩いていて、彼女は振り向いて笑っていた。太陽が影を作って、化粧でできた無駄に大きな目が、僕を捉えていた。突き刺されるような感覚が胸に走り、熱が身体中を支配する。内臓全てを入れ替えたい感覚になる。

僕も楽しかったと、言葉が出そうだった。

自分が書いた本で、すでに頭の中にある内容で、彼女の読むスピードは遅くて、永遠のような時間に感じた。感じたのだけど。

彼女が笑ったり、驚いたりする表情を見て、嬉しかった。誰かと感情を共有するのが、嬉しかった。彼女の反応全てが、すごく嬉しかった。

穂花さんは満足そうに笑う。

ちょうどバスが来た。ああ、そうか。バスを待って立ち止まったのか。

「明日もね」

僕は狼狽《うろた》える。別れ、別れの言葉。

「明日も！」

妙にでかい声が出て、それを聞いて彼女はバスの中に消える。プシューとエアブレーキの音のあと、金属の匂いがして、バスはノロノロと田舎道を走っていった。

僕はちょっと立ち止まって、目の奥がジーンと鳴いているのを感じて、やがて歩き出す。日差しはカレーパンの匂いがした。

好きなときは好きで、嫌いなときは嫌い。

なんて、都合の良い言葉。


「おかえり」

三十分ほど歩いて自宅マンションに辿り着くと、母さんがすでにパートを終えて料理を作っていた。

わざと目を瞑ったままリビングに行き、大袈裟に息を吸う。スゥッと鼻音を立ててから叫んだ。

「カレー！」

家中に漂う匂いで、頭に浮かんだ料理を言い目を開ける。すると母さんは、指でパチンと音を立ててニヤけてから、僕を指差しながら言った。

「残念！　カレーハンバーグです」

正解、みたいな顔をしていたのに、違うのか。ていうかそれは半分正解でしょう。

僕は洗面所に行き、汗ばんだ制服と靴下を脱いで、乱暴に洗濯機に放り込んでスイッチを押した。下着姿のままキッチンを通り過ぎて自室に向かう。母さんが「いやん」と言うのを聞きながら、適当に昨日も着た部屋着に着替えた。

リビングに戻って足の親指で扇風機のボタンを押す。扇風機を自分に向けて固定して、リビングの定位置に座った。

「あと十五分」

「なんか手伝う？」

「んーん。これ見てなさい」

突然、母さんは「てってれー」と効果音を口で言いながら、まるで某人気アニメのように、エプロンのポケットから紙の束を取り出した。

「え、ヤバ、何？」

「ファン、レトゥァ……」

妙に鈍った言い方をして、ポーズをつけて渡してくる。母のふざけた表情とは裏腹に、僕は内心鼓動が高なった。

大量のファン、レトゥア……は、九重さんから送られたものを母がまとめたのか、輪ゴムで一括《ひとくく》りにされていた。

「あとで九重さんにお礼の電話しておきなさいね」

母さんの声が珍しく遠く感じる。

荷が重い、と感じた。身が縮こまる。冷える。

今日はなんとなく独りにしてほしいのに。どうしようもなく、独りに。いろいろなことがありすぎた。感情を落ち着けたい。だが見ないわけにはいかない。一呼吸置いて、まとめていた輪ゴムを取ると、指で銃を作って適当に飛ばした。

一通目のファンレターの封筒を開ける。

きちんと折り畳まれた便箋。妙に綺麗な文章。僕より綺麗な字だ。『同じ歳とは思えない素敵な文章でした』だって。いやいや、僕より綺麗な字をしているのに何言ってんだよ。と心で悪態を吐きながらもう一通を開く。こっちは、『自分と同じ境遇で主人公に共感できました』って、はは。

三通目、四通目、五通目……

全てに僕の小説への愛が綴られていた。小説だけじゃなく、僕自身にも。

「楽しそうね」

そう言いながら、母さんがカレーハンバーグなるものをテーブルに置く。僕は大事なファンレターをまとめて隅っこに置いた。

母さんは、どっこいしょと椅子に座り、僕を見つめる。ああ、はいはい。僕は手を合わせる。

「「いただきます」」

食前の挨拶を済ませ、僕はスプーンを取る。ハンバーグを少し切り取り、カレー、ご飯、ハンバーグを器用に大きく開けた口の中に入れた。

「美味しい」

「美味しいよね」

母さんは謙遜《けんそん》することなく言う。

「母さん、ハンバーグ作れたんだね」

「当たり前でしょ」

「久々に食べたかも」

母さんは照れ臭そうに「やぁねぇ」とのんびりとした口調で言いながら笑った。

実際、母さんが料理を作っている後ろ姿を見ることに、最近ようやく馴染んできたところだった。

僕の中学時代、母さんは朝から晩まで働いていた。叔母が時々面倒を見にきてくれたけれど、父親がいないぶん、母親である自分が僕を育てなければとプレッシャーを感じていたのだろう。二つの仕事をかけ持ちしていた。毎晩遅くまで帰ってこないで、パートの貰い物のお惣菜がいつも僕の夕ご飯だった。

助けてくれる叔母がいるものの、それでももう少し、少しでも休んでほしいという思いで、僕の印税が入るから昼の仕事だけにしないかと提案した。

もちろん僕の印税だって、ガッポガッポ入るわけじゃない。そもそも、大ヒット！　というわけではないのだから、たいした足しにもならないかもしれない。だから一年だけの限定で、母は了承してくれた。


夕食を食べ終わり、ご馳走様をして、僕が食器を洗う。食器を洗いながら、僕は考える。考えて、考えて、考えて、考える。母さんがテレビを観ながら大きく欠伸をし始めたとき、僕はついに言った。

「母さん」

「何？」

「父さんが嫌い」

「ふーん」

母さんはテレビに視線を向けたまま、いつもの調子で答える。母さんは僕を嫌いにならないと分かっているから、僕もぶっきらぼうに言葉を続けた。

「便箋ある？」

「便箋？　テレビの下の引き出しかな」

食器を洗い終わって手を拭いて、言われた引き出しに向かう。開けると、あった。便箋と可愛らしい封筒。僕はそれをファンレターの数だけ取って、テーブルに戻った。

「何？」

「ファンレター返すの」

「へぇ」

ようやく興味を示した母さんが、向かいの僕を見る。僕は便箋に視線を向けたまま母さんに向かって言った。

「父さんは母さんを棄てた。自分を愛してくれる人を棄てたんだ。僕は見捨てない。自分を、自分を愛してくれる人たちを棄てない」

母さんは沈黙を続ける。テレビドラマの女優が、男性のもとに駆け寄り何かを言っている。

僕は便箋に一言『親愛なるあなたへ』と書き綴りながら続けた。

「僕は父さんとは違う。僕はどこにも行かない。母さんのことを見捨てたりしないから」

しばしの沈黙のあと、またいつもの調子で母さんは「そう」と答えた。

その言葉すら僕は気にせず、手紙を綴る。

僕を愛してくれる人。僕を求めてくれた人。好きなものは好きで、嫌いなものは嫌い。カレーの匂い。本の匂い。ペンの音。胃もたれ。母さんの溜息。僕の呼吸。鼓動。僕は僕の感覚を、大事にしなければならない。全ては、父のように風化する。

そして、僕を愛してくれる人を、愛さなくちゃいけない。愛を伝えたい。

好きと口にするのができなくても、ペンだったら、できる。紙だったらできる。

小説だったら、僕はなんでも言える。何にでもなれる。

感覚が研ぎ澄まされていく。スーッと、ミントガムを噛んだときみたいにひんやりとした空気が頭に流れ込んでくる。

僕の中で何かが起きている気がした。

何か言葉が口から溢れそうで、グッと歯軋《はぎし》りをした。

小倉雪・夏祭り

雨上がりの匂い。子どもの声。威勢の良い屋台の店員の声。美味しそうな焼き鳥の匂い。

「ねえ雪、写真撮ろう」

私の浴衣の袖《そで》を引っ張って、小夜はスマホを内カメにして上にかざす。瞬間的に口角が上がって、口の奥から涎が湧いた。

「うぇい」

ふざけた返事をして、小夜のスマホに向けて決め顔をする。どんなに私の顔がブサイクでも、画面の奥の世界ではどこにでもいそうな可愛い女の子に変身する。まるで魔法みたい。

写真を撮ると小夜は満足して、すぐにグループラインに投稿する。なぜか私の袖を掴んだままだったので、私も小夜の浴衣を掴んだ。

『まってるよみゆき』

と、同じグループの私にも、小夜のライン通知が来る。

すると、御幸からすぐに返事が来た。

『二人とも可愛い。ヤバい』『神社もうすぐ』『時速百キロ』

御幸は早いペースで何度も送ってくる。

同じ内容を見ている小夜が、「時速百キロはヤバいね」と笑う。私も笑いながら心が跳ね上がっていた。

もちろん私だけじゃなくて、小夜のことも褒めてる。私だけじゃない。でも私のことも褒めてくれた。浴衣を着てきて良かった。

やがて、道路沿いの人混みの中に、水色の浴衣を着た御幸を見つけた。小夜が彼女に向かって「おーい」と伸びた声をかける。かくいう私は口角が上がったまま何も言葉が出なかった。私たちの目の前で御幸は止まる、と思いきや思いっきり私たちに抱きつく。さすがに「わ！」と声が漏れてしまい、そのままの勢いで言葉を紡いだ。

「御幸待ってたよ！」

「雪ちゃん、小夜ちゃん！　バスが渋滞で遅れてて……、本当ごめんなさい。殺してくださいホント」

いやいや、殺さないよ。殺すわけあるか。人通りの邪魔になるから、三人で抱きついたまま脇に寄る。よいしょ、よいしょ。

喋りながら漏れた息を取り戻すため、大きく鼻で息を吸う。鼓動が激しくて息を吸う邪魔をしてくる。かろうじて感じることができた空気の中に、微かに御幸がいつもつけている制汗剤の匂いがした。御幸が身長の高い私を見上げる形で、私の目を見る。小夜は御幸の笑顔をこれまた笑顔で眺めていた。

祭りなんて行かないで、このままギュッとしていたいんですが。と変なことを考えてしまい、彼女たちのように私は笑えているのか、嫌な汗は出ていないか、急に不安になった。

この町では、夏休みの時期になるとそれなりに大きな夏祭りが行われていた。

五衰《ごすい》神社という大きな神社で、毎年この時期に行われる。何もない藍浜市にとっての数少ない観光地。何もない平日はお参りをするおじいちゃんおばあちゃんがポツリポツリといるばかりだが、祭りのときは藍浜市中の老若男女《ろうにゃくなんにょ》が、まるで鮨《すし》詰め状態のように五衰神社に集まる。神社の裏の河川敷で、わりかし大きめの花火を打ち上げるため、それだけを観に来る人も多い。

久しぶりに人混みを見て、ああ、懐かしいなと溜息が出た。

私が小学生の頃、毎年のようにお義母さんがこの祭りに連れてきてくれた。今でこそ哀愁漂《あいしゅう》う話ではあるのだけれど、当時の私は正直、面倒臭いなと思っていた。

お義母さんは私と心から家族になろうと積極的に努力していたのだろう。初めてお義母さんを見たときもずいぶん優しく、それでいて距離の近い人だなと感じていたが、それは父が失踪してからさらに顕著《けんちょ》になったように思う。家族でやるようなことは片っ端から挑戦していた。遊園地に連れていってくれたり、温泉旅行に連れていってくれたり。

私が寂しくないように、私が距離を感じないように、いつも私の要望を聞いてくれた彼女だったが、さすがに無理をしているなと思う部分もあった。遊園地でも明らかに疲れた顔をしているのに、家に帰るまでずっと微笑みは崩さなかった。テレビの特集を観た私が温泉に入ってみたいと言うと、すぐに手配をしてその週の週末に連れていってくれた。私と家族になるため、必死だったのだ。

　だから私もお義母さんのために、楽しんでいるように見せなくちゃと常に気を張った。この夏祭りもそう。小学生の頃、ちょうど父が失踪した次の年くらいだろうか。クラスで隣の席のみくちゃんが家族で夏祭りに行くんだというものだから、私も羨ましくなって帰って早々お義母さんに行きたいと伝えた。今思い出すと、父が失踪してからどこか塞ぎ込んでいた私の、初めてのお願いだったと思う。私自身特に深い意味はなかったのだけれど、とにかく要望を言ってくれたことが嬉しかったのか、お義母さんはすぐに連れていってくれた。

　しかし当時の私は、夏祭りの人混みを見て真っ先に、帰りたいなと思った。

　専門学校生だったお義姉ちゃんは人混みが嫌いだからついてきてはくれなかったのだが、なるほどと思った。人の息遣い、笑い声、全てが騒音でしかなかった。

　しかし、わざわざお義母さんが連れてきてくれたのだ。帰りたいとは言えない。かき氷とか焼き鳥とか、不健康そうで美味しいものに意識を集中させて、無理に楽しいフリをする。そんな恒例行事は、去年、中学三年生まで続いた。


　そのときお義母さんが着ていた紫色の浴衣を着て、今夏祭りに来ている。

　そして当たり前のように、私は同じように人混みの騒音で具合が悪くなってしまった。

「雪ちゃん、体調治ってきたね」

　ボーッと遠くを眺めていた私に、右隣に座る御幸が優しく言う。

「うん、ごめんね。心配かけて」

私は御幸のほうを向くけれど、申し訳なさと照れ臭さで目を合わせられなかった。

すると、そっと私の背中に手を添えて、「よしよし」とまるで子犬を宥《なだ》めるような声を出しながら、背中を擦《さす》ってくれる。可愛い。それを見た左隣の小夜は、肩に手を置いてくれた。御幸の真似をして、同じように「よしよし」と声を出す。まるで二人に飼われているみたい。辛いときに辛いと言える友達ができて良かったと心から思う。

二人に誘われたなら、絶対に行くしかないと思った。人混みは嫌いだけれど、高校生になって初めての夏休みで、初めての夏祭りで、そして友達と行く初めての夏祭りだ。気合いで乗り越えようと思った。少しでも二人と時間を過ごしたかったし、高校一年生の夏祭りは今日しかないのだ。

だけど結局人混みにうんざりし、表情が強張る。それを気にした小夜が、「人酔いした？」と訊いてくれた。人酔いという言葉があることをそのとき初めて知った。

かき氷を持って、人混みから少し離れた植え込みの石垣の縁に座って三人で休憩する。

御幸のかき氷にハエが止まった。「いやっ」と虫を払う御幸に、私はとっさに「私のあげる。休ませてくれたから」と差し出す。

すると御幸は、ストローでできたスプーンを取るかと思いきや、口を開けて私のほうを見た。

あーんですか？

「ちょうだい」

いいんですか？

今日すでに十回くらい鳴り響いている自分の好きな青春ソングが、再び頭の中で鳴り始めた。

私は平静を装い彼女の口にレモン味のかき氷を差し込む。

「小夜」

私は何も考えず、御幸にあーんをしたなら小夜にもと、小夜のほうへかき氷の載ったスプーンを差し出す。同様に小夜は口を開けて、かき氷を味わっていた。

「じゃあ私も」と、小夜はイチゴ味のかき氷をストロースプーンに載せて、私の口へ持ってくる。私はそれを上手に飲み込む。するとすかさず右隣の御幸が身体を乗り出して「私にもください！」と言った。

体重を私に乗っけてくるので、「おもっ！」と思わず笑ってしまう。

「ふひゃひゃ」

変な笑いが出て、それに釣られて二人も笑った。顔が赤くなる。


『花火、そろそろ始まる？』

しばらく三人で軽音部の話をしたり、学校の好きな男子の話をしたりしていると、お義姉ちゃんからラインが来た。

「本当、お義姉さんも来ればよかったのにね」と、小夜。

「家でお酒飲んでるほうがいいんだって。お義姉ちゃんお酒大好きだから」

「へえ、大人だね。ねえ、二人は将来のことなんか考えてる？」

小夜がそんなことを言い出し、私は言葉に詰まった。将来……

すぐさま『シンガーソングライター』という言葉が湧き上がる。だけどまだ、胸を張って言えるほど勇気がない。

「えーっと」と言葉を濁らせる私をよそに、隣の御幸がのんびりと言った。

「ニートになりたい」

私はすかさず「それな！」と叫ぶ。誤魔化す意味もあったのだが、純粋な賛同だ。小夜も
「確かに」とまた三人で笑い合う。

「花火始まるよね。どうする？　河川敷は混むから、行きたくないよね」

御幸が私を心配して言った。でも、私のために二人が観れないのは申し訳ない。

「大丈夫だよ。花火は私も観たい」

そう言うと先導して立ち上がる。「無理しないでね」と小夜も私を心配してくれた。

神社から移動し、河川敷に移動すると、端から端まで、ズラーッと人の群れ。みんなレジャーシートを敷いたり、折り畳み椅子を用意したり、カメラを準備したりして十分後に始まる花火に備えていた。

『わぁ』と声が漏れる。

『すごいね、お義母さん』と横を向く。

横にいるのは御幸と小夜。

馬鹿じゃないの。私。

「どっか座ろっか」

場所を探す小夜に御幸がついていき、私は後ろをついていく。

身長は私が一番高くて、傍《はた》から見たら私こそ保護者のようだった。保護者。保護者ねえ。

今日はずいぶんお義母さんのことを思い出す。正確には、私の顔色を窺うお義母さんの顔ばかり。去年ももちろんお義母さんが夏祭りに連れてきてくれた。正直、中学三年生で夏祭りに親と一緒に行くなんて、少し、いや、本当はとても恥ずかしかったのだけれど、その恥ずかしさすらも私は隠し、お義母さんに合わせた。

私が笑うとお義母さんも笑う。私が疲れて溜息をつくと、屋台で買ったかき氷を食べさせてくれる。私が手を繋ぐと……

ドン。

そこで思考が遮られる。前方からこちらへ向かってくるカップルにぶつかってしまった。私は焦って「ごめんなさい」と謝罪するが、こちらの声は聞こえていないのかさっさと行ってしまった。もう、何か一言くらい言ってくれてもと思い前を向く。

するとそこに二人がいなかった。

「え……」

嘘。嘘嘘嘘。

今この一瞬の隙に？　一瞬、じゃないのかも。お義母さんのことを考えていたのは、どのくらいだった？　ボーッとしてた？

焦って走ろうとしたが、この人混みではぶつかって迷惑になる。どうしよう。どうしよう。

前方と後方から川の流れのように蠢《うごめ》く人の群れに、私は恐怖する。

人の息遣い、叫び声、子どもの泣き声、石を踏み締める音、お父さんの声、お母さんの声。

「お義母さん」

と、私はそこでお義母さんを呼んでしまった。その拍子に世界が揺れる。眩暈がして、目の奥が痺《しび》れている。

御幸でも、小夜でもなかった。自然に私が求めたのはお義母さんだった。

あ、駄目だ。ヤバい。久々に来た、この孤独感。

私だけが独りぼっち。私だけが孤独。嫌。嫌嫌嫌嫌嫌嫌。嫌だ嫌だ嫌だ。お義母さん、行かないで。待って、待ってよ。私は辺りを見回す。ぐるりぐるりと一周したり、逆回転したり。

そして耐えきれず私は再び無意識に漏らす。

「おかあさん」

私が呼んでも、周りの人は私のことなんて気にも留めずそれぞれの道を歩いていく。なぜ、誰も私を見てくれないの。私はここにいるというのに。私はあなたの浴衣を着てるんだよ。目印になって分かりやすいでしょう？　ねえ、おかあさん。

「おかあさん、おかあさん、おかあさん」

独りにしないで。私、本当は人混み嫌いなの。大嫌いなの。でも、おかあさんがいたから大丈夫だったよ。ずっと手を繋いでくれてたもんね。ねえ。今、私、手が空いてるよ。ほら。ねえ、ねえ、ねえ。ねえってば！

「おかぁさん！」

とうとう私は叫んだ。そのときだ。

後ろから私は手を摑まれる。柔らかくて、私と同じくらいの大きさの、ふわふわした手。

すぐに私は振り向く。

「おかあさん、だよ」

と、御幸は微笑んだ。

そのとき花火が上がり、御幸の顔が照らされる。

汗ばんだ顔。彼女も焦っていたのだろう。あ、目が輝いてる。星。星だ。

綺麗。

綺麗だなぁ。

「あー、ほら、泣かないで。大丈夫だよ。大丈夫。大丈夫」

花火に照らされて、私の涙が輝いている。鼻水も、もはやよく分からん液も。

シトラスの制汗剤の匂いがする。お義母さんじゃあないけど、なぜか強い安心感があった。

「寂しかった」

「うん」

「寂しかったんだよ。私、すごく寂しかった」

「そうだね」

「お義母さんに会いたい。寂しい」

「うん、うん」

涙に濡れた視界の端で、小夜も駆けつけてきてくれたのが見えた。私は自分より身長が低い御幸を抱き締めて泣いた。

ああ、本当。私は成長しないなぁ。

感情が表に出るとき、いつもなんか大胆になってしまう。葬式のときは暴れ回ったし、今なんて泣きじゃくってるし。でもいっか、どうせみんな花火を見てる。会いたいって。愛してるって。寂しいって。もう伝えられないんだよね。

「もう一緒にお祭りにも行ってくれない。バーベキューもしてくれない。一緒に眠ってもくれない。なのに私、なんも言ってない。大好きって言えてない」

私は涙に任せて感情を捲《まく》し立てた。すごく愚かで恥ずかしいことだと思った。お義母さんの話をすると、御幸と小夜がいつも気まずそうな顔をしていたのを思い出す。私は重い奴だと思われる。病んでる奴だと思われる。でも止まらなかった。

やがて私の叫びは言葉にならない鳴き声のようなものに変わる。花火も勢いを増し、私たちは照らされる。

私はずっと涙を流していた。

だから御幸はずっと、私の耳元で囁いていた。

「大丈夫、私と小夜がいるからね。もう独りにしないから。はいはい、そうだね。私たちはどこにも行かないよ。ずっと側にいるからね。もう寂しくないからね」

しばらくして、小夜も抱き締めてくれた。

私は情けなくて、二人の肩で泣きじゃくった。

涙が涸れ果てるまで、私が大丈夫と言うまで、二人は言葉どおり、ずっと側にいてくれた。

柿沼春樹・夏祭り

『ユキ、負けるな。ユキ、頑張れ』

その言葉を穂花さんが目で追ったとき、遠く、神社の方角から轟音が聞こえた。花火が始まったらしい。

穂花さんは、空気を味わうかのように深呼吸をして少し間を開けたあと、残り少なかったアイスティをストローで飲み干した。そして僕のほうを見る。僕の反応を待っているようだった。

「どうだった？」

思わず僕は訊く。今の質問は変だったかもしれない。自分もこの本を読んでいたのだから、僕も感想を言うべきだ。僕の懸念をよそに穂花さんは言う。

「この小説に出合えて良かったと思う」

たった一言。そう呟いて本を閉じる。むふぅ、と満足げに溜息をついた。

「私、母子家庭なの。だからさ、欠けた肉親について悩む気持ち、分かるな」

「母子家庭？」

「うん。お母さんだけだよ」

驚いた。彼女も僕と同じ母子家庭だなんて。とたんに僕は彼女の肩に手を触れたくなり、ゆっくりと手を伸ばす。しかし、窓辺のガラスに自分が映り込み、その姿が無性に恥ずかしくて手を下ろした。

顔が熱い。僕は自分が注文したコーヒーを一気に飲み干す。窓の外ではちらほらと浴衣の人が通り過ぎていく。五衰神社の花火を観にいくのだろう。今日彼女に呼び出されたとき、正直花火を観にいくのだと思った。そんなに深い仲になったわけではないのに、なぜかそんな気がして浮かれていったら、『母をさがして』の続きを読みたいとのことだった。夏休みが明けると漫画のコンテストがあり、それに向けて忙しくなるらしい。だから今のうちに読み切ってしまいたいとのことだった。そして二人で入った喫茶店で、一緒に『母をさがして』を読んでいる。

「私も言われたかったたな」

「何を?」

「穂花、負けるな。穂花、頑張れって」

穂花さんはそう言うとはにかみながら頰を搔いた。視線が彼女の横顔に行き、微かに彼女が頸《くび》のあたりに汗をかいているのが分かった。

「お母さんに?」

「ううん。お父さんに」

「お父さんに?」

「なんかさ、この小説の母って、男勝りっていうか、男の人っぽいっていうか、母親らしくなかったよね」

母親らしくなかった。

「悪い意味じゃないよ。でも、父親らしさとも取れる意思の強さ、みたいなのを感じてさ。なんか羨ましくなっちゃった。私のお父さんあまり話してくれなかったし、なんか頼りない人だったからさ。お母さんと性格が合わなくて結局離婚しちゃってさ。あーあ、私もそういうこと言われたかったな」

鼓動が早まるのを感じた。僕は冷静を装うため、思わずテーブルに肘をつく。

「そうかな。僕は――」

違う、と思いたい。

『母をさがして』を書き始めたのは、中学二年生のときにあった修学旅行で沖縄に行ったとき、そのとき発想が湧いて作った物語だ。沖縄を最終地点にして、日本の端から端へ冒険する少年の物語。沖縄以外の要素も入れたかったから、ネットでルートや途中の県の雰囲気もすごく調べた。だから正直、この物語に登場する『母』に一番思い入れがあるというわけではなかった。だからだ。だからこそなのだ。深い思い入れがなかったからこそ、溢れ出たのだろう。自然な欲望が。父というものに嫌悪感があったから母を選んだのは意識的なものだ。しかし無意識に、僕は理想の父親を重ねていたんじゃないか？　理想の父親を、探して。

父をさがして。

「違うと思う？」

僕が答えを導き出すよりも前に、穂花さんが問いただす。彼女を見ると、楽しそうに笑っていた。

「なんで笑ってるの？」

「語り合いたいなって、思ってたから。小説」

彼女が言うと、ちょうどまた、より一層大きな花火の音が聞こえた。思わず僕も彼女もそっちの方向の窓を眺める。

「ねえ、せっかくだしさ。花火観ていこっか」

と、彼女は『母をさがして』をバッグに仕舞い、立ち上がった。

僕も立ち上がり二人で喫茶店を出る。すぐに彼女が大きな伸びをした。彼女が神社の方向へ歩き出し、僕はその後ろをついていく。

神社へ続く街並みは、所々がオレンジに見えた。屋台が連なり、バンドマンが路上ライブをしている。

「やっぱりさ、春樹、文芸部入りなよ」

「なんで？」

「仲良くなりたい」

率直に答える彼女は、僕の顔を見ずに微笑む。僕は返答に迷って、あからさまに話を逸らした。

「漫画――」

「うん？」

「穂花さんは漫画家になりたいの？」

「全然」

「え？　なんで？」

漫画を描いているのに？　と、すぐに疑問が湧き上がる。夏休みが明けたら開かれるコンテストに向けて備えるくらい、漫画を描く情熱があるというのに。

喋りながら歩いていると、すぐ神社近くの河川敷に着いた。人がごった返していて、子どもたちや同級生くらいの若い人たちや親子連れで溢れていた。突然、彼女が僕の手を握る。僕は驚いて放そうとするが、彼女が僕を逃がそうとしなかった。彼女が微かに力を込める。

「春樹は、いつも何か理由がないといけないと思ってる？」

手を握ったまま僕に近づく。周りのカップルと同化するように近い距離で彼女は言った。

「未来なんて、どうでもいいよ。今やりたいことを、好きなことを好きにやって、何が悪いの」

そう告げて、悪戯に彼女は笑い、そのまま空を見上げた。

花火が舞っていた。人の声も響いた。夏祭りに来たのは初めてのことで、この街にこれほどの人間がいたことに驚いた。

僕は花火を観る。考える。

考える。考える。考える。かんがえる。かんがえる。

やりたいことを、好きなことを好きにやって、何が悪いの。

僕は今、心底、彼女が羨ましいと思った。そして、とても、とてもとても、彼女が美しいと思った。

凄《すさ》まじい嫉妬《しっと》が腹の奥から湧き上がるのが分かる。ずるい。ずるいよ。そう言ってもきっと彼女は、同じような目で僕を窘《たしな》め、笑うのだろうな。笑って、元気づけてくれるのだ。

好きなことを好きに。そんな言葉をもし別の人に言われても、僕はきっと何も思わなかっただろう。何も思わないし、何も感じない。お前はそういうことを言うだろうが、僕は違うから黙れ。消えろ。そう直接言いはせずともそう吐き捨てて距離を取ることだろう。

でも彼女は違う。彼女は、僕と同じように母子家庭で、そして何かを作る側の人間だ。同じ部類なんて仲間意識を持つつもりはないけれど、近いものはあるだろう。特に家庭環境。僕が小説を書かない言い訳に使っている父親の不在はまったくもって同じなのだ。

言い訳？　今僕は言い訳と思ったか？

言い訳ではなく、理由だろう。僕は別に悪いことをしているわけではないのに。

いや違うか。違うよな。本当は。それは一番、自分が分かってるはずなんだ。

「僕も母子家庭なんだ。君と同じだ」

自分のことを、穂花さんに告げた。

「父親が嫌いなんだ。大嫌いなんだ。母さんと、僕を棄てたんだ。愛する人を棄てるような、醜い人間になりたくないってずっと、ずっと、ずぅっと思ってた。僕はずっと探してるんだ。理想の父親の姿を」

「そう。そっか。そうなんだ」

「父は小説家だったんだ」

そう言った瞬間、穂花さんが息を呑むのが分かった。

「だから父と同じようになるのが嫌なんだ。小説を書いたら、父親のような人間になってしまうかもしれないとずっと思ってる。同じように自分も誰かを見捨てたり、傷つけるような人間になるんじゃないかって。それなのに、僕はなぜか小説が好きなんだ。誰にも負けないくらい、負けたくないくらいに小説が好きなんだ。好きな本もたくさんあるんだ、嫌いな本も、たくさんあるんだ」

僕だって、僕だって僕の言葉で、もっと言葉を生み出したいんだ。生み出したい、生み出したいよ。

「穂花さん、どうか、どうか僕を貶《おとし》めてほしい。蔑《さげす》んでほしい。馬鹿にしてほしい。でもそれでも、穂花さんの言葉が全部、全部嬉しかったよ」

「どういうこと？」

穂花さんは、僕を不思議そうに見ている。明らかに直前までと違う真剣な顔。変なことを言う僕を、気持ち悪がっているとも言える。

無駄に長い前髪からタラリと汗が流れ落ち、目の中に入り、まるで海の中にいるように視界がぼやけた。僕は瞬《まばた》きをして水の中から抜け出し、一度息を吸う。

そして、僕は彼女に告げた。

「僕は、ハルです」

僕は、ハル。

小説が好きで、小説を書きたくて、そして小説を書いていたことがある。

そして僕は彼女を見る。この鼓動は伝わっているだろうか。彼女は信じるだろうか。

彼女は微笑むのをやめ、僕をまじまじと見る。

僕も彼女の目の奥の輝きに深く意識を染めた。花火だ。彼女の目の奥に、花火色の輝きが見えた。

「嘘……」

「待って、待って！　聞いてくれ」

僕は思わず彼女の口を手で塞ぐ。手汗とかそんなの、どうでもよかった。穂花さんは驚いて、僕を目で訴えるが、僕は言いたいことを言う。

「僕は、僕は小説を書くのがすごく怖いんだ」

その言葉に、彼女はポカンと目を見開いた。

「いいか、いいか穂花さん。小説はね、自分独りだけの力じゃ書籍にはならない。編集の人の校閲《こうえつ》や提案を呑み込んで、質の良いものに仕上げていくんだ。僕が書いた『母をさがして』もそうだ。だけど、僕はそれがすごく、すごく、すごくすごくすごく！　すごく嫌な気持ちだった！」

彼女の口を覆う手にやや力を込める。いきなり同級生にこんなことをされて嫌われないか心配だったのだが、もはや自分が今言っていることも最低な言葉なのだから、もうどうでもよかった。

彼女が好きなことを好きなようにして生きているのだから、僕だって好きなことを好きなように、言っていいはずだ。

「自分の言葉が、自分の物語が、誰かの手によって改造されて、修正されて、まるで内臓をこねくり回されているようで、すごく気持ち悪いんだ！　だけど！　それですげえ作品になってんだから、またタチが悪い！　誰かの手を加えてこそ、素晴らしい作品になるって思い知らされて、死ぬほど、死ぬほど悔しい！　でもさぁ、それでもちょっとだけ、ちょっとだけ悪評はあるんだよな！　ここのシーンの間が悪いとか、あんまり感情移入できないとか。知るかぁ！　知るかよ！　もうなんだか僕の作品なんだかそうじゃないんだか分かんないよ！　分かんないもんにそんなこと言われたって、うるせえよ！　黙って読め！　そして古本屋に売れ！　古紙の日にゴミに出せ！　頭がぐるぐるして、ぐるぐるして気持ち悪い。周りの批判も、好評も、僕には気持ち悪い。独りになりたい。独りになりたいんだ。でも独りになりたいって思う以上に、なんでか分からないけれど、理由なんて分からないけど、ただひたすらにもう一度小説が書きたいって、思ってしまうんだ……。本当は父親なんて、そんなのどうでもいい。小説が書きたいけど、書きたくてたまらないけれど、もし次の作品が期待外れだと思われたら、僕は死んで、死んでしまいたい。プレッシャーで押し潰されそうだ……」

言いたいことを喚き散らし、僕の力が弱くなり、穂花さんの口元から手を離す。

穂花さんは何も言わなかった。ただただ、無表情だった。

スクランブルというバンドがいた。

彼らは最近人気になったアーティストで、一枚目のアルバムは好調な売り上げだった。中学の同級生も、みんな口ずさんでいた。そのスクランブルが、僕の本を紹介してくれたと知ったとき、胸が跳ね上がったのを覚えている。

しかし、彼らが出した二枚目のアルバムは、あまり好評ではなかった。一枚目の勢いを失《な》くし、評判も平面を泳いでいる。

二作品目というのは、ずいぶんとプレッシャーなのだ。

だけど本当は小説を書くことが、好きに決まってる。書きたいに決まってる。だけど批判されたらどうしよう。つまらないと言われたらどうしよう。自分が書いた物語が、そんなものかと一蹴されてしまったらどうしよう、と。

僕は怖かった。ずっと怖かった。だから僕は父のせいにした。都合が良かったからだ。父のせいにすれば、自分は小説を書くことに向き合わなくて済む。事情を知っている母さんはなおさら、納得はせずとも、分かってはくれるだろうと。

だから僕は自分の気持ちを騙《だま》したのだ。言い訳したのだ。

父が嫌いだから、父のような人間になりたくないから、僕は小説を書きたくないと。

「それなのに、堂々と好きなことを好きにやればいいと言う、君が心底嫌いだ。嫌いで、嫌いで、嫌いで、嫌いで、嫌いだ。だけど僕も、君と同じようになりたい。君のように、好きなものを好きなように楽しめる人間になりたい。あったんだよ、確かに僕だってそんなときが」

毎日、自分へ送られるコメントを読んでいた。

知らずに自分の中で増えるプレッシャーのせいで、良いコメントではなく、悪いコメントばかりを探した。その一つひとつが恐怖だった。

「春樹、ハルなの？」

長い僕の嘆きを聞いたあと、穂花さんはポツリとそう言った。彼女は頬を赤らめて、恥ずかしそうにしていたけれど、僕はそれには返答しない。返答せず僕は彼女を睨む。

「穂花さん、僕は、君に負けたくない」

彼女は動揺し、「へ？」と間抜けな声を出した。

「自分が何かを作っていることを、臆面もなく、堂々と言える君が羨ましい」

「ま、漫画のこと？」

「うん、そうだ。羨ましい。漫画を描いていると人に言えるのが羨ましい。堂々と周りの目を気にせず漫画を描く君が羨ましい。それなのに、将来はどうでもいいと自信を持って言える、何も恐れのない君が、心底羨ましいし、憎い。憎い……」

最後のほうは、言葉にならなかった。

息もつかずに、僕は彼女に捲し立てた。叫んだわけじゃない。ただ淡々と、呪いのように。そして僕は吐き切った呼吸を取り戻すように、息を吸い込んだ。僕は肺に息を溜めて、高鳴る鼓動とともに告げた。

「だから僕は、もう一度小説を書こうと思う！」

僕の声が少しだけ大きかったからか、その拍子に一際大きな花火が爆発したからか、穂花さんはビクッと身体を震わせた。

「君に負けたくない。僕は君より強いって、証明する。証明してみせる。僕だって、好きなことを好きなようにやりたい。僕は新しい小説を書く！」

花火が舞っている。だが花火より、僕の心臓の叫びのほうがきっとうるさい。僕は生きている。花火なんかよりも、ずっと強く一瞬を生きている。僕はとても興奮していた。頭のてっぺんから足の指の先まで血管が蠢いているのが分かった。紛れもなく心臓が身体中を操っているのだから。

言い訳をしていたということに併せて言うのなら、僕がそのあと言う言葉は、僕の言葉ではない。僕の心臓が僕の身体を操り、勝手に口を動かし、勝手に肺を動かし、勝手にやったことだ。

僕の意思じゃあ、ない。けっして、僕の意思じゃあない……

「だから、小説が完成したとき、僕と付き合ってくれませんか」

意思じゃあないけれど、そうなったらいいなぁと、僕は僕の心臓に同意したのだ。

彼女はおそらく、すぐには状況を理解できていなかった。衝撃や、困惑や、興奮や、いろんな感情が織り混ぜられ、結局無表情のまま、ただ微かに頬を赤らめた。

そして下を向き、一度聞こえるか聞こえないかの音量の咳払いをして、また夜空に舞う花火を見つめる。

しばらくして、彼女は手の力を少しだけ弱めると、「待ってる」と答えた。

小倉雪・自宅

私は、ずっと悲しかったのだ。

私が強がりを続けて四ヶ月、いやもう五ヶ月になる。お義母さんがいなくなって五ヶ月。

いろんな人にお義母さんがいないということを言って、周りの人たちは私を変な目で見ていた。空気に敏感だった私は、やはりそれを敏感に感じ、強がっていたのだ。

だけど、本当はずっと悲しかった。泣き叫ぶほどに、悲しかったんだなぁ。寂しかったんだなぁ。辛くて、苦しくて、忘れられないほどに、悲しかったんだよな。こびりついていたんだ。私がいくらお義母さんのことを想っていても、もうどこにもいないのだ。髪型も、声も、口癖も、顔も、匂いも、だんだんと記憶が風化していく。

今でも、目の前の玄関を開けたら、お義母さんが台所から駆けつけてくれて、おかえりって言ってくれるような気がする。でもそんな奇跡、誰にも舞い降りてくるわけじゃない。ましてやなんの取り柄もない私に、神様が微笑んでくれるわけがない。

玄関前でそんなことを思い、私はドアを開けることができず、俯く。脚以外の部分に力が入らなくて、だらんと項垂《うなだ》れる。脳だけが鮮明に、意識を悲しさで塗り潰そうとした。

しかし、簡単に現実に引き戻される。目の前のドアが開き、私は思いっきり頭をぶつけたのだ。

「イダァ！」

思わず腹から声を出す。歌が上手くなる訓練の一つ、腹式呼吸の練習をしていたおかげか、私の悲鳴は案外大きな音になり、一軒家全体に響き渡った。

「え、嘘、ごめん！　雪ちゃん！」

ううっと蹲《うずくま》る私にお義姉ちゃんは駆け寄り、痛かったね、痛かったねと頭を撫でて抱き締めてくれた。

痛い。痛くて笑っちゃう。

「なんか音がするから、泥棒かと思って。本当ごめん雪ちゃん！」

「大丈夫。大丈夫だよ、お義姉ちゃん。大丈夫」

なるほどと思った。お義姉ちゃんは片手に、いつも私たちが料理をしているフライパンを持っていた。玄関前で物音を立てたのに、そのまま黙って扉を開けなければ、そりゃ泥棒かもって思うよね。

次第にお義姉ちゃんの私を抱き締める腕の力が強くなる。たんこぶができただろう強い頭の痛みは、抱擁《ほうよう》の力で気にならなくなった。

「ありがとう、ありがとう。お義姉ちゃん」

何が？　というお義姉ちゃんに、私は何も言わずただ微笑む。

大丈夫。だって私には今、お義姉ちゃんがいるから。

別れは、悲しいことだけじゃない。


浴衣は汗と私の涙で濡れていた。どうせ次の夏まで着ないのだからと、お義姉ちゃんがクリーニングに出してくれるらしい。

浴衣を脱ぎ、お義姉ちゃんに渡したあと、私はお風呂に入りながらスマホを弄る。今日小夜が事あるごとに取ってくれた写真がたくさん送られてきていた。小夜は本当に写真を撮るのが好きだ。

神社で集合したときの写真。くじ引きをしたときの写真。金魚掬《すく》いの写真。かき氷の写真。花火の写真。三人で並んで撮った写真。小夜はいろんな写真で変顔をしていて、ずいぶん楽しそうだ。大人になってこれを見たら後悔しそうだな。でも大人になっても、三人で一緒にいたいな。

スクロールしていくと、御幸と私が顔を合わせて何かを喋っている写真が出てきた。小夜が隠し撮りしていたのだろう。私は御幸の顔を画面越しに優しく撫でる。

『ずっと側にいるからね。もう寂しくないからね』

嬉しかったな、あの言葉。私はお風呂に口元まで沈み込み、ブクブクと泡を出した。目を瞑ると、御幸の浴衣姿が思い浮かぶ。髪の艶《つや》、声、かき氷を食べる口元、シトラスの制汗剤の匂い。

「雪ちゃん」

突然お風呂のドア越しにお義姉ちゃんが声をかけてきた。目を開けて身体を起こし、なんでもない風を装う。

「何？」

「雪ちゃんに手紙届いてた。洗濯機の上に置いとくね」

それだけ言って、お義姉ちゃんは洗面所を出ていく。

手紙？　スマホのこの時代に、手書きの手紙？

誰からだろう。私はお風呂から上がり、洗面所で身体と髪をタオルで拭きながら、洗濯機の上に置かれた手紙を取り上げた。

『小倉雪様へ』

封筒にはそう書かれていたが、住所は書いてない。なんだろう？　悪戯かな？

そう思いながら手紙を開ける。

「うあぁあぁぁあああぁあああぁぁぁあ！」

文面に目が留まった瞬間、私は叫んだ。それは発狂にも近い。

私は一度目を瞑って、もう一度手紙を見る。

「うぁあぁあぁあああ！」

ヤバい、ヤバいヤバいヤバいヤバい！

身体中を血が駆け巡っている。それはお風呂上がりだからではない。

最後の行には、とても丁寧な文字で『ハルより』と書かれていた。

私はその瞬間叫び、内容をすぐには見ずに、閉じた。

ファンレターの、お返し!?

「雪ちゃん？　大丈夫？」

私の叫び声を聞いて心配になったお義姉ちゃんが、バタンと洗面所のドアを開ける。私はちょっと恥ずかしかったが、そんなことよりも感動のほうが勝った。

「ハルから手紙来た！」

思わず叫ぶ。

「う、嘘でしょ！」

お義姉ちゃんも大袈裟に驚いていた。私は一度大きく息を吸い込んで、それでも落ち着かなくて二度、三度、深呼吸をする。

「だ、大丈夫？　雪ちゃん」

「駄目、ちょ、ちょっと私、部屋で読んでもいい？」

「分かった」

お義姉ちゃんも私の様子を見てか緊張していた。私は髪も乾かさず、バスタオルを纏《まと》ったまま自分の部屋に行く。

部屋のドアを閉めて、エアコンを点けて、もう一度深呼吸をする。

濡れたバスタオルを気にせず、私は布団に座り込む。そしてゆっくりと、その手紙を開けた。

親愛なるあなたへ

ユキ、負けるな。ユキ、頑張れ。

ハルより

身体中の血が叫んでいる。視界がパァッと鮮やかになる。

私は絶対に今日という日を忘れないだろう。私は机の上の便箋を取ろうと立ち上がる。しかし、目に留まったのは便箋ではなく、机に立てかけてあったギターだった。

私は一度考えたあと、そのギターを手に取る。

もう一度、ハルの手紙を読む。短い文章だけど、目線を這わせて一文字一文字をたどり、そして私は目を瞑る。私の言葉を、私の音を頭の中で響かせ、私は適当なコードを弾く。歌いやすそうな音程を見つけると、私は声に出して呟いた。

「親愛なるあなたへ」

柿沼春樹・喫茶店

その喫茶店は、ずいぶんと小洒落《こじゃれ》ていた。真四角のマス目状の本棚の一つずつに、花瓶や、小物や、クマのぬいぐるみが飾られている。九重さんが来る前に先に飲み物を頼んだほうが良いのだろうかと思いメニュー表を見るのだが、ただのコーヒーだけでも、サイフォン式、プレス式というのがあり、何がなんだか分からなくなって、ただ外を眺める他なかった。

「春樹くん?」

突然後ろから肩を叩かれて、ビクッと身体が震える。気配なく登場してきたものだから、エアコンが効いて涼しいのにドッと冷や汗をかいた。

「こ、九重さん、お久しぶりです」

もっさりとした髪型に白髪《しらが》が少々。皺《しわ》が目立つ四十代くらいの風貌《ふうぼう》。久しぶりの九重さんはちっとも変わっていなかった。

僕はすぐに立ち上がり、できる限り礼儀正しく背筋を伸ばし、お辞儀をしようとする。すぐに九重さんは「いやいや」と僕のお辞儀を止めた。

「そんな畏まらないで。会えて嬉しいです。座ってください、春樹くん」

そう言われたもので、向かい側に九重さんが座ったのと同時に僕も席に着く。

「いやぁ嬉しいです、春樹くんから会いたいだなんて。春樹くん、コーヒーはどうですか?」

「は、はい。あ、僕が奢ります」

「いやいや！　久々に会えたんですから、僕に払わせてください」

颯爽《さつそう》とかわされて、九重さんは店員さんを呼ぶ。鼻の下だけ髭の生えたおじさんがやってきて、九重さんはサイフォン式のほうのコーヒーを二つ頼んだ。何、サイフォンって。なんだ。

「桜美さんは、お元気ですか？」

突然そう言われて、ああ、そういえば桜美っていう名前だったなと、久しぶりに母さんの名前を思い出した。

「はい、元気です。あ、春先の焼肉パーティ、改めてありがとうございました。とても、幸せでした」

「春樹くんが楽しんでくれたなら良かった」

九重さんは白いポロシャツをパタパタと仰いで笑った。

いつ、どのタイミングで話せばいいのか、僕はソワソワしてしまい、目が泳いでしまう。以前、九重さんと母さんと食事をしたときは、母さんとよく喋っていたから僕は食べているだけで良かったけれど、今日は僕が呼び出したのだ。わざわざ東京から駆けつけてくれて、駅前の喫茶店で待ち合わせしたのである。何か話さなければと思うのだが、世間話というものが何一つ思いつかない。

思いつかないなら本題に入ればいいのかと、結局僕は開き直り、持ってきたリュックの中からクリアファイルを取り出した。

「九重さん、あの、今日は話があってわざわざここまで来ていただきました」

僕がそう言うと、九重さんは「はい」と言って笑顔を保ちながら畏まった。コポコポと遠くでお湯の沸騰する音が聞こえる。

四枚のクリアファイル。一枚ずつ紙が入っていて、僕が書き込んだものや、写真がたくさん入っている。

「これは？」

九重さんがその一つを受け取る。僕はコホンと咳払いをしてから言った。

「新しい小説の設定です」

そう言うと、九重さんは「おお！」と大きな声を出す。遠くの店員さんがビクッとこっちを見たのに気づいた。

僕は構わず、話を続ける。

「九重さん、僕、新しい小説が書きたいんです。『母をさがして』を超える、新しい、すごい物を創りたいです」

言いながら涙ぐみそうになってしまったが、僕はグッと堪えた。

僕は創り続けることしかできない。

それ以外に能がない。

小説をずっと、ずっと書きたかった。小説が、ずっと、ずっと好きだった。

評価が怖くて小説を書きたくないのを、父が嫌いだからと言い訳をしてきた。

しかし、それももう終わり。

父親なんてどうでもいい。

修正が怖いとかどうでもいい。

周りの評価なんてどうでもいい。
ただ書きたい。
好きなように好きなものをやりたい。
好きな人に、好きだと言いたい。
好きなものを、好きなように書きたい。
僕は小説を書きたい。
僕はテーブルの上に身を乗り出し、九重さんの目を見つめて言った。
「助けてください。次の小説のアドバイスを、僕にください」

三章　秋、高校二年生

柿沼春樹・休日

「嫉妬する」

僕の右隣で結城は呟く。

「右に同じ」

左隣に並ぶ穂花もどこか乾いた声で言う。

「本屋さんですよ。静かにしてください」

僕はニヤけながら二人に言った。別に大きな声だったわけじゃなくて、冗談で。

『泳ぐ』

海の色のような深く透明な、青色の表紙に、白色のタイトル。

目の前には『藍浜モール書店様へ』で始まる、僕のサイン。というかサインなんてないから
ただペンネームの『ハル』を書いただけの色紙。

そこには僕の本が陳列されていた。

それを離れて眺める僕たち。自分より歳上のように思える青年が、僕の小説を手に取り、中
身を見ずにレジへ持っていく。

青年を横目で見ながら、結城はもう一度「嫉妬する」と呟いた。

僕は「いひひ」と笑った。穂花が僕の手を抓《つね》った。結城が軽く僕の頭を叩いた。痛かった。

「はい、そうですね。いやぁ、驚きましたよ。まさか同じ学年の男子学生が、まさかそんなことをしていたなんて。いつもはそんな子じゃないんですがね。私も打ち明けられたとき驚きましたよ。いやぁ。まさか知らないところでそんなことをやっていたなんて」

穂花は掌で目を覆い隠し、声色《こわいろ》を変えて言う。結城はそれに笑いながら質問した。

「あなたはその男子学生とはどういう関係だったんですか？」

インタビュー記者のような声の張り上げ方の結城に対し、穂花は涙ぐむように嗚咽《おえつ》を漏らし、もう片方の掌で口を覆う。そして涙声の演技をしながら答えた。

「よく一緒に本を読むような仲でした。私も仲良くなってみたいなって思って、私から一緒に本を読むようになったんですが……、はい、本当、なんでこんなことになったんでしょうか……、まさかあの子が、あの、あの子が！」

「もういいよ！　僕が何したってんだよ！」

思わず叫んだが、僕も面白くて口角が上がってしまった。まるで犯罪者の知り合いインタビューだ。声色までちょっと変えて、リアルに再現している。僕のツッコミが起爆剤になり二人が腹を抱えて笑う。ひぃひぃと呼吸を整えながら穂花は言った。

「ひぃ、彼、私の目の前で言ったんです。ひ、ひぃ。『ぼ、僕、ハルです』って！」

「いやあああああ！」

いや、なんで結城が叫ぶんだよ！　結城も口を手で覆い、涙声で叫ぶ。

弄られている。壮絶に弄られている。

ショッピングモールを出てすぐの公園は、紅葉が揺れてすっかり秋模様になっていた。買い物帰りの僕たちは公園内の東屋《あずまや》に座り、談笑する。風が通ると紅葉が空を舞い、寒さが肌をつくのを感じた。

数日前はずっと毛布に包《くる》まっているような柔らかい暖かさだったのに、文化祭が近づく時期になると一気に冷え込んできていた。暑がりの僕にはちょうど良いが、時間の進む速さを実感して少しだけ気分が滅入《めい》る。

だがしかし、最近の自分はそんな肌寒さに負けないほど、毎日を十分楽しんでいると感じていた。


自分の高校生活が動き出したと感じたのは、去年の夏祭りに小説を書き始めようと決意したときだった。夏休みが明けたあと、学校でも周りの目を気にせず小説を書けるように、穂花の誘いを受けて文芸部に所属した。

すぐに小説ができると思ったがまったく思いつかず、九重さんに相談しながら、何度もプロットを練り直した。練り直して、練り直して、それでも第二作品目というプレッシャーが大きく、すっかり時間が経ってしまった。

気づけば文化祭が近づき、文芸部では何か作品を展示しなくてはならないため、僕が原作を書き、それを元に穂花が漫画を描き、共作という形で作品を展示した。

その頃ちょうど、放課後に遊び歩くのに飽きた結城が、僕たちの作品を見て興味を示し、文芸部に入部した。文芸部には同級生も何人かいて、挨拶程度は交わすのだけれど、結城と穂花と一緒にいるのが一番楽しかった。

二年生になっても僕たちはいつも三人でいた。三人とも別々のクラスだが、必ず誰かの教室に集まった。僕が風邪を引いて学校を休むと、二人が家に来てくれたこともあった。それで風邪が伝染《うつ》ってしまった結城の家に、今度は穂花と僕が一緒に行った。

夏になると、三人で夏祭りに行った。初めて三人で撮ったプリクラは、財布の中に大事にしまってある。結城が穂花を呼び捨てにするものだから、僕もいつの間にか穂花を呼び捨てにしていた。

新しい小説の構想がやっと固まってきたのは、三人で仲良くなり始めてからだった。結城に自分が『ハル』という名前で小説を書いていたことを打ち明けると、黙っていたことを責められることもなく、逆に大袈裟に反応することもなかった。だが僕が周りに隠しているということは分かってくれて、僕が文芸部の時間に、図書室の端っこの席で小説を書こうとすると、結城と穂花が真向かいに座り、持ち前の素行の悪そうなオーラで周りの部員を遠ざけてくれていた。僕は二人のおかげで周りの目を気にすることなく小説を書き上げることができた。二人が不良で良かったと心から思った。

今日は新たに出版された僕の本を見に、穂花、結城の三人でショッピングモールに足を運んだのである。その後、僕が本を書くに至った思い出話になり、僕が穂花に自分の正体を明かしたあの夏の出来事を、二人が弄り始めたのだ。

　まるで犯罪者のように扱われて、それにツッコミながら、内心もやもやしていた。結城には、穂花にアドバイスされて次回作を書こうと決めたと言っていた。だが本当は違う。彼女と取引をしていたのだ。『小説が完成したとき、僕と付き合ってくれませんか』と。でもその話はまるで禁句のように彼女は話さない。楽しそうに笑う穂花が、どうにも誤魔化しているように見えるのは、僕の気のせいなのだろうか。

「春樹先生、サイン会開いて」

　僕がボーッと穂花を見ていると、穂花のほうから話しかけてきた。自分のリュックから僕が書いた小説『泳ぐ』を取り出す。

　さっきの書店でいつの間に買ったのだろうか。

「あれ、買ってくれたの？　サンプル本あげたじゃんか」

「サインが欲しかったから」

　ご丁寧に油性ペンも取り出し、僕に渡す。

「先生」

　と、穂花は言い、隣の結城もニヤついている。あ、よく見たら結城まで買っていて、手には僕の本が。だけどもう僕は恥ずかしがらない。「いひひ」と言って本を開き、一ページ目の何も書いていないところにサインをした。

「お名前は？」

「穂花です。『ほのちゃんへ』でお願いします」

「血判でもしようか？」

「怖すぎ！　嫌だ、普通のサインがいい」

僕はサインを書いて穂花に渡すと、彼女は嬉しそうに笑った。

「やった。お義父《とう》さんにも見せたいな」

お義父さん。穂花の口から聞き慣れない言葉が出てきて、ああそうかと思い出す。穂花のお母さんはなんと来月再婚することになったのだ。

「とーちゃんは、いつから住み始めるんやっけ？」

結城が訊くと、穂花は恥ずかしそうに笑った。

「ちょうど文化祭のあとの振替休日のときに引っ越してくるんだ！　文化祭も来てくれるみたいだから、二人にも紹介するね。何時頃来るのか分かんないけど」

「マジか。楽しみにしてる」

僕もとっさに、「緊張するね」と答えた。その裏で少しだけ、穂花が羨ましくなる。いいなあ、父親。僕も父親欲しい。新しい父親欲しい。

僕の母さんは再婚とか考えてるんだろうか。ていうか恋とかしてるんだろうか。そんなことを考えながら、結城の本にも手を伸ばす。

「あ、俺は血判がいい。全部読んだあとネットオークションで高値で売る」

「捕まれ」

漫才のように、穂花がすぐに結城へツッコミを入れる。結城と穂花は波長が合った。少し目立つ素行の悪さと地の明るさが同じだったから、すぐに親友と呼べる仲になった。持ち前の根暗さのせいかなんなのか、穂花と結城が仲良くしていると、少しばかり孤独を感じるときがある。少し羨ましく思うときもあった。

「はー。文芸部の展示、間に合うかな」

結城が先ほど買った資料用の本を木製テーブルに広げ、ペラペラと流し見しながらそんなことを呟いた。

もうすぐ文化祭が訪れる。今年は新たに結城も一緒だ。文芸部がどんなに緩い部活でも、文化祭には必ず何かを展示しなくてはならない。小説か、詩か、イラストか、漫画か。結城は一番簡単そうな詩に挑戦することを決め、僕と穂花がお薦めする詩人の本を、僕の新作を見にきたついでに書店で探した。まあ、書店には一時間ほどいて、あとはゲーセンでゲームをしたり、三人でフードコートで食事をしたりした。普通に遊びに来たようなものだ。

「春樹は自分の本を展示できるもんね。強すぎるよ」

「そうや。急ピッチで作った俺らの作品なんて、霞《かす》むに決まってる」

穂花と結城は笑って言う。冗談だとは分かっているのだけれど、俄然《がぜん》自己評価の低い僕にとっては、申し訳なく思ってしまうばかりだ。

「いやいや、みんなに隠してるから本は出さないよ。だから短編小説を展示することにしたんだ」

「え、マジで？　いつの間に！」

そう大袈裟に反応したのは結城。さっきネットオークションに売ると言っていた割には、僕の作品に期待してくれている。

「本当に、本当に短編だよ。半分詩みたいなもの」

「へえ、見てみたい。すごいね春樹。もう私らとは大違い。ね、結城。もう、マネージャーやるか、春樹の」

「春樹先生のな」

「そうだった、『先生』付けなきゃね」

「もう、やめてくれよ。そんなに持ち上げないでよ、ていうか――」

次の言葉を言うとき、少し恥ずかしくて、「あー」と先に唸り声が出た。

「なんじゃ？」

穂花が茶化し、僕はやっぱり照れながら言った。

「僕は二人の作品も、早く見たいよ」

すると、なぜか二人も恥ずかしそうに唸っている。

二人は顔を見合わせていて、二人だけの視線で会話をしているようで、やっぱりどうしても孤独感が拭いきれなかった。

僕は這うように目線を動かし、穂花が買ってくれた僕の小説を見る。

『泳ぐ』というタイトルの小説。

深夜、学校の屋上で願い事をすると、空を泳ぐ鯨《くじら》が願い事を叶《かな》えてくれる。

そんな話。

＊

見下したような笑顔を向ける水鯨に向かって僕たちは叫んだ。

「イケメンになりたい！」「運動できるようになりたい！」「身長が欲しい！」「ラーメンを腹いっぱい食べたい！」「呼吸しなくても生きられる身体が欲しい！」「遊園地に住みたい！」「テストで百点を取りたい！」「美肌になりたい！」「小顔になりたい！」「歌が上手くなりたい！」「お洒落パーマになりたい！」

僕と雄也《ゆうや》は願って、願って、願って、願って、願って、願って、願う。願いを聞き入れるたび、水鯨は大きくなり、不気味に笑っていた。身体についての願いだけすぐさま反映され、僕たちの身体も瞬く間に変化してゆく。顔が、身長が、肌が、髪型が、変化していく。雄也がブロッコリーみたいな天然パーマになったときは噴き出しそうになってしまったが、ふざけている場合じゃない。刻一刻と時間は過ぎていく。僕は腕時計を見た。

「雄也！　あと五分もないぞ！」

時刻は二時二十五分を少し過ぎた頃。水鯨はあともう少しで今日の願いを締め切ってしまう。締め切ってしまったら、もう彩花《あやか》は間に合わない。寿命を吸い取られた彩花は病院で寝込んでいる。これ以上一刻の猶予《ゆうよ》もない。僕たちの焦りを見て、突然水鯨は大きく口を開けた。

ヴォオオオオオオ。オオオオ。オオオオォアアアアアアアア。

遠く、遠く、まるで高笑うかのように、水鯨は吠える。くそ、あいつ。馬鹿にしやがって。手に力が入る。

「音楽の才能が欲しい！　食べても太らない身体が欲しい！　禿《は》げたくない！」

雄也は負けじと叫ぶ。だがいまいち決め手に欠ける。水鯨は少しずつ、少しずつしか大きくならない。

「くそ、クソ！　彩花を、彩花を生かせ！　彩花の人生を返せ！」

雄也がその願いを叫んだとき、水鯨が突然膨張した。二倍以上の大きさに、ボボンッと膨らむ。深夜のプールの真上を埋め尽くすほどの大きさになった。

「す、すごい。雄也！　もう少しで……」

あと一息だ、と僕は雄也を見る。そこで僕は言葉を失った。雄也が突然倒れたのだ。僕は急いで雄也に駆け寄る。

雄也を抱き上げると、虫の息だった。そうだ。水鯨が今の願いで寿命ごと吸い取ったのだ。

「冬樹《ふゆき》……」

雄也は掠れた声で僕の名前を呼ぶ。

早くしないと雄也まで手遅れになる。時計を見るともう一分しかない。

考えろ、考えろ、考えろ！　先ほどまでの願いと、さっき雄也が叫んだ願いの重さの違いはなんだ？　彩花の願いは、なぜ寿命を多く吸い取られた？　僕は目を瞑り、彩花の願いを思い出す。

『両親がいつまでも仲良く暮らせますように』

そして雄也の『彩花の人生を返せ』という願い。

僕はハッとした。そうだ。共通点があるじゃないか。

願ってもなんともなかった人、大きく寿命を吸い取られた人、その違いはなんだったのか、今分かった。そういうことだったのか。

自分のためではなく、誰かのためを思う願いのほうが寿命を多く吸い取られる。

そうだよな。僕も雄也も自分のことばっかり。だけど彩花はいつも誰かのためを思って、誰かの幸せを願っていたんだ。

だから僕は好きだった。彩花のことが。

僕は目を開けて、雄也をギュッと抱き締め夜空を見上げる。水鯨は、もう帰りたいようで涙目になっていた。先ほどの僕たちの小さな願いに加えて、彩花を思う雄也の願いの一撃で腹がパンパンになっている。あの腹に、この街であいつに願った全員の寿命が詰まっている。

あいつを殺したら全てが元どおりになる。僕が願った夢は帳消しになる。

だけど、それでいい。それでいいんだ。僕は大きく息を吸い込んで、残る寿命を使い切る勢いで全力で叫んだ。

「彩花と雄也の恋が叶いますように！　彩花と雄也がずっと幸せに付き合えますように！」

僕が願うと、突然意識が朦朧《もうろう》とし始めた。身体中の生気《せいき》が吸い取られていくのを感じる。僕は力なく倒れ込んだ。

弱い力で、僕は空を見上げる。水鯨が大きく、大きく膨張し始めた。

大きく、大きく、大きく、校舎全体を飲み込むほどに。

気づけば僕の身体も水鯨に吸い込まれる。

息を止める力さえなくて、強く水を飲み込んでしまう。ここで、ここで死んでしまうのか。

そう思い弱々しく目を開ける。

すると何かと目が合った。

ぼやける意識で僕は瞬きをする。

鯨だ。鯨が、楽しそうに泳いでいる。

その瞬間、水風船のように水鯨は爆発した。僕と雄也は水溜りのプールの中に落ちる。水鯨の身体から、光が弾け飛んでゆく。自分の身体にも生気が蘇る。大きな音を立てて弾けるその姿は、まるで一つの巨大な爆弾花火のようだった。

小倉雪・放課後

「また、ハルの小説読んでる」

後ろから御幸が両肩を揉みながら私に話しかけてきた。それだけで今日は良い日だと思う。私は『泳ぐ』を閉じて、顔だけを上げて御幸の表情を窺う。下から見た御幸の顔は鼻の穴がよく見えて面白かった。

「何度も読んだ小説なのに、まだ読むんだね」

教室には私と御幸だけ。御幸は私の肩から手を離して隣の席に座る。手を離されたとき、私はまるで重力が二倍かかったような感覚を覚えた。

「歌詞にできるところまだあるかなって。最終チェックしてたの」

「雪ちゃん真面目」

「初めての曲だからね。ハルの言葉をお手本にしたいの」

「ふーん。ねえ、『泳ぐ』ってどういう話なの？」

御幸が私の手から『泳ぐ』を優しく取り、ペラペラと捲《めく》る。私は語彙力のない表現で、ボソボソと解説を始めた。


『泳ぐ』は青春ファンタジーだ。学校七不思議の一つである空を泳ぐ水でできた鯨は、願いを叶える代わりに、願った思いの強さだけ寿命を吸い取ってしまう化け物だった。毎晩夜中の二時から二時三十分の間に現れるその水鯨を求め、学校中の生徒たちが忍びこみ願い事をして、その思いの強さぶん寿命を吸い取られる。

主人公とその親友、そして主人公が想いを寄せる女の子の三人も、面白半分でその水鯨にお願い事をしてしまう。主人公は水泳競技の全国大会に出たいと願う。親友は宝くじに当たりたいと願う。そして女の子は両親の離婚を取り消してほしいと願う。三人とも願いが叶ったのだが、女の子だけ思いが強かったのか、寿命の大半を吸い取られ、病に臥《ふ》してしまう。

そこで主人公たちは、水鯨を倒して全ての寿命を奪い返そうと模索する。女の子が願ったとき、あまりの願いの強さのため、水鯨の身体が爆発しそうになったのを思い出したのだ。限界まで膨れれば爆発するだろうと。

主人公と親友は、水鯨にたくさんの願いを込める。足が速くなりたい。身長が欲しい。筋肉が欲しい。

しかしなかなか爆発しない。主人公は、女の子の願いだけ多く寿命を吸い取られたのが、自分のためではなく、他者のために願ったせいだと気づく。女の子が自分ではなく、親友のことを好きだと気づいていた主人公は、女の子と親友が恋仲になり永遠に幸せになれるように願う。その願いを飲み込んだ水鯨は爆弾のように破裂し、水鯨に吸い取られた寿命は人々に戻っていく。

ところが、水鯨に願った人々の願いは、叶う前に戻されてしまう。水泳競技の願いも、宝くじの願いも、離婚の中止の願いも、全てが帳消しになってしまう。

「バッドエンド？」

「んー……、どうだろう。分かんない。でも親友と女の子は見事付き合えたから、幸せな気持ちになったよ」

「え、主人公と付き合うんじゃないの？」

『泳ぐ』のページをペラペラしていた御幸は、その結末を知って驚き、顔を上げて私を見る。あ、可愛いです。

私は冷静を保ちながら言った。

「主人公は身を引く」

「バッドエンド？」

「ち、が、分からん！　分かんない。分かんないけど、でも、でもこういう終わり方は、なんだろうね。嫌じゃなかった」

私が曖昧《あいまい》な返事をすると、御幸はのんびりとした声で、「そっかー」と『泳ぐ』を私に返した。もう、なんなの。いいじゃんバッドでもハッピーでもなんでも。

腑に落ちない終わり方だったけど、私は恋は実っても実らなくても、主人公が前を向いているのならそれで良かった。そう思いながら御幸を見る。首筋に、薄く汗が流れているのが見えた。

恋なんて、叶わないことのほうが多いでしょう。

「ねえ、雪ちゃん。そういえばさ、すごい訊きたかったんだけどさ。あの曲ってラブソングなの？」

私はどう返事していいか分からず、「うーん」と唸る。それが答えと思ったのか、御幸は勝手に解釈し「そうだよね」と呟いた。

「すごく愛がこもってるけど、恋とは違うよね」

「そう、うん。そうだね」

御幸が何を言いたいのか分からず私は曖昧な返事をしてしまう。すると御幸はそれが可笑しかったのか、それとも励ましなのか、少しだけ顔を近づけて笑った。

「だからこそ透き通ってて、私は好きだよ」

私は彼女の目を見れず視線を下げる。鼻が高い。綺麗な鼻。綺麗な肌。

「ふっふん」

なんだその返しは。焦って出た言葉がそれか？　赤面しそうになるが、御幸がそれを真似して、「ふっふん」と返したのがこれまた可愛かったので、必死に平静を保った。

突然、御幸の好きなスクランブルの曲が流れた。御幸がスマホを取り出す。アラームだ。

「そろそろ行かなきゃ」

御幸がよっこいしょと立ち上がり、私もなぜか立ち上がりそうになったが、落ち着いて座り直した。

「文化祭実行委員って大変だね」

「そうなの。でも志田先生が担当だから面白い。十五分で抜けるって言ってあるから、軽音部で会おうね」

「うん」

ばいばいと御幸がスクールバッグを背負って立ち去っていく。完全にいなくなり、私は誰もいない教室に独りぼっちになった。

私は『泳ぐ』を閉じ、それを枕にして顔を埋める。カバーの紙質がサラサラしていて気持ち良い。そのまま窓の外を眺める。独りぼっちの寂しさも相まり、木々を撫でる外の風がより一層寒そうに感じた。御幸が触れていた両肩に、手をクロスさせるように触れて自分自身を抱き締める。

ハル。お元気ですか。今日もあなたが書いた小説に、心が揺さぶられる気持ちでいます。

そんなことを頭で呟き、目を瞑った。

もし水鯨がこの学校にもいたのなら、私は自分の恋が叶ってほしいと祈る。削られた寿命で、私は存分に恋をする。好きな人に好きと言える。何も問題なく、何もおかしいこともなく、好きな人に好きって、愛してる人に愛してるって言える。そうして愛を伝えて、何度も何度も伝えて、そして死ぬんだ。それでいい。

目を開けると風はやんでいて、まるで世界が止まってしまったかのように、木は静かに佇んでいる。私は大きく、大きく溜息をついた。

十七時十五分。危うく眠ってしまいそうな私を、ラインの通知音が起こしてくれた。後輩の悠介《ゆうすけ》くんから連絡が来て、私はギターを持って音楽室に向かう。

自分の教室からかなり離れた音楽室に向かってのんびり歩き、ようやく到着すると、悠介くんがリーダーを務める一年生バンドがちょうど練習を終えたところだった。悠介くんは私を見るなり、パァッと笑顔になり、ベースを背負って近づいてくる。

「雪先輩、お疲れ様です。お次どうぞ」

未だ慣れない『先輩』という言葉に動揺しつつ、私は「ありがとう！」と声のトーンを一段階上げて笑いかける。ちょうどのタイミングで小夜も来た。

「うっす悠介」

「小夜先輩、お疲れ様です」

おじさんみたいな挨拶をする小夜に、丁寧に返事を返す悠介くん。小夜も私に気づき、私は反射的に声を上げた。

「へい！」「へい」「へーい」「へぇぇぇい！」

交互に挨拶をしてふざけ合う。最後に小夜が大きく言うものだから、私も叫ぶ勢いで挨拶してやろうかと思ったけれど、今から練習なのだから喉を消耗《しょうもう》してはいけないと抑えた。小夜は私に近づくなり腕を組む。その反動で身体が揺れる。嫌な気持ちはしなかった。ほぼ毎日小夜は人に抱きついているものだから、私も御幸も慣れた。むしろ抱きつかないと小夜じゃない。

私たちの様子を見て、悠介くんは微笑んでいる。

「頑張ってください」

そう言って、悠介くんは他の一年生の子たち数人と一緒に音楽室を出ていった。今度は小夜と二人きり。私たちは腕を組んだまま中履きを脱ごうとしたものだからバランスを崩した。

「あぶない、危ない小夜。危ない」

「やだ、離さないで、しぬ」

「死なないで」

ひっつき虫のような小夜のせいで動きにくい。だけど私も強く抵抗しない。ようやく中履きを脱いで音楽室の下駄箱に入れて、転ばないように二人で音楽室に入る。

ふへへへと二人で笑ったあと、各々の楽器の準備を始めた。

「悠介、絶対雪に気があると思う」

小夜はドラムの椅子に座るなり、惚けた声でそんなことを言った。

「私に？」

「うん、絶対そう。だって雪にだけ明らかに態度が違うもん。この前私が一人ですれ違ったときは『こんにちは』だったけど、雪と一緒にいたときは『こんにちは！』だもん」

小夜はふざけてわざとらしく声のトーンを上げる。私はすぐに乾いた笑い声を投げた。

「はは。えー……、はいはい。そうだね。うん」

なんじゃそりゃと思いながら、私は適当な返事をする。

自分のギターをケースから取り出し、ケースをアンプの後ろに置く。何も動じない私を見て満足しなかったのか、小夜は「はぐらかしおって」といちゃもんをつけた。小夜は鞄にいつも入れてあるドラムスティックを取り出す。ドラムの隙間から見えたスティックを見て、私は思わず声が出た。ここ最近のドラム練習ですっかりボロボロになっている。

「うわ、新しいの買っとかなきゃね」

「ホントだよね。めっちゃボロボロ」

小夜はそう言いながらスネアの上にスティックを並べて、自分のスマホで写真を撮った。まただ。大方あとでインスタグラムかツイッターにでも上げるのだろう。小夜は本当にＳＮＳが大好きだ。

「実際どうなの？」

「どうって」

「悠介かっこよくない？」

シールドをアンプに挿し、音を出す前にチューニングしながら、またその話かと頭の中で呟き、同時に私は悠介くんのことを考えた。

軽音部に今年入部してきた悠介くんは、内気で寡黙《かもく》な子だった。一緒に入部した源太《げんた》くんや真一《しんいち》くんと比べると、ほとんど部活のときは喋らず、ずっと隅っこでギターの練習をしている。私もギターパートだったのと、御幸と小夜が積極的に一年生と交流しているのを見て私もそうしたいと思い、悠介くんに頑張ってと話しかけた。あまり喋らない子だと思ったら、音楽の話をすると、とたんにペラペラと言葉を並べ始めた。好きな音楽、好きなギター、好きなバンド。全然ギターを弾けないけれど、いつか自分もステージに立って観客席を魅了したいという気持ちから、ギターボーカルを始めたのだと教えてくれた。

「良い子だよ」

良い子、だと思う。しかし私は小夜のほうは見なかった。後ろめたかったからだ。良い子だと思う反面、少しだけ苦手なのだ。

私は愛想笑いでしか、彼に話しかけることができなかった。あまり喋らず周りと馴染めてない風に見えただけあって、どこか私は彼のことを下に見ていた。だけど実際の悠介くんは、好きなものを好きと、はっきりと誰かに言える力を持っている。

私とは、違う。正反対の子。好きなものを好きだと、面と向かって言える子。

「顔は？」

畳みかける小夜に、私は意識を押し殺すように笑って答える。

「もう！　可愛い子だと思うよ」

私がそう言うと、何を勘違いしているのか小夜はニヤニヤと笑った。私はそれに対し、「何笑っとんねん」と、エセ関西弁で誤魔化す。

私の準備が終わったタイミングで御幸が音楽室にやってきた。

「おっはー」

「おっはー」

「おっはー」

私たちは部活で会うと、必ずこうやって挨拶をする。昔のテレビ番組の挨拶が私たちのブームになっていた。

「雪ちゃん、小夜ちゃん、ごめん。実行委員会、なかなか抜け出せなくて」

御幸は小さなお辞儀を繰り返しながらベースアンプのもとに行き準備を始める。

「全然いいよ」と笑いながら、私は楽譜立てに曲の歌詞とコード表を置く。小夜は一度ドラムから離れて、音楽室の真ん中、私たち三人が見える角度の場所に椅子を起き、百均のスマホスタンドにスマホをかけて録画ボタンを押した。その瞬間私は身構える。別に動画を撮られることは嫌いじゃない。だけど演奏を録音するためのこれは、まだ未熟な私にとってはプレッシャーだった。だけど、こうするのが一番、自分たちの演奏クオリティを客観的に見ることができる。

小夜はドラムに戻り、御幸の準備も終わり、私たちに緊張が走る。何度やっても、初めは身体が硬くなってしまう。

ふふっ。

後ろから笑う声が聞こえる。小夜が突然笑い出した。それにつられて御幸が笑う。そして私も笑う。なんか意味もなく笑っちゃうってときが私たちにある。頬の筋肉が和《やわ》らいで、肩の力が抜けた。

「じゃあ、やろっか」

私はスマホのカメラに向かって言う。隣の御幸が「はい」と答える。少しの沈黙のあと、小夜はボロボロのドラムスティックでカウントを始めた。

文化祭は明後日。

私が初めて作った曲を、文化祭で演奏をするのだ。

柿沼春樹・図書室

遠くの音楽室から、ギターやドラムの音が響いていた。

母さんが車内で流す音楽しか、僕はほとんど知らない。だからカラオケに行くと大抵、少し前の世代の音楽しか歌えなくて、穂花に馬鹿にされてしまう。

何かを生み出すという点では、小説も、音楽も一緒だ。もし自分が小説を書いていなかったら、何かのきっかけで音楽をやっていたかもしれない。

そんなことを考えながら、僕は文芸部のメンバーと一緒に、文化祭のための図書室の展示を行っていた。もちろん、穂花と結城も一緒だ。

文芸部のポスターを、教室の隅っこでいつも漫画を描いている女の子が楽しそうに仕上げていたり、手先の器用な部員は細々《こまごま》としたポップを制作していたり。穂花と結城は二人で協力して、百均で買ったテーブルクロスを机に広げていた。

「春樹くん、次はこれもお願い」

僕は古角先生の指示のもと、お客さんが通りやすいように、ローラーの付いた小さな本棚を動かしていた。

古角先生と一緒に、一つずつ本棚を隅っこに寄せていく。

「春樹くん、本当にいいのかい？　自分の小説を展示しなくて」

古角先生は本棚を引っ張りながら、僕だけに聞こえるように言う。

「またそれですか？」

僕は本棚を押しながらそう言って笑った。

僕が小説を書くことは、穂花と結城以外の同級生には伝えていないけれど、先生で、大人で、そしてもはや友人でもある古角先生にだけは打ち明けていた。古角先生は僕を珍しがることもなく、むしろ僕の小説の相談に乗ってくれた。こういう展開のほうが面白いとか、こういう言葉遣いのほうがかっこいいとか。

「いいんです。好きな人だけ知ってくれたら、それで」

僕は小声で返すと、先生はいつもの調子で、「そうかそうか」と答えた。

「春樹くん、僕嬉しいよ」

最後の本棚を一緒に隅っこに寄せ終わると、古角先生は言う。

「僕を信用してくれて」

「信用っていうか、まあ」

「君は去年の夏休み明けからずいぶん変わったね。この学年の中では君が一番変わった。それが嬉しくもあり、悲しくもあるよ。まるで自分の息子のようで」

なんて大袈裟なと思いながらも少し恥ずかしい。

自分の息子、という言葉。父親でもあるまいし。

変わったといえば、そうなのだろう。最近めっきり父について悩むことがなくなった。僕は
「いひひ」と笑う。

「ああ、それだけは変わっていなかったね」

そう言って古角先生も「いひひ」と真似をした。いひひ。いひひ。

「周りのおかげです」

そう言って、僕は穂花と結城のほうを見る。

彼らはテーブルクロスを全部の机に広げ終わり、部員それぞれのスペースを区切るため、テープを貼っていた。穂花は真面目にやっているけれど、結城はなんだか飽きているみたいで欠伸をしている。

「友達ができて良かったね。僕以外の」

「僕と古角先生は友達じゃないじゃん。親友じゃん」

「なんて良い子。君が僕の生徒だったらA評価をあげている」

そう言いながら、僕と古角先生は二人で「いひひ」と言い、それがハモって笑いが止まらなかった。

やがて全ての準備が終わり、最後に部長から文化祭の展示室受付の時間割表を渡された。解散になってすぐに結城が近づいてくる。

「春樹、俺たち一緒だぜ」

僕と結城は初日の十二時から十三時。昼時だから空《す》いているだろう。一方穂花は二日目の担当だった。

「なぜ……」

後ろで負のオーラを放ちながら穂花が呟く。三人で一緒が良かったのだろう。

「遊びにきてよ、穂花」

僕がそう言うと穂花は薄っすら笑顔になったが、涙目だった。

「ハブは嫌」

僕と結城の制服の背筋あたりを摑む。

「やーい」

結城が穂花を茶化すと、穂花は結城の背中を抓り、ちぎれるかと思うくらいに引っ張った。

「春樹！　この女！　いじめ！」

その言葉に、穂花はとっさに結城へ軽いタックルをし、それを結城が受け止めてそのまま回転する。遊園地のメリーゴーランドのように穂花を回し始めた。

「ちょっと君たち、せっかくの展示、壊れちゃうから。落ち着きなさい」

さすがの古角先生も焦って注意すると、二人は止まって小声で謝罪する。

苦笑いしながらも、古角先生が注意することは滅多にないから、ちょっとだけ怯えていた。

小倉雪・部活

ふぅと大きな溜息をつき、私は御幸を見る。

「良いやん」

御幸がニヤニヤして言う。今度は反対側のドラムの前に座る小夜のほうを見る。

「良いやんけ」

御幸の言葉を真似して小夜もエセ関西弁を使う。私は大きく、大きく息を吸い込み、私たちを録画しているスマホのカメラに向かって言った。

「良いやんなぁ！」

私が言うと、緊張の糸が切れ、一斉に笑いが溢れた。

今日が文化祭の最後の練習の日だ。あと何回か三人で練習して、明後日の本番を迎える。いったん休憩と思い、私は喉を潤すために水を飲む。小夜は自分のスマホを弄り、カメラの録画モードを一度オフにした。

「ねえ、約束覚えてるよね」

小夜の言葉に私はドキッとする。約束……。

「何その顔！」

「ひぃっ」

私はふざけて怯えた顔をした。はいはい、覚えてるよ。ちゃんと覚えてますよ。

文化祭のために作ったオリジナル曲の三人での演奏動画を、ＳＮＳに投稿しようというのだ。こんななんも取り柄のない私たちの、いったい何を見たいというのか。

私はそう言ったのだけれど、正直ちょっと楽しそうで、否定も肯定もしなかった。御幸もいいと言っていることだし、三人の思い出が増えることだし。ひとまずは目の前の文化祭に向けて、最後の練習をするだけだ。

「でも、これでさ、もしバズったら面白いよね」

「ちょっと、やめてよ。恥ずかしいなぁ」

「えー、ありえると思うけどなぁ」

「そうだよ、雪ちゃん歌上手いよ。絶対たくさんの人が聴いてくれるって！」

御幸が褒めてくれても、私はまだ自信がなかった。

私はペットボトルの水を最後まで飲み干し、咳払いをして、「さあ、やるよ」と二人へ練習再開を促した。

ひととおり練習が終わり、次の三年生の使用時間になった。私たちはこれで練習が終わるが、下校時刻の十八時までまだ少し間がある。文化祭実行委員の集まりもすでに終わっていて、私たちは志田先生のもとに遊びにいくことにした。真っ先に駆け出したのは小夜で、国語科教員室に到着するなり叫ぶ。

「志田先、ヤッホー！」

完全にノリが友達で、そのテンションに私と御幸は笑ってしまう。だが、学年が上がってから結婚しようと言わなくなっただけ成長したと思いたい。

志田先生はビクッと身体を震わせたが、登場したのが私たちだと分かると、ホッと胸を撫で下ろしていた。

「びっくりさせんなや。なんだお前ら。練習終わったんか」

「終わりましたー。志田先生さっきぶりですねぇ」

おっとりとそう言うのは御幸。あー可愛い。

私も何か、何か志田先生とお喋りしたい。ソワソワする。それを見抜かれて、「何ソワソワしてんねん」と笑われた。

二年生になって分かったことがある。志田先生はちょっと怖いけど、ちゃんと大人らしい考えを持っている優しい人だ。暴力的な口調だけど、常に寄り添ってくれる。自分で作った曲の歌詞に悩んでいるとき、志田先生がアドバイスをくれたりもして、それ以来、小夜ほど積極的ではないけれど、だんだんと志田先生に心を許している。男の人があまり好きではないのだけれど、志田先生だけは嫌な感じがしなかった。

「あれ、志田先一人なの？　古角おじさんは？」

「おじさんって言わない。古角先生は文芸部の顧問だからもう今日から準備に取り掛かってるらしい。お前らも明日軽音部の準備だからな。運動着で来いよ」

「はあい」

明後日の文化祭に向けて、明日は丸一日文化祭の準備だ。早い部活やクラスではすでに今日の放課後から準備を始めているらしい。軽音部は体育館で行うため、取り付けは前日だけでやってしまう。ドラムを運んだり、アンプを運んだり。

「志田先もライブ絶対観にきてよ。雪がめっちゃ頑張って曲作ったんだから」

小夜がそう言うので、私は恥ずかしくて俯いてしまう。恐る恐る志田先生を見ると、「おう」と言ったあと、ニカッと歯を見せて笑った。

「知ってる。たくさん悩んだもんな。超楽しみにしてる」

「は、はい」

「雪ちゃんやったね」

隣の御幸が楽しそうに私の右手を握る。褒められた嬉しさに加えて、御幸の手の温かさが身に染みる。私は思わずニヤけてしまった。

小夜は堂々と、志田先生の隣の古角先生の席に座り……、座り!? 先生の席に座って怒られないの？ 志田先生を見ると、いつものことのように何も指摘せず、はぁと溜息をついていた。私と御幸も、志田先生しかいないことをいいことに、壁に寄りかかったり、楽な姿勢になる。小夜ほど堂々とではないけれど。

「志田先生」

「なんだ御幸」

「先生の同級生とか来ないんですか？ 友達とか」

御幸がそう言うと、志田先生はうーんと唸った。

「友達かー」

「志田先、友達いないいんだ」

「いや、いるわ！」

小夜の茶化しと志田先生のツッコミに思わずふふっと笑ってしまう。それを見られて、笑うんやない、と志田先生に睨まれた。

「俺は教員免許は県外の大学に行って取ったからな。仲良かった友達もいたんだけど、十年も経ったらいつの間にか全然連絡取れなくなっちまってさ」

「え、そういうものなの？」

反応したのは私だった。十年。十年後。私は御幸と小夜を見る。十年経ったら二人はどうなるのだろう。私のことを覚えているだろうか。私とまだ友達でいてくれるだろうか。

私はとっさに近くの御幸の髪を撫でる。それを感じ取った御幸が髪を横に振って遊ぶ。自分の不安を誤魔化すように、御幸の頭をわしゃわしゃすると、御幸は「わー」と声を上げた。

「寂しいけどな。でも連絡取れなくたって、もしどっかで会ったらきっとあの頃みたいに楽しくできるに決まってる。お前らはきっと、十年経っても仲良しだろ」

志田先生は私の不安を見抜いていたのか、私を見てそう言う。私は恥ずかしくなりながら、御幸と小夜に視線を向けた。

にへへと気味の悪い笑い方をする。すると、御幸と小夜も同じように、にへへと笑った。

二人のことが好きだった。

小夜の明るさが好きだった。自分も明るくなれたような気がした。

御幸の優しさが好きだった。その全てに包み込まれたかった。

柿沼春樹・放課後

下校時刻になり、学校を出る。

三人一緒に生徒玄関を出るが、そのあと結城はバイトで駅の方向に向かい、僕と穂花はバス停へ。必然的にここでいつも別れることになる。

「じゃあ、明日もな」

「ばいばい、結城」

僕が言って、穂花も言う。

そう思ったのだが、穂花はなぜか無言だった。

「穂花、頑張れよ」

それを見て結城が笑いながら言う。

すると穂花は小さく「うん」と呟いた。僕はなんのことか分からなくて、気まずいながら聞こえないふりをした。

二人は、時々僕だけが知らない話をすることがある。僕はそれを自分から訊かない。

「文化祭、楽しみだね」

歩きながら、いつものとおり僕から話しかける。

穂花はハブは嫌と言っていた。それは、僕だって同じなのだ。

だから沈黙をしないように、気まずくならないように、二人きりのときは必ず僕から会話を吹っかける。穂花もお喋りなほうだから、必ず僕に返事をしてくれる。もちろん結城も。

でも今日だけは違った。穂花が何も喋らない。うんともすんとも言わない。

「焼き芋の季節だね」

焦り。すでに秋も中頃なのに分かり切ったことを言う。それでようやく穂花が「うん」と頷いた。様子が変だ。

「穂花」

「何？」

「お腹減ってるの？」

するとと無言で背中をこづかれる。痛い。でも嬉しい。

「春樹はさ、すごいよね」

突然、いつもは言わないことを穂花が言い出した。思わず笑いながら、「は？」とわざと乱暴な物言いで返す。

「本、すごいよね。『泳ぐ』綺麗だった」

「綺麗だった？」

「言葉が、綺麗だった」

真面目な口ぶりで、前を歩きながら穂花は言う。照れ臭さが呼び起こされて、古角先生とだけのブームである、いひひ、が出そうになった。

「ほら、詩を勉強したでしょ。なんとか書けたけどさ。そのあと春樹の小説読んだら、ああ、全然違うんだなって。『泳ぐ』もう一回読み返したの。透き通るようだった」

「透き通るって、何が？」

「言葉がだよ。浸ってて、安心したの。浮き輪に乗って空を見て、海を漂ってる感じ。でも孤独感はないの」

「えー」

「えーって、何？」

「恥ずかしい」

「本当？」

調子が狂う。

変に真面目なことを言ったり、いつもの調子で笑ったり。どこか緊張してしまう。自分が上手く笑えていないことが分かる。上手く笑えなくて、それで緊張して冷や汗が出た。

上手く笑うって、何に？　何を取り繕おうとしているのか。

いつから二人の前で、愛想笑いするようになったのだろうか。

「『泳ぐ』本当におめでとう。発表」

「ありがとう」

僕が感謝を述べると、まだ何かを期待しているように穂花は僕を見る。

「お腹減ってるの？」

先ほどと同じことを言って、僕は背中をこづかれると思い、一歩下がった。だけど、穂花は何もしてこなかった。

穂花が後ろを向く。夕陽を背にしているので逆光で顔に影ができる。

穂花の顔色を窺うと、笑っていなかった。

「今だよ」

するとそこで、優しく穂花が言った。

下校途中の他の生徒の足音が妙に響く中、彼女の言葉が優しく届く。

「好きって言って」

ずいぶん前に茶色は消えて、黒くなった彼女の髪が靡《なび》く。瞬時に僕は耳まで赤くなる。しかしそれと同時に、腹の奥で何か蠢いているのを感じた。怒りだ。

嬉しくて、恥ずかしくて、怒り。

なんだよ、ちゃんと、ちゃんと覚えてたんじゃないか。覚えてくれていたんじゃないか。なのに今まで、そんな素振り見せないで、なんだよ。なんなんだよ。

「もう忘れてるかと思った」

彼女と僕の間に沈黙が走る。独特な空気を放って、彼女に落ちる影が深くなるにつれ、ピリリと空気が冷える。だけどなぜかそれが心地良かった。

「忘れてなんかない。忘れるわけないよ」

「一年前だよ」

「それがなんなの？」

僕は一歩踏み出す。影になって不確かな穂花の顔がようやく鮮明に見える。

その顔は真っ赤に、耳まで赤くなっていた。決して夕陽のせいではない。

「今になって思えば、春樹が私のこと好きにならなくても、春樹はきっと本を書いてたと思う。私と出会わなくても、本を書いたんだと思う。だから『泳ぐ』ができたことはなんの証明にもならないかもしれない。だけど……」

半分過呼吸になりながら、溢れ出そうな言葉を落ち着かせるように、穂花は僕の胸ぐらを掴み、強く力を込めた。

「私はずっと待ってた。春樹は忘れてたかもしれないけれど、ずっと待ってた。春樹」

「な、何」

「今から私が告白します」

なんだその宣言！　そんな風に突っ込む雰囲気ではなさそうで、僕はただ息を呑む。通りすがりの男子生徒に聴こえていたみたいで、面白そうにこっちを振り向いていた。そんなのお構いなしに、穂花は真剣な顔をしている。

「でも告白する前に言わせてほしい」

どれだけ言いたいことがあるんだ。もう気まずくてたまらない。穂花は僕の胸ぐらから手を放してゆっくりと僕を指差し、まるで子どもが子どもに悪口を言うように口を開いた。

「このヘタレ！」

穂花はそう言って、僕のことを思いっきり、それはそれは思いっきり、背中を蹴り上げた。

「なっ！」

いでぇ！

え、今なんつった穂花。自分で言うのもなんだけど、このあと僕に告白するんだよな？

「いつまで待たせるつもり？　いつまで私を困らせるつもり？　全然小説書き上がらなかったじゃない。去年の夏祭りにあんなに威勢良く言っておいてさ。どんだけ待たせんの？　一年経ったよ！　いちねん！」

穂花は勢いに任せて上を向いて叫ぶ。まるでアイドルのように僕に注目させる。声を発するたびに突風が巻き起こるような錯覚を覚え、僕は顔を手で覆い隠したかった。

「まだ、まだそれはいいよ。でもさぁ！　ようやく小説書き上げましたよ！　書き上げて、書籍化して、で、もう一週間経ちましたよ。これ何事ですかぁ！」

つ、突き刺さる。

「そんでもって、書き上がった小説ですけど！　これ明らかに私たち三人がモデルですよね⁉

雄也が結城で、冬樹が春樹で、彩花が私！」

「き、気づいてたんだ」

「気づくに決まってますでしょうが！　すぐテンション上がったよ！　春樹が私を物語に入れてくれた！　あの、ハルが！　私を登場人物にしてくれたって！　で、ラスト！　なんで彩花と雄也が結ばれるんですかぁ！」

まるで怪獣映画の怪獣が火を噴くかのように、全てを破壊するかのように彼女は叫ぶ。殺される。殺される！　彼女を見ている周りの人たちも、怖気《おじけ》づいて視線を逸らす。僕も二歩後退《あとずさ》った。このままの勢いで、走り去って逃げてしまおうか。そう思ったとき、ようやく彼女は漏らした。

「彩花と冬樹が結ばれるべきでしょうがぁ！」

その叫びを最後に、辺りに沈黙が訪れる。

カラスが飛び去った。それを合図に陽がゆっくりと落ち、少しだけ辺りが薄暗くなる。穂花は肩で息を数回して、そして赤くなる。衝動で行動できるほど野獣的ではない彼女にとって、今の叫びがどれだけ思い切ったものなのか察しがつく。

僕は何を言おうか、何を言うべきなのか悩んだ。

僕は、君が好きだ。

三人で昼食を取るときも、図書室で本を読んでいるときも、放課後に学校からバス停までの短い距離を歩幅を合わせて歩く瞬間も、全てが好きなんだ。

だけど僕はある日思ったんだ。これって、ただ自分に酔いしれてるだけなんじゃないかって。だってそうだろ。もし『母をさがして』の感想を最初に聞かせてくれたのが穂花じゃなくて別の人だったら、僕はその人を好きになってたかもしれないんだ。僕は自分の作品を愛してくれる人に惹かれてしまっただけで、こんな自己中心的な気持ちで好きになっちゃいけないと思ったんだ。

だから結城が適任だと思った。穂花に相応しいのは結城だと思ったんだ。見た目もかっこよくて、喋ってて楽しくて。僕と違ってお似合いだって、ずっと、ずっと思ってた。そんなこと思いながら、僕は『泳ぐ』を書き上げたんだ。君だって僕との約束を忘れているみたいだったし。

そう思ってたけど、そんなことなかったんだな。待ってて、くれてたんだな。いいのか、穂花。

「私は春樹が好き。二年B組出席番号六番の春樹が好き」

僕も好きだよ。すごく好きだ。二年C組出席番号二十六番の穂花が好き。

「奥手だけど、本のことになると一生懸命になる春樹が好き！」

僕も漫画を描いているときは一生懸命の穂花が好きだよ。

「考えが働かないと爪を噛む癖が好き！　爪を噛んでボロボロの中指が好き！」

作業が上手く進まないと、頭を掻く癖が好きだよ。

「身長が百七十センチなのが好き！」

身長百六十センチ。体重五十一キロの穂花が好きだよ。

「あまり運動できないのにスポーツ大会ではなぜか必死になるところが好き！　特にバスケ！」

スポーツで負けそうになると口調が激しく悪くなって、ぶっ殺すぞって普通に言える穂花が好きだよ。

「時々変な笑い方をするのが好き！」

それは、まあ、いひひ。

「私は春樹が全部好きです……全部を好き。春樹は大事なことは何も言わない。やりたいことは何も言わない。その度胸がないのでしょう。弱虫。ヘタレ。だから私に好きって言わなくていいよ。私ずっと分かってたから。私のことが好きって、ずっと好きでいてくれてたって分かってるから、もしそうだったら――」

そうだったら？

「手を握ってください」

穂花は顔を赤らめて、僕に手を差し出した。こんなときですら、僕の意識は外側のほうへ向けられていた。バスの到着する音。自転車で学生が走り去っていく音。木が揺れる音。音。音。音。音。音。音。音。音。音。

音といえば、先ほどからずっとうるさいのだ。心臓の音が。言いたいことは何一つ口にはできやしないのに、身体だけは叫び散らしやがって。悔しいと思った。自分より自分の気持ちを叫べる心臓が憎いと思った。負けたくないと思った。

だから僕は口を開く。

「好――」

「帰れ！　アオハルども！」

身体がビクッと跳ねて、一瞬心臓が止まるかと思った。それは穂花も同じで「へう！」という間抜けな声を出した。

校舎に沿った道路で話していたものだから、まったく帰らない僕たちを見かねて、校舎の塀から生徒指導の郷田《ごうだ》先生が声を張り上げていた。突然の咆哮《ほうこう》に穂花は涙目になる。

僕は馬鹿なものだから、焦って「すみません！」と叫ぶ。早く、早くこの場を立ち去らなければいけない。郷田の見えないところに行かなければ。僕は穂花を連れていくため手を握った。握ってしまったのだ。

そして僕は走り出す。「うぇ」と言いながら穂花も走り出す。僕たちには今、重力が無かった。追い風に押され、紅葉とともにどこまでも行ける気がした。

「私の、勝ち、だ」

穂花が後ろでそんなことを呟く。僕は後ろを見ないで、ただただ走り抜ける。ずっと走った。

「春樹は、私のこと好きなんだよね。ねえ、そうなんだよね！　弱虫！　弱虫！　私のほうが強い！　私は好きって、好きって言ったから！　好きって言ったんだから！　ザマアミロ！　弱くて、ヘタレな春樹が、好きだよ！　ははは！」

通行人は不思議そうに、怪しそうに僕たちを見ている。傍から見たら、僕が誘拐して彼女が助けを求めているように見えるだろうか。

僕も何か、何か言わなくては。言わなくては、言わなくちゃ。頭で何かを考える。好き、と言えたのかもしれない。でも、でも念願の恋だった。好きと言ってしまったら、好きと言えてしまったら、彼女は僕を捨ててしまうかと思った。彼女は弱い僕が好きなのだから。好きとすら言えない僕が好きなのだから。だから僕は、結局いつもどおり、笑うしかなかった。

「いひひ、いひひ」

小倉雪・朝食

目が覚めたとき、吐き気がした。

体調が悪いわけではない。生理も先日過ぎた。緊張と、ワクワクと、不安と、身体を動かしたい気持ちでいっぱいなのだ。何かをしたい、動き出したいという身体の叫びに私はすぐに気づく。だけど抑えろ、雪。今じゃないんだ。まだ早いぞ。そう落ち着かせる。

今日は待ちに待った文化祭である。私が人生で初めて、自分で作った曲を披露する日である。最高の日だ。最高の日になるはず。そう自分に言い聞かせて身体を落ち着かせる。

だがしかし、お義姉ちゃんが支度してくれた朝食のメニューを見たとたん、吐き気がより一層増した。

グラフィックデザイナーのお義姉ちゃんは、在宅仕事で働く時間も自由なせいで、時々時間感覚が混乱するらしい。私を送り迎えしなくてもいい長期休みのときは、よく昼夜逆転している。生活リズムがずれれば、食生活もずれてしまうことがあるだろう。

だが目の前のこれは、さすがに酷い。

「お食べ」

お義姉ちゃんは語尾にハートが付くのではないかと思う可愛らしい声でにっこりと笑う。しかし私は食卓に並べられたメニューに啞然としていた。

ご飯、味噌汁、卵焼き、野菜サラダ。ここまではまだいい。それ以外のメニューが明らかにおかしい。パスタ、ホッケ焼き、ステーキ、カレー、ピザ、トンカツ、エナジードリンク。

前もって断りを入れると、これは朝食のメニューで、今は朝の七時だ。

「馬鹿じゃないの」

二人暮らしなのだから、喧嘩をするときはあれど常に悪口を言わないよう心がけていたのだが、さすがに自然と悪態が出た。しかしお義姉ちゃんは鼻で息をして、やり切ったような満足感を見せる。そりゃこんなに朝から作れば満足感溢れるでしょうよ。私はステーキをマジマジと見る。うわぁ……、でかい。

「私、死ぬよ」

「いいね。その調子よ」

「何言ってんの」

「死ぬ気で生きなさい」

お義姉ちゃんは私の背中をパンと叩く。それに押されて私は椅子に座る。テンション高いなぁ。いったい何時から起きてこれを作ったんだろう。

「雪ちゃんの大事な日なんでしょ。全部は食べなくていいから。食べられる分だけ。雪ちゃん最近歌とギターの練習ばかりで全然食べられてなかったでしょう。力が付くまでは食べなさい」

そう言うと、私の頭をポンポンと撫でる。恋人のようで一瞬ドキッとした。

私は見上げる形でお義姉ちゃんの顔を観察する。微かに、私の頭の中のお義母さんと重なる。見てくれていたのか。応援してくれていたのか。お義姉ちゃんはあまり、私が音楽を楽しんでいるのか訊いてはこなかったから、初めてちゃんと応援の意思を感じて、少しジーンとしてしまった。

私はふぅと一呼吸置いて、とりあえずトンカツを齧る。あ、ヤバい。とたんに涎が湧く。サクッという音とともに、肉汁がドバッと溢れ、口の中を豚が支配していく。お肉、久しぶりに食べた。ましてやトンカツなんて。

今日のために、夜は必ず練習してたから、夜ご飯は自然と簡単なもので済ませていた。日が近づくにつれて、緊張で朝ごはんもあまり食べられていなかった。

一口、また一口齧るごとに、口の中で涎が湧き出る。お腹が減っていることに気づいた。

「美味しいです」

「それでいい」

私がトンカツを齧る姿を見て、お義姉ちゃんは満足そうに、そしてそのまま優しく言った。

「雪、負けるな。雪、頑張れ」

私はそのままお義姉ちゃんに監視、もとい見守られ、全ての料理を少しずつ食べた。全部を食べ切るのはそれこそ死んでしまうので、エナジードリンクだけ最後に一気に飲み干した。残りは全部、今晩の夕食やお弁当に回されるらしい。


「準備できた！」

私は玄関で叫ぶと、お義姉ちゃんも少し整ったお洒落な服で現れた。

「お義姉ちゃん素敵」

「デザイナーですから」

服のデザイナーではないでしょ？　とツッコミを入れたくなったが、私は黙ってお義姉ちゃんと車に乗り込む。

何度通ったか分からない、山道から学校へ向かう道のりも、少し葉っぱが色付いていて、なんだか私を応援しているような気がした。と、ロマンチックなことを考えている自分に恥ずかしくなる。

スカートのポケットの中でブブッと音がする。スマホを見ると、御幸と小夜のグループラインだった。盛り上がっている。

『今日本番だよ！』『今日じゃん！』『いや、もしかしたら今日じゃないかもしれない』『なんでやねん』

そんなくだらないやりとりをしながら、その裏で、悠介くんからラインがあったことに気づいた。

『雪先輩、今日は頑張ってください。観客席から応援してます』

と、これまた礼儀正しい文章。

『ありがとう！　とても緊張します』

あまりわちゃわちゃ喋らない子だから、悠介くんとのラインは私もなんだか奥手になり敬語を使ってしまう。自分たちも文化祭で演奏するというのに、ちゃんと応援してくれるなんて、すごく可愛い子だなと思った。

悠介くんに返信して数分後、また御幸たちとグループラインでくだらないやりとりをしていると、もう一度、悠介くんからラインが来た。

『すごく楽しみにしてます。あの、雪先輩。良ければライブが始まる前に、二人で会えませんか？』

柿沼春樹・図書室

「帰ってる奴らが少ない時間で良かったな」

文化祭一日目。

結城は隣で本を読みながら、僕の話を聞いている。

十二時から十三時の間は、僕と結城が展示室受付の担当だ。お客さんは文芸部の生徒の作品が自由に見られる。担当はお客さんが読み終わったあとの展示物を綺麗に並べ直したり、作品の説明をしたりするのだ。

もしかしたら自分の作品のことを訊かれるかなと思い意気込んでいたのだが、さすがにお昼時ということもあって、ぽつりぽつりと保護者が数人来る程度だった。

そのため結城は『合法的なサボリ』と称し、本を読みながら僕と駄弁《だべ》る。

もちろん内容は、僕と穂花のことだった。

「で、結局付き合うことになったのか？」

「ん……、そう、うん」

「はっきり」

「はい、そうです。いひひ」

結城に軽く蹴られ、僕はビクッとしながら敬語で話してしまう。

あのあと、まるで青春ドラマのように何も考えず二人で走っていたものだから、穂花がいつも乗るバス停を通り過ぎてしまった。せっかくなら僕の母に送ってもらおうと提案し、一緒に僕の家に行ったのである。

穂花は初めて会った僕の母さんに、『今日から春樹くんとお付き合いさせていただくことになりました、穂花です』と、なんの抵抗もなしに言うものだから、軽い沈黙が走った。数秒後、母さんが噴き出し、僕は赤面し、穂花はなぜかドヤ顔していた。

結城に報告をしたのは、僕よりも穂花のほうが先だった。

「バイト中さ、めっちゃくちゃ連絡来てて。終わった瞬間に折り返したらめっちゃ報告されたわ」

「なんか、なんかごめん」

「はは、良かったやん。ずっと応援してたからな」

結城は本から右手を離し、僕の肩をコンと突く。僕はそれを肩で押すと、結城は「うぇーい」と謎の声を上げた。

結城と穂花がなんとなく仲が良さそうに見えたのは、穂花が僕のことを相談していたからだった。僕を好きなこと。僕が本を発表したら告白されるかもしれないこと。そう思っていたら全然告白してくれないこと。『泳ぐ』では自分のモデルと結城のモデルの人が付き合う結末であること。

我慢しきれなくなった穂花は、諦めようとしていたという。その背中を強く押したのが結城だった。駅前のファストフード店で閉店時間まで説得してくれたらしい。

「結城」

「んだよ」

「僕、君と友達で良かった」

すると、結城はチラッと本から視線を外し、僕の目を見る。そして「フンッ」と鼻息を漏らした。

「そういうのは言えるんだな」

結城が悪戯に笑う。僕が穂花に、結局好きと言えなかったのを知っているんだろう。僕は恥ずかしくなり下を向く。

「言えば良かったかな」

「何を？」

「穂花は、好きって言えない、弱い僕が好きだって言ってたんだ。でも、それでも僕も好きって言ったほうが良かったのかな」

「当たり前じゃん。好きな人に好きって言われたいって、誰だって思うよ。春樹、お前は良い奴だけど、卑怯者だ。自分だけ好きって言われておいて、お前は誰にも好きって言わないんだから」

「ご、ごめん」

「次の課題は人に好きって言うことだな」

「次？」

僕は疑問に思う。その前の課題は？

「小説は好きって、言えるようになれたんだろ」

ああ、と僕は納得する。それもきっと穂花に聞いてたんだ。僕が二作目の小説が上手くいくか分からず、父を理由に小説を嫌いなふりをして書くことから逃げていたこと。

「あのときは、穂花に後押しされたから、ようやく言えるようになったんだ。僕は誰かに頼らないと、何も、何も成長できない」

「何言ってんだよ。人は独りじゃ生きていけないって、生徒指導の郷田が言ってたぞ」

ああ、あのすごく声がでかい先生。素行の悪い結城は何かとお世話になっている。

「俺だってそうだよ。結城と穂花に出会わなかったら、ずっとどうでもいい高校生活だったんじゃないかなって思うよ。前より本が好きになったし。頼ろうと思っていたわけじゃないけど、助け合うのが人間じゃん。なあ、春樹。俺は春樹のこと好きだぞ」

結城は冗談で言う。僕はとたんに何も言えなくなり、赤面して彼を見た。

「春樹は？　俺のこと、どう思う？」

「えーっと」

「好きって言葉知ってる？『す』って知ってる？『き』って知ってる？」

「知ってるよ！」

「じゃあ言えるよな」

本を閉じてニヤニヤと笑う結城に、いったいこれは何プレイなんだと突っ込みたくなる。

僕は大きく咳払いした。

「結城と友達でいれて、良かったと思う」

そう言うと、結城はポカンとした顔をした。

「なんだよ！」

僕は恥ずかしくなって左手で結城の肩を抓った。

「痛え！　好きとは言えなくとも、愛は伝えられるの、笑う」

肩を抓ったのがスイッチになり、結城が笑い出す。それにつられて僕も恥ずかしさを打ち消すように「いひひ、いひひ、いひひ」と笑った。

「まあ、いいだろう。好きとは言ってないけども、成長したじゃん。これからたくさんの人に、好きって言えるようになるといいな」

結城はそう言って、また本を読み出した。

結城が羨ましいなと思った。穂花のことも、羨ましかった。誰かに、何かに、好きと言える力があるって、本当羨ましい。


「春樹くん」

それからしばらくすると、古角先生が見回りにやってきた。「やべ」と結城は本を受付の引き出しに仕舞う。僕も背筋を正して古角先生を見た。

「お疲れ様です」

「お疲れです」

「二人ともお疲れ。どう？　やっぱお昼は全然来ないよね」

古角先生はガランとした展示室を見回す。お客さんはポツリポツリとは来るのだけれど、今は一人もいなかった。古角先生は寂しそうに溜息をつく。

「午前中は来てくれたんだけどね。食堂でみんなご飯食べてたよ。屋台をしてる教室に行ってるお客さんとかがお昼の後はだんだん来てくれるんだよね。体育館で軽音部が終わったあと、だいたい十五時くらいから」

「十五時か。去年もなんか、そんくらいからお客さん増えてましたよね」

去年は僕もそのあたりの時間を担当していた。確かに去年は人が多かった。

「まあ、休憩だと思ってゆっくりしてよ」

「お、公認サボリっすね」

そう言って結城はさっき読んでいた本をまた取り出す。なんて図太い神経をしているのだ。さすが不良。

「あ、コラ、駄目だよ。お客さんの前ではちゃんと対応しなさい」

「お客さんって、全然いないじゃないで――」

言い切る前に、結城は言葉を止めて姿勢を正した。

なんだ？ と思い結城の視線の先を追うと、古角先生の後ろに人がいた。

「やっほ、春樹」

「母さん」

母さんと、そしてもう一人。

その人に目を留めた瞬間、僕はすぐに立ち上がる。椅子がガタガタと大きな音を立てて、柄にもなく隣の結城が「うお！」っとビビっていた。

「こんにちは、春樹くん」

「九重さん！」

本の出版でずっとお世話になっている、東川出版の九重さんが笑っていた。

小倉雪・校舎裏

「ゆ、雪先輩のことが好きです。僕と付き合って、くれませんか？」

校舎裏、展示物もなく保護者も来ない場所に、私は呼び出されていた。

朝のラインなんだろうなと思って、私は悠介くんに指定された待ち合わせ場所に行くと、悠介くんは私に告白をしてきた。

「えっと……」

もしかしたらと思わなかったわけじゃない。それ相応に好かれているような気がしていた。それこそ小夜が言うように、他の人よりは好かれているような気はしていたのだけれど、でも告白されるまで、恋に至るほどの好意が芽生える可能性は限りなく低いと思ってた。だって私は悠介くんに半分くらいは愛想笑いで接していた。愛想笑いなんて誰でもできる。周りの先輩と同じように、御幸と、小夜と、同じように彼に接してきたつもりだった。私だけが特別に見えるところなんてなかったはずだ。私だけが持っている特別なものなんて、なかったはずだ。

なんて返せばいいのか分からない。でもすぐに頭の中に感情が湧いた。

劣等感だった。

彼は私の目を見るのが恥ずかしいのか、少し下を向いている。喋り方も少しぎこちなくて、汗もかいている。スマートにかっこよくはないけれど、それでも私の目には輝いて見えた。

なんでそんなに簡単に、好きと言えるの。なんで好きなものに好きと言えるの。

私は、ハルのことが好きだと、態度には示せても、言葉にはできないのに。『好き』の二文字がまったく言えないのに。この子は、私より一歳年下のこの子は、簡単に人に、好きだと。

私だって、そうしたいのに。

「す、すぐに返事はいらないです。これからライブですから、僕のことなんて考えられないですよね」

私が沈黙していると、悠介くんは荒い呼吸をしながら言葉を紡ぐ。

傷つけた。私は直感でそう思った。だってそうだろ。好きな人に好きと言われない苦しさは、悲しさは、私だって嫌だ。私はとっさに返す。

「悠介くん、嬉しいよ。でもごめん、いきなりのことで、頭がパンクしてしまって……。ほ、ほら、落ち着いたら、ゆっくり考えてもいいかな」

私は、無理やり笑った。これ以上ないほどに、口角を上げた。口が裂けても笑え、痛くても笑え、そうしないと彼は悲しむ。悲しんで死んでしまう。私だったら死にたくなるから。

彼を傷つけたくない。これ以上傷つけたくない。彼のことを男の人として好きではないのだけれど、可愛い後輩として好きなのだから。

傷つけたくない。

「分かりました。でもどうしても、先輩に言いたくて。言えて良かったです。落ち着いたら、返事貰えますか？」

悠介くんは私の笑顔に納得して、優しく返してくれた。良かった。思った以上のダメージではなさそうだ。

「分かった……」

私が少しホッとして下を向くと、悠介くんは申し訳なさそうにした。

「気にしないでください。待ってますから。ごめんなさい雪先輩、こんな大切なときに。校舎に戻りましょうか」

「う、うん」

ああ、気を抜くな私。最後まで彼の望む雪であれ。

私は悠介くんと一緒に校舎に戻る。気まずくないように何かを喋ろうと思ったのだけれど、告白されてからいきなり元の感じに戻るほうがそれこそ不自然というやつで、私は恥ずかしくて笑顔を保ったまま悠介くんに訊いた。

「なんで、私のことを好きになったの？」

いや、実際恥ずかしい質問ではあるのだけれど、だけど訊きたかった。小夜でも、御幸でもなく、なぜ私なのかと。小夜のように活発で明るくないし、御幸のようにおっとりもしていないのに。

すると、悠介くんがすぐに言った。

「気を遣える優しさが、一番好きなところです」

瞬間、恥ずかしさで顔が真っ赤になる。顔かと思った。顔が好みとか、外見のことを言われるかと思った。死にたい。

「気を遣えるって……」

そんなことないよ。そうは言えなかった。気を遣えるって、私にとっては呼吸と同じようなものだ。義理の家族に育てられたからこそ培われた、周りの空気を読む性格。だけど私は、正直あまりそれを良しとしていなかった。空気を読んでばかりで、私はあまり人に好きと、嫌いと言えなくなっていた。ただ流されているだけ。周りばかりを気にしているだけ。呼吸と同じだけれど、ずっとやめたいと思っていることだ。

「雪先輩、僕が周りと馴染めなくて、音楽室の隅でポツンとしてたとき、話しかけてくれたりとか、練習終わりの交代のときに、時々ジュース差し入れしてくれたりとか、あと、小さなことでもありがとうって言ってくれるのが、嬉しいです」

悠介くんは恥ずかしそうにだんだん声量が小さくなる。

「そ、そんなの、当たり前のことじゃない」

私は思わず言った。何も特別なことはない。確かにそんなことをした覚えはあるけれど、そんなに意識して、やろうとしてやったわけじゃない。

ところが、悠介くんは顔を赤らめながら、しっかり私の目を見て言った。

「いいえ。特別です。人より空気を読めるって、十分特別なことなんですよ。ありがとうを当たり前のように言えて、当たり前のように周りに気を配っているその優しさが、僕は好きなんです。当たり前なんかじゃないです。雪先輩は、特別です」

私は謝るべきだったのかもしれない。いや、絶対そうだ。

こんなにも真剣に、愛を伝えてくれる人に、当たり前だと思っていた私の性格を特別で好きなのだと言ってくれた人に、私は謝るべきだった。すぐに断れなくて、ごめんなさい。曖昧な返事をしてしまってごめんなさい。でも謝ったら、悠介くんの輝きに負けたことになりそうで。でも、私はいろいろな感情がまるでスムージーみたいに混ざり合って、結局、適当な返事しかできなかった。

柿沼春樹・図書室

「桜美さんから教えていただいたので、ぜひ来なくてはと思って。春樹くん、また先週ぶりですね。文化祭おめでとうございます」

九重さんは笑顔で手を差し出した。『桜美さん』と、母さんの名前を親しみを込めて呼ぶ九重さんに、少しだけ違和感を覚えながら、僕も九重さんに向けて手を差し出す。九重さんは先週、『泳ぐ』発売に合わせてわざわざ会いに来てくれたから、立て続けの訪問だった。

「き、来てくれてありがとうございます！　こ、こ、こちらにどうぞ」

妙に緊張してしまう。それを窘めるためか、母さんと九重さんから見えないところで、僕は結城に足を踏まれた。ひぃ。

僕は結城の肩を少し叩いて、二人を展示のほうへ案内する。僕たちが離れると、古角先生は結城と談笑し始めた。

「母さんも来てくれてありがとう」

「もちろん来るわよ。去年も来たでしょう」

去年、も来たけれど。

去年の文化祭、母さんはまるで食材の買い出しの帰りに寄ったかと思うくらいの部屋着のような恰好で学校にやって来て、僕はトマトかと思うくらい赤面した。それを見た穂花にも『春樹のお母さんってアバンギャルドなんだね』と苦笑いされたほどだ。苦笑いだぞ。いっそ馬鹿にされたほうがどれだけ良かったことか。

しかし今年の母さんは一味違った。裾にレースのついた真っ白なワンピースなんて着て。そんな服、いったいどこに眠ってたっていうんだ。若づくり、でもなく、年相応のお洒落をしていて、なぜそれを去年やってくれなかったんだと叱ってやりたい。

しかも一番目を見張るところは、なんとそこに男もセットということだ。しかもよく知る九重さん。

「これが春樹くんの短編小説か」

母さんを観察していると、九重さんが僕の作品を見つけて呟く。僕は焦って九重さんのほうを向いた。

「は、恥ずかしいです」

「いやいや、素敵だよ。何も恥ずかしがらないで。文化祭じゃなければ、盗んででも欲しいところだよ。全部手書きなの？」

「はい。でも、何回も書き直しちゃって。消し跡でぐちゃぐちゃになっちゃったから、わざわざ下書きして、最後にもう一回間違えないように綺麗に書き直しました」

「はは。楽しそうだね。製本も君が？」

「製本機があったんです。ちっちゃいやつ。文芸部の卒業生が置いていってくれたらしいんです」

「そうなんだ。いやいや。すごいね。すごい」

僕と会話しながら、器用に僕の短編小説を読む九重さんの隣で、僕はソワソワしていた。母さんが笑いながら「落ち着け春樹」と言って腕を摑む。

恥ずかしいから読まないでほしい。これは出版した二冊と違って、九重さんに何も相談せず独りで書いたものなのだ。でも、頑張って書いたからもっと読んでほしい。相反する感情に揉《も》まれて、それが身体に浮き出てソワソワしてしまう。

評価して、評価して、そして褒めて、そして駄目出しして、そのあとまた褒めてほしい。

「九重さん、その本あげます」

とっさにそう呟く。

「え、いいの？　展示中ですよね？」

「大丈夫、コピーあるんで」

本当はない。

「ぜひじっくり、読んでください」

「ええ、でも……」

九重さんは申し訳なさそうに母さんのほうを見る。母さんは笑って「ああ、いいんじゃないですか」と促した。

「こんなにソワソワしてるんで。貰ってあげてください」

「そうですか。いや、ありがとうございます。春樹くんが、小説を楽しんでくれていて、僕は本当に嬉しいです」

言いながら、九重さんは僕の自作の短編小説を、持ってきていた手提げバッグに入れた。

「春樹くん、来年高校三年生ですね。いや、早いものだ」

「そうですね。九重さんとも、なんだかんだ長いですね。僕が小説を書いてるのも九重さんのおかげです。本当にありがとうございます」

すると、九重さんの口癖である「いやいや」が先頭に出る。

「僕はもう、ただ読むだけだから。春樹くんの力だよ。春樹くん。卒業したあとはどうするんだい？」

「卒業？」

突然のことに訊き返してしまう。

卒業、なんて考えたこともなかった。ずっと高校生のままでいると思ってた。でも確かに、そうか。そうだよな。ちょうど夏休み明けの学年集会で、進路のことをそろそろ考えなければいけないと言われていた。

「んー」

将来。将来かぁ。

「ああ、ごめん。まだ早かったよね」

今のはなかったことに、と言わんばかりに苦笑いする九重さんに、僕はとっさに言った。

「小説を書きたいです」

思わず口をついて出た。

九重さんは一度真顔になり、すぐに柔らかい表情に戻って手を差し出した。

「春樹くんの作品。待っています。これからも」

僕は太ももで手汗を拭いて、九重さんの手を握る。柔らかく大きな手に包まれながら、ああ、言ってしまったなと思った。

九重さんを喜ばせたかったわけじゃない。

好きなときは好きで、嫌いなときは嫌い。

今は小説が好きだ。だから、僕は小説を書きたい。

これからも、好きなときに、好きなように。


展示を全て見終えて、世間話を挟んだあと、母さんたちは他の所を見て回るという話になった。

そこで僕は母さんを呼び止める。九重さんには外で待ってもらった。

「九重さん、好きだよね?」

九重さんに聞こえないように僕が母さんに向けてそう言うと、母さんは思いっきり、本当に思いっきり背中を叩いた。いでぇ！　このまま穂花に蹴り上げられたとこぉ！

「虐待。通報。児童相談所。母さん捕まりたいのか」

「うるさい。また殴られたいか」

母さんは笑って僕に言う。殴られたくはないけれど、でも絶対そうだろう。明らかだろうが。そんな服、僕とたまに買い物に行くときは着たことなかっただろう。授業参観だってエプロンで来たことがある母さんがそんな洒落た服を着てくるなんて。

「何よ。なんか文句あんの」

「いや、ないよ。ごめん。いや、そのことじゃないんだ」

そのことも問いただしたいけれど。いつの間に連絡を取り合っていたのかも気になるのだけれど。

僕は、コホンと咳払いをして、真面目な顔をして母さんに言った。

「小説を、書きたい」

僕が改めて言うと、母さんは「ああ……」と言ったあと溜息をついた。僕がさっき九重さんにそう宣言したときに、母さんが俯いたのを見逃さなかった。

「母さんは、どう思ってるんだよ。僕が小説を書いていること」

「何言ってるの、尊敬してるわよ。応援してるわよ。二冊目まで出して、書店にサインまで飾ってもらって、本当に嬉しいわ」

あからさまに、ありきたりで、まるでテンプレートのような、普通の母親のような言葉を言う。だけど僕は知っている。母さんが、どこにでもいるような母親ではなく、奇想天外で、そして、いつも僕に強がっていることを、僕は知っている。知っているからこそ、蔑ろにしてはいけないのだ。無視をしてはいけないのだ。

「母さん、僕は父さんのようにはなりたくないと、今でも思っている」

そこで、ようやくピクリと、母さんは怪訝な顔をした。右手で、左腕を掴み、まるで殻に籠るように、自分を抱き締めるように縮こまる。

「だけど、小説家になりたい。なってみたい。やりたいことは、やりたい。小説を読んでこの先も生きていたい。この先も、小説を書いて生きていたい。それを本職にするか、趣味にするかはまた話は別だけど。だけど、僕は母さんに祝福されたい」

「祝福……」

「母さんに祝福されないと、僕は小説なんて書きたくない。母さんに認められないと、僕は小説を書きたくない。母さんが許してくれないまま小説を書いていたら、僕はきっと、一生後悔する。一生後悔して、一生母さんを言い訳にする。挫折するとき、妥協するとき、悩むとき、必ず母さんを言い訳にする。僕はそんな大人になりたくない」

言い訳をする。

小説の次回作の批評が怖かったとき、父を言い訳に小説を書こうとしなかったときと同じように。上手く書けないのは母さんのせいだと、僕は母さんを言い訳にする。そして母さんを憎む。母さんを嫌いになる。

僕はそんな人間になりたくなかった。

僕の真剣な眼差しを見て、母さんは息を呑む。

僕は今まで、母さんを楽観的で、いつもふざけていて、それでも優しい理想の母さんだと思っていた。だけど小説を出したあの高校入学前の春から、僕はずっと違和感を覚えていた。

何かに強がり、何かを騙し、何かを避けるように、しかしいつもどおりを装いながら、僕に優しく接してきた。

悲しくはない。ただ、ただ辛いのだ。そんな母さんを見るのは、僕は辛い。

「ごめん、春樹」

母さんはやっと口を開く。その言葉が謝罪だったので、僕は息を呑んだ。

「待って、落ち込まないで。春樹、ごめん。今はまだ、春樹を祝福できない。いくらでも祝う。すごくおめでたいことだから。すごく尊敬して、すごく嬉しい。それは本当だよ。だけど、今は心から祝福できない。喜べない」

キッパリと、喜べないと、母さんは言った。

魂が抜けるほどの悲しさが襲う。それと同時に、僕は少しだけ腑に落ちたのだ。ようやく母さんが、本心を話してくれたのだ。

「必ず――」

僕が下を向いていると、母さんが強く言った。

「必ず、祝福する。高校生の間に必ず。だからあんたも、待っていてほしい」

母さんはそう言って図書室を出ていこうとする。

そして図書室を出たところで振り返ると、僕の目を見てはっきりと言った。

「だけどこれだけは忘れないでほしい。私は春樹を心から、心から愛してる」

そのあとも展示の当番を過ごし、ようやく十三時を過ぎた。

次の展示担当の文芸部員が来て、僕は結城とともに展示室を出る。

「穂花来なかったな？」

結城がポツリと呟き、僕も「そうだね」と言う。担当が決まったとき、散々この時間に遊びに行くと言っていたのに。いったいどこに行ってしまったのだろう。せっかく三人でお喋りしようと思っていたのに。

「結城、どっか見にいこうよ」

穂花は来てくれなかったのだし、せっかくだから結城と文化祭を回ろう。そう提案すると結城は、両手を前に合わせて申し訳なさそうな顔をした。

「ごめん、俺このあと一時間、クラスのお化け屋敷で幽霊の役なんだ」

マジか。一気に気分が下がる。そういえば、穂花と一緒に遊びにいくと約束したんだった。

「そっか、じゃあ僕、穂花を捜すよ。見つけたら必ず行くから」

「おう、あ、俺あれだから。通りかかったタイミングで呻き声を出す当番だから。よろしく」

なんだそれと思いながら結城に手を振り別れた。

さあ、どうしようか。とりあえず穂花を捜しながらのんびりと校舎内を歩く。

各教室それぞれいろんな展示があった。屋台をやっているところがあったけれど、独りで食べてもきっと楽しくない。どうせなら穂花と結城と三人で食べたい。と、自分の頭が二人のことでいっぱいなことに気づく。

そういえば、独りでいるのはずいぶん久しぶりじゃないだろうか。一年生の夏休みを終えてから、穂花と結城はもちろん、必ず側に誰かがいるようになった。というか、自分から人に話しかけられるようになったのがかなり大きい。久々の孤独だ。なんとなく優越感を覚えた。

穂花が所属する二年C組に行く。穂花のクラスの出し物はなんと占いだそうだ。といっても
このトランプが出たらこの結果、みたいな感じで決められたものを言うだけのもの。屋台がや
りたかったのにと、穂花が文芸部のときに図書室で嘆いていたのを覚えている。C組を覗いた
が穂花はいなかった。

はあと溜息が漏れる。何をしよう。自分のクラスの当番も明日だしな。

適当に歩いていると、廊下に貼られているチラシが目に入った。

軽音部のチラシだ。体育館で十三時三十分から、ライブが開催されるらしい。

おお、ちょうどいいじゃないかと、僕は体育館に向かって歩く。

体育館ではもうすでに演奏が始まっていた。三年生らしきグループが演奏していて、ずいぶ
んと楽しそうだ。前には椅子が並べられて、座りきれなかった生徒が後ろで立って観ている。
僕も前に行くのは躊躇われて、後ろの、そのまた一番後ろの端っこで、ライブを観ることにし
た。

小倉雪・体育館

私たちの前の出番である、悠介くんたち一年生グループのバンド演奏が始まった。彼らが終
われば、次は私たちの番である。

舞台袖からこっそりと観客席のほうを見る。在校生に混じって、保護者もたくさん見ていた。手が空いている先生方も見にきてくれている。志田先生も悠介くんのバンドを見守っているのが見えた。

何かに背中をなぞられた感触がして、私は勢いよく後ろを振り向く。御幸だった。

「雪ちゃん、大丈夫？」

そう訊く御幸に、私は本当は強がって、空気を読んで、自信を持って、何か言いたかったのだけれど、思わず弱音が漏れた。

「無理。嫌。逃げ出したい」

パニック寸前だった。

お義母さんの葬式で暴れ回ったように。

夏祭りで御幸と小夜と逸《はぐ》れてしまって泣き叫んだように。

私は今、どうしようもなく震えていて、どうしようもなく逃げ出したい衝動に駆られていた。

「間違えたらどうしよう。音外れたらどうしよう。ギターの弦《げん》が切れたらどうしよう。ピックが落ちたらどうしよう。誰も、誰も私のことなんか見てなかったらどうしよう。楽しくなかったらどうしよう。どうしよう。どうしよう……」

不安ばかりが頭の中を巡っていく。私はその場でしゃがみ込み、蹲る。涙が出そうで、御幸に顔を見られたくなかった。

御幸は私と同じようにしゃがみ込み、私の肩に触れて言う。

「馬鹿言わないでよ」

御幸の口調は少しだけ強かった。おっとりとしたいつもと違い、聞いたことのない真剣な声だったから私は驚いて顔を上げる。

「好きだったから、今までやってきたんでしょう。好きだったから続けてきたんでしょう。好きだったから今まで練習してきたんでしょう。私だって、私だって好きだから雪ちゃんについてきたんだよ。間違えてもいい。音だって外れてもいい。だけど今日、この日のために、好きって言うために頑張ってきた今までの私たちに、報われたって思わせてよ」

そう言って、御幸も少しだけ涙ぐんだ。肩を微かに震わせている。

そうだ。不安なのは私だけじゃない。みんな一緒。みんな不安で、みんなパニックなんだ。

『特別です。人より空気を読めるって、十分特別なことなんですよ』

私は悠介くんがさっき言ってくれた言葉を思い出す。

そうだよ。私が特別ならば、この性格を誇っていいのなら、私は彼女のために空気を読もう。愛する彼女を元気づけるために、空気を読もう。

そうだ、自分のためじゃなく、誰かのために空気を読む。誰かのための特別な人間でありたい。

逃げ出したい。苦しい。やめたい。泣き出したい。

だけど彼女のために、私は空気を読む。

「ごめん、御幸」

私は少し涙が出そうになった目を擦り、御幸を抱き締めた。良い匂いがします。

「私、こんなとこでへこたれてる場合じゃなかった。負けてる、場合じゃない」

私が言うと、突然御幸が私の肩に顔を埋めて泣き出した。いやいや！　本当に涙を流してる！

「ちょと！　ねえ！　さっき私が泣きそうだったんだから！」

「ごめん、だって、ごめん。ありがとう、雪ちゃん。私、音楽がすごく楽しいよ」

音楽がすごく楽しい。

ああ、いいなあ。御幸はちゃんと好きなものを好きと言えて。

でも、いいなぁ、じゃないんだ。

そうだ。私だって言いたい。好きなものを好きと、尊敬している人を尊敬していると、愛している人を愛していると。

面と向かって言うのは恥ずかしいから、怖いから、だからこの曲を作ったんだ。

私がこれからもっと、たくさんいろんな人に愛を伝えられるように。その第一歩として、この曲を作ったんだ。


とうとう悠介くんたちのバンド演奏が終わった。舞台袖すぐ横で見ていた小夜が私たちのほうへ合図をする。

「次だよ！　二人とも！」

私は御幸と手を繋いで、小夜のもとへ行く。

私は流れで小夜の手を繋いだ。

「小夜、あのね」

「どうした、雪」

「今日まで一緒にいてくれてありがとう」

私が言うと、小夜はふはっと笑って「何言ってんだよ」と男っぽく笑う。

「これから始まんのよ。あんたの伝説は」

伝説って。

まるでアクション漫画のパートナーみたいな口振りに、私も笑ってしまう。

MCの子が転換の時間を稼ぐためにトークをしている。舞台に向かって一歩踏み出す前に、私はポケットに入れておいたお守りを取り出した。

お守りの蓋を開けて、中の紙を見る。もうずいぶんシワシワになっていたけれど、ずっと私のことを、私の背中を押してくれていたものだ。

それは去年の夏祭りの日、ハルが私にくれた手紙だった。

『ユキ、負けるな。ユキ、頑張れ』

「雪、行こう」

御幸と小夜が私のほうを向いている。私は手紙をお守りに戻しポケットに入れて踏み出した。

舞台に立つと、スポットライトで明るい壇上からは、観客がどれだけいるのか、正確な人数は分からなかった。しかし、全ての視線が私たちに集中しているのが分かる。

全て見透かされているような感覚に陥る。緊張で息を呑む。

「次は二年生の女子三人組バンド、『くじら』です！」

私がハルの小説にちなんで付けたバンド名をMCの人が呼び、私たちにバトンが渡される。

御幸と小夜の顔を交互に見て、私はもう一度前を向いた。

「今日この日のために、私の愛する人に向けて曲を作りました。聞いてください」

ハル、お元気ですか？

あれから私は、ずいぶん背が伸びて、柄にもなく恋なんてものを学んだりしています。変わっていく自分に未だ戸惑うばかりです。

しかし、戸惑うと同時に、私はすごく楽しいです。

あの日、あなたに救われた瞬間から、私の人生は始まったような気がしてならないのです。

やりたいことができたのも、何をやりたくないのかということも、全てはあなたをきっかけに動いています。

私の人生を動かしたのは、あなたです。

あなたに伝えたいことがあるのです。届かなくても、あなたがどう思おうとも、私はあなたに伝えたいことがあるのです。

あなたから手紙を貰ったあの日から、私はずっと、あなたに言いたかったことがあるのです。

どうか、どうか聞いてください。

「爆弾」

＊

爆弾のような花火が街を駆け巡る頃
あなたのことを思い出すのです
どこかできっと同じ花火を遠い所で見ていること
そんなことばかり願ってしまいます
薫風が耳を貫いて汗ばんだ肌を夏蟬が馬鹿にして
私は熱帯夜に溶けてしまいそうです

親愛なるあなたへ
私は私になれるでしょうか
こんな体でこんな見た目で自分を愛せるでしょうか
親愛なるあなたの爆弾になれるでしょうか
あなたの全てをぶち壊すような
そんな夏になりたい

街は哀で満ちています
途方も無く熱が熟れていて
窓越しに見える祭り囃子《ばやし》に黄昏《たそがれ》るばかり
蚊取り線香の匂いすら全てが愛しく思えていて
永遠なんてものを思ってしまいます

あなたもきっとお金とか生活とかに染まりながら
大切な何かを探していますか

親愛なるあなたへ
あなたを思うたび嫌いになって
嫌いになって苦しくなってそしてまた好きになります
親愛なるあなたの言葉は爆弾のようで
私の全てをぶち壊すような
そんな夏でした

上手く飾って上手く並べて
綺麗にできましたって人生を
捨て去ってしまって私はぼーっと打ち上げ花火を見てます
あなたが書いた詩を
私は少ない脳でなぞるだけ
泳ぐだけ
金魚鉢の中の様

親愛なるあなたへ
私はいつか私になって
さよならが全て愛おしいことを必ず証明してみます
親愛なるあなたの爆弾になれるでしょうか
あなたの全てをぶち壊すような
そんな詩を書きたいのです
あなたの全てを見下ろせる様な
そんな夏になりたい

そんな夏になりたい

＊

一瞬だった。

それこそ、花火のように、一瞬で舞い上がり、一瞬で爆発した。儚く散った。

だけど私はその一瞬のために、生きた。

あの曲は、紛れもない『ハル』に向けた曲だ。ハルがいないのに、その感情を歌うなんてお門違《かどちが》いかもしれない。

でもそれでいいのだ。恋なんて叶うほうが少ないのと同じだ。愛だって伝えられないまま終わるほうが多いでしょう。だからこれは、溜息や、呟きや、吐息と同じ。愛を伝えるのは難しいけれど、愛を吐くのは、別に、許してくれていいでしょう。ただ言いたかった。あなたに出会えたから私は生きている。あなたに出会えたから私は救われた。

そうだ。私はなんで歌を練習しようと思ったのか。ギターを練習しようと思ったのか。ふと思い出した。今となっては今日この日のために、今日という一瞬のために練習してきたと言える。高校生になるときに私は願ったじゃないか。ハルのように誰かを感動させられるような人間になりたいと。

ああ、恥ずかしいなぁ。誰かを感動させるために歌を練習していたのに、できた曲は、ハル一人のために向けられた曲じゃないか。ハル本人すらいないのだし、これじゃあ誰も感動させられない。と、私は少し落ち込んだ。

爆弾がまだ私の胸の中に残っているのか、ドクンドクンと身体を揺さぶっている。

でも、まぁ、いいや。これでいいのだ。

私は、私を感動させることができたのだから。

私たちがトリだったため、軽音部全員が舞台上に集まり、お辞儀をする。右隣に小夜。左隣に御幸。私は自分から二人の手を握った。二人も自ずと手を握り返してくる。手が湿ってるとか、そんなのはどうでもよかった。

まるで演劇が終わったかのように、三人でお辞儀をする。するとお客さんのほうから盛大に拍手が聞こえてきた。拍手が止めどなく溢れているものだから、まるで海岸の漣《さざなみ》のようだった。エンディングSEが流れて緞帳《どんちょう》が降りる。

去年の夏からずっと続いていた私の夏は、高校二年生の秋になって、やっと全てを出し切ることができた。

私たちの感動とは裏腹に、舞台での演し物は次々に進んでいく。一時間後には演劇部の舞台が始まるため、私たちは急いで楽器や機材の片付けを始めた。

「雪ちゃん、待って」

私が自分のギターを持って、舞台袖下に降りようとすると、御幸が後ろから声をかけてきてくれた。振り向くと、彼女が私の首元にジュースを当てる。

「ひゃっ」

柄にもない声が出てしまい、私は恥ずかしくなる。御幸も驚き、一度瞬きをした。

「お疲れ様。雪ちゃん」

「ありがとう」

「雪ちゃん、かっこよかったよ」

ドクンと心臓が揺れた。

かっこよかった。かっこよかった。かっこよかった。

私は思わず涙が流れそうになる。何もかもが報われたような気がした。

御幸を好きになってから一年三ヶ月。御幸という名前にドキドキするようになってから一年。

御幸と同じクラスになって六ヶ月。

御幸に、好きと言うのはいつ？

水鯨なんていない。願いを叶えてくれる化け物なんていない。

私が好きと言わないと、誰も私の愛に気づいてくれないのだ。

「御幸、あのね……」

私は御幸の腕を掴む。御幸の腕は細くて、白くて、簡単に折れてしまいそうなほどか弱かった。

「え、何？」

「あ、あとで、話があるの」

私の真剣な表情に、不思議そうにしながらも大事な話だと察してくれた御幸は、すぐに頷いた。

「いいよ。なんだろう。楽しみだな」

御幸はふふっと笑う。それを見て私は満足して手を離した。

「ありがとう、ごめん引き止めて。ちょっといったんギターを置きに音楽室行ってくる」

「うん、分かった」

私は御幸と離れ、舞台袖を出て客席に降りる。客席はすでに閑散としていた。保護者もほとんど出ていき、それぞれの顔が見える程度になっている。軽音部員の数人、小夜や悠介くんが楽しそうにお喋りをしながら次の演劇部の発表のため、椅子を綺麗に整頓していた。悠介くんが私に気づき、手を振る。私も少し崩れた笑いをして、手を振り返した。

頭から湯気が出そうなほど暑い。額の汗を拭い、御幸がくれたジュースを飲みながら体育館の出口に向かって歩く。勢い良くジュースを飲むため顔を上げて、口いっぱいにしてから飲み干して顔を戻す。とそこに、見覚えのある顔があった。

私はちょっとびっくりして一瞬立ち止まる。人混みは嫌いなはずなのに。

すぐにジュースの蓋をしてその人に駆け寄った。

「お義姉ちゃん！」

柿沼春樹・体育館

演奏が終わり、保護者の人たちはゾロゾロと別の展示へ足を運んでいく。

僕は少しだけ、ポッと身体の奥が熱くなるのを感じていた。

プロのミュージシャンのように、上手な演奏ではないのだけれど、生の楽器の音が鳴っているのを聴くと、振動をダイレクトに受けて生身の人間っぽさを感じる。それは、小説を読んだときや書いているときの興奮と似ていた。

楽しそうだな。自分にはできない。だけど、親しいものを感じる。誰かに何かを伝えようと躍起《やっき》になるのは、やっぱり楽しいよな。

観客もまばらになり、軽音部の片付けが始まる。確か一時間の準備を置いて、次は演劇部が体育館で公演をするはずだ。また他の所でも見にいこうかと思い出口に向かう。

「春樹」

そのとき、ちょうど穂花が体育館に入ってきた。僕は穂花のもとに駆け寄る。

「穂花、どこ行ってたんだよ」

「ごめん、軽音部終わっちゃった？　見たかったんだけど」

「さっき終わった。すごかったんだよ！　ドラムがさ、ドーンて。ギターが、ジャーンて。あの、スクランブルの曲とかやってた。一緒に見たかったよ」

僕が興奮して言うが、穂花はなんだか反応が鈍い。あれ？　付き合って三日目で価値観の違い？　焦っていると、穂花の後ろで男性と女性が佇んでいることに気づいた。

直感でヤバいと思い、大袈裟に身体を気をつけの状態にする。穂花がそれに気づき、苦笑いしながら紹介してくれた。

「春樹、こっちが私のお母さん」

「初めまして、加奈子です。こんにちはぁ」

穂花と正反対のおっとりとした口調で、加奈子さんと呼ばれた女性は僕に丁寧にお辞儀してくれる。

「は、初めまして！　春樹です」

喉につっかえそうになりながらも、僕は少し声のトーンを上げて挨拶をした。加奈子さんはふふっと悪戯っぽく笑う。

次に僕は目線を男性のほうへ向けた。ニコッと笑って白い歯を見せてくる。穂花が一度咳払いをして、僕に言った。

「そして〜、こちらが私の新しいお義父さんになる、翔《しょう》さんです！」

じゃーんと後ろにでも付けそうな勢いで言う穂花に、翔さんと呼ばれた人は静かに笑った。

そうか、この人が、新しいお義父さん。背が高くてカジュアルなジャケットが似合っていた。

穂花は僕と同じ母子家庭だった。ところがお母さんが再婚して、苗字が変わると言っていたが、ようやく会えた。

「初めまして、春樹くん」

「初めまして……」

すると、挨拶の途中で、翔さんの後ろで何かがひょっこり動いているのに気づいた。僕は目線を下にやると、それはすぐに大きな翔さんの後ろに隠れてしまう。翔さんが笑った。

「ああ、ほら。ご挨拶しなさい」

「緊張してるのよ」

翔さんの言葉に加奈子さんが庇《かば》う。

なんだろうと思い僕は穂花に目線を送る。穂花もちょっと恥ずかしそうに笑った。

「えっとね、私に新しく妹ができました」

「え！」

思わず大きな声が出てしまう。父親のことは聞いていたけれど、妹！　姉妹！　羨ましい！

僕は翔さんの脚に隠れている少女と目が合うように、少しだけしゃがむ。

すると、恐る恐る顔を出してくれた。

「初めまして。お名前は？」

小学校低学年くらいの女の子だ。この年代の子とはあまり話したことがなくて、変なイントネーションになって恥ずかしい。彼女も同じように恥ずかしがっていたが、目線が合うと、子どもっぽい口調で、ゆっくりと自己紹介をしてくれた。

「はじめまして、おぐら、ゆきです」

小倉雪・体育館

私はお義姉ちゃんに駆け寄り、お義姉ちゃんを抱き締める。

「うぉお」

勢い良く抱き締めたものだから、お義姉ちゃんは唸る。あ、ごめん。私は離れて、背負っていたギターがお義姉ちゃんにぶつからないように手で持ち直した。

「お義姉ちゃん、どうだった？」

「すごく感動したよ。全然緊張してなかったね。御幸ちゃんも小夜ちゃんもかっこよかった。でも一番雪ちゃんがかっこよかったよ。本当に歌が上手くなったね」

お義姉ちゃんはニコニコ笑って私の頭を撫でる。私は、ううううっとまた熱い何かが込み上げて、再びお義姉ちゃんを抱き締めた。

抱き締めて、グリングリンとお義姉ちゃんの胸に顔を、頭を埋めた。良いおっぱいしてまんなぁ。

「あのね、雪ちゃん。あの……」

突然、お義姉ちゃんは申し訳なさそうな声を出す。

なあに？　と訊こうとした直前、私は後ろに男の人が佇んでいるのに気がついた。お義姉ちゃんとの距離は近く、明らかに知り合いだと思う。え、まさか彼氏？　ビックリしたのに加えて、その男の人の前でみっともない真似をしてしまったことを恥じ、すぐにお義姉ちゃんから離れた。お義姉ちゃんが大好きなのがバレる。笑われてしまう。そんなことを考えてその男の人を見ると、ぎこちない笑顔を浮かべていた。

「穂花？」

その男の人にどんな挨拶をすればいいのか私が固まっていると、遠くで椅子の整頓の指示をしていた志田先生が、私のお義姉ちゃんの名前を呼んだ。

え？　なんでお義姉ちゃんの名前を？

お義姉ちゃんが志田先生のほうを向く。そのとき、お義姉ちゃんは表情に翳を落とした。私はすぐに思い出す。お義母さんの葬式のとき、泣き出す直前の限界だったときの表情。強がり、悲しみが溢れる直前の。

すると、お義姉ちゃんは弱々しく言った。

「結城……」

お義姉ちゃんは、志田先生のことを、存在を認めた。志田先生のことを、結城と呼んだ。志田先生の下の名前だ。

「穂花、だよな。マジか。え、おい！　めっちゃ久しぶりやんけ！」

志田先生は大袈裟なエセ関西弁を使う。あまりの声の大きさに周りの生徒が私たちのほうを見ていた。私も、お義姉ちゃんも、身体をビクつかせた。

「ひ、久しぶり。結城……」

「本当久しぶりやな。あれから全然連絡よこさないから。俺ずっと、すげえ心配して……」

志田先生はお義姉ちゃんに近づいたので、もちろん後ろの男の人のことも認識する。

その瞬間、志田先生は大きく動揺して、なぜか私とその男の人を交互に見た。

「結城、私が言うよ」

動揺する志田先生に、お義姉ちゃんは静かに言う。どうやら志田先生は何かを知っていて、お義姉ちゃんから口留めされていたようだ。お義姉ちゃんは私の頬を撫でて言った。

「雪ちゃん。紹介するね。この人、柿沼春樹さん」

柿沼春樹。

「は、初めまして、い、い」

私はその人に軽くお辞儀すると、その人は少し間を置き、静かに笑った。

「こんにちは」

先ほどのぎこちない笑みが消えて柔らかい顔になり安心する。でも、紹介と言われても。私はお義姉ちゃんを見る。私とこの人に、なんの接点があるというのだろう。

今度は、志田先生が私の肩を勢い良く抱き寄せて、少しだけ耳に顔を近づけて言った。

「雪」

「な、なんですか志田先生」

突然こんなに距離の近い先生も、こんなにテンションの高い先生も初めてのことで、私は謎に怯えていた。そもそも男の人がこんなに近くに来ることも初めてで、身構える。

「ハルだよ。お前の好きな、ハル。小説家の、ハルだ」

突然そう言われて、私は何がなんだか分からなかった。

私は志田先生の顔を見る。体感距離五センチ。ちょっと押されればキスしてしまうと思うくらい近かった。

心臓が鳴り始める。鼓動の一回一回が、まるで爆弾が爆発しているんじゃないかと思うくらい、大きな音を立てている。

その男の人が、近づいてきた。

お義姉ちゃんの横を通り抜け、私の目の前にやってくる。志田先生はにっこりと笑って、一歩引く。私とその男の人だけの世界になった。

柿沼春樹。春樹。春、樹。ハル。ハル。ハル。

なぜ、お義姉ちゃんとハルが一緒にいるのか。なぜ志田先生がお義姉ちゃんの名前を知っているのか。なぜ志田先生がハルのことを知っていたのか。それらの疑問は今、全てがどうでもよかった。

私が歌った「爆弾」という曲。

あれは、ハルに贈った曲なのだ。私は身体中が熱くなる。呼吸ってこんなに難しかっただろうか。ハル、ハル、ハル。私はあなたに言いたいことがたくさんあるのです。

「こ、こんにちは」

私が勇気を出してそう言うと、ハルは私を見て、静かに「いひひ」と笑った。私がこんにちはと言ったのが、そんなに可笑しかったのだろうか。

というか、笑った。笑うんだ。ハルって、本当にいたんだ。

ハルは、身長が百七十センチほど。痩せ型で、無精髭《ぶしょうひげ》を生やしている。髪ももじゃもじゃで、独特な雰囲気を漂わせている。お義姉ちゃんと同い歳くらいだろうか。そしたら、十歳上くらい？　書籍や出版社のホームページなどにも、年齢や出身地などの詳しい情報は載っていなかった。

何を言おう。何を言うべきか。

私が今生きていると実感できているのは、あなたのおかげなんです。私が音楽をやろうと思ったのは、あなたのおかげなんです。私が今日まで頑張れたのは、あなたのおかげなんです。あなたの言葉のおかげで、私は頑張れているんです。ああ、そういえばお手紙、本当にありがとうございます。私、今でもあのお手紙持ってるんですよ。お守りのように、ずっと、ずっと、ずっと持ってるんですよ。

考えても考えても、言葉が一つにまとまらない。どうしよう。落ち着いて、雪。じゃあ、もし、もしこれ以外伝えられないとしたら？　これだけを伝えたらもう会えないとしたら？　過呼吸になりそうなほど、私は息が上手くできていない。だけど言わなきゃいけないことがあるだろう。

感謝じゃない。感謝なんて、きっと伝えても、伝えても、伝えきれないのだ。私はハルの目をまっすぐに見る。涙目になっているかもしれない。でも、伝えなくちゃいけないのだ。

「私はハルさんのように、誰かを感動させるものを創り上げる人間になりたいです」

まっすぐ、ハルにそう伝える。

一番、そう伝えたかった。

私が言うと、ハルは笑うのをやめて、私をじっと見据えていた。

な、何か言わなくてはいけないだろうか。たくさん伝えたいのだけれど、ハルの答えを待たなければ。冷静に、冷静に。

私は自分の中で鳴り響く爆音のような鼓動に揉まれながら、ハルの回答を待った。

すると、ハルはゆっくりと私に手を差し出した。

最初私は、握手を求められたのだと思った。気持ちがパァッと明るくなりハルの手を握ろうとする。

しかし、その手は私が差し出した手をすり抜けていった。

さっきまでの笑顔は消え、その目は私の手元を凝視している。どうしたのだろう。

すると直後、ハルが、私が手で持っていたギターケースを優しく奪い取って言った。

「君は、僕のようにはなれない」

それは、拒絶の言葉だった。

なれない。僕のようには、なれない。

さも当然のように祝福の言葉を貰えると思っていた私は、一瞬ハルが何を言っているのか分からず、唖然とした。

その隙にハルは、私のギターケースからギターを取り出すと、ネック部分を強く持ち、まるで野球バットのようにそれを振りかざす。そのとき、背後からの照明で影ができていたハルの顔を鮮明に窺うことができた。私はそこでようやく気づく。ハルは私を、悪意を持って見ていることに。

今まで見たことがない睨みを利かせた目で、私の顔を貫くかのように、じっと見ていたのだ。私はそこで、人生で初めて、他人から強烈な悪意を向けられることを知る。私はいろんなものを好きで、いろんなものに愛されてきた。その全てに好きと言うことはできなかったけれど、私の周りの全ては私が好きと言わなくても私を愛してくれているのだと、まるで一国のお姫様のような自信で満ち溢れていたのだ。

しかし私はお姫様なんかじゃない。女王様でもない。

ただの、平凡な、学生だった。

悪意に慣れていない私は、すぐに身体が硬直した。捕食される小動物のように、怯えて身体が縮こまってしまった。震えもしない。ただただ動けなかった。

ギターを振りかざす危険な姿勢を取るハルに、当然ながら誰もが反応した。お義姉ちゃんが、志田先生が、何かを言っていた。

しかし、私の脳はそれを認識しなかった。私の脳は、ハルのことだけを呆然と見ていたのだ。ここが体育館であるということも、学校であるということも、私は上手く理解できない。世界はハルと私だけのように思えた。それはまるで恋をし合うカップルに使う言葉のように思えたのだけれど、それだったらどんなに良かっただろうか。

音が消え、すべてがスローモーションのようにゆっくり動いている。

恋。ああ、そうだ。そうだったじゃないか。

恋なんて、叶わないことのほうが多いでしょう。

自分で、ちゃんと理解していたじゃないか。ちゃんと頭で分かっていたことじゃないか。

「君の音楽は最低だった。反吐《へど》が出る。こんなものやらないほうが人生のためだ」

二人だけの世界の中で、そして、ハルは最後に言った。

「僕が、その一歩を踏み出させてやる」

次の瞬間、ハルは私のギターを床に叩きつけた。

四章　冬、高校三年生

柿沼春樹・自宅

『クリスマス、一緒にご飯でも行こうよ』

僕は穂花にそうメールする。最近穂花は大人びてきたような気がした。黒髪にして、化粧もバレないように薄く綺麗に仕上げるようになった。その反動か、なぜか最近メールの返信は遅い。なんとなくどこか遠い存在のように思えてしまうのだけれど、あれから僕たちは変わらず交際を続けていた。

僕は携帯を閉じて、溜息をつきパソコンを見る。

冬休みに入ってすぐに印税で買ったパソコンは、それなりに良いものなのだけれど、しかし未だその本領を発揮できずにいた。頭を掻くと、ついさっきシャワーのときに使ったシャンプーの匂いが鼻を掠《かす》める。

何を書こうか。

僕は最近、頭の中が真っ白だった。まるで外の雪景色と同じように、ただ真っ白。文化祭のために書いた短編小説が九重さんに評価されて、『泳ぐ』に続いて『春夏秋冬』というタイトルを付けて書籍化した。

それなりに楽しかった。僕は飽きっぽい性格だから、飽きたら他の短編を書いて、また飽きたら他の短編へと、楽しく書けた。

だけど次はきちっとした長編を書きたい。『母をさがして』や『泳ぐ』を超えるような、もっと壮大な物語を書きたい。だけどなかなか良い発想が湧かない。

卒業に向けて、いろいろ悩み事が増えたからだと思う。卒業したらどうするのか。大学か、就職か、はたまた専門学校か。今だって本当は行きたい大学のことを真剣に考えるべきなのだけれど、僕にとっては小説のほうが優先順位が高い。

「あ――――」

吐息とともに間抜けな声を絞り出した。

小説が書けないとき、僕はよく父を憎む。

楽だからだ。僕はかつて、小説を書かない理由を、父のようになりたくないと言い訳にしていた。今はそんなことはないのだけれど、父が嫌いなことは変わらない。小説を書けないとき、八つ当たりのように父を憎む。小説が進まないとき、僕のせいじゃない、父のせいだと思うことで、僕は今でも責任逃れをしていた。

次第に力なくパソコンのキーボードの上に頭を載っける。角ばったキーボードが額に刺さり痛かったが、起き上がるのも面倒臭い。

本当、父め。

何勝手に死んでんだてめぇ。こっちが何も案が思いつかねえってときによぉ。

進路も悩んでんのに、なんでこういうときにいないんだ。悩んでんだぞ。助けろよ。おい。

学校で出したことのないような荒い口調を頭の中で巡らせる。

悩み事があるとき、僕はいつも独りで悩んでいた。母さんに頼るのは、なんだか申し訳ない気がしていたからだ。申し訳ないし、なんだか違うと思っていた。そういうのは、父親の役目だと。父親がいない僕には、独りで解決しなければいけない。

目を瞑る。

父がいれば、僕はきっともっと普通の人間だったかもしれない。

父がいれば、僕はきっともっと活発な人間だったかもしれない。

父がいれば、僕はきっともっと身長が伸びていたかもしれない。

イケメンだったかもしれない。筋肉ムキムキだったかもしれない。肌荒れもしなかったかもしれない。

父がいれば、父がいれば、父がいれば。

そんな、ない物語を頭の中で繰り広げながら、ふと思う。

それなら、父がいない僕は、今いったい何者なのだろうか。

馬鹿なことを思っているのは分かっている。僕は人間だ。普通の、人間なんだ。僕が思ったのはそうじゃない。概念的な話だ。

僕は父を知らない。

父の顔も、父の書いた小説も、父が何を思って、何を考えて死んだのかも、僕は知らない。

僕の身体の半分は、そんな何も知らない父でできている。

母さんと似ているなあと思うときはよくある。時たまふざけたくなることや、好きになる音楽とか、母さんと何か好みが合うと、僕は母さんの子どもだと実感することがある。ただそうではないとき、母さんと馬が合わないとき、僕は突然、自分に対して不安になることがあった。何者かを知らない。父を知らない。知らないから不安になるのだ。

それに気づいたとき、僕は突然怖くなった。

いいのだろうか。自分が何者なのか分からないのに、自分の内を曝け出す小説をこれから書いていけるのだろうか。『母をさがして』と『泳ぐ』、そして短編小説『春夏秋冬』は、運よくたくさんの人が読んでくれたけれど、でもこれから先、僕は自分が不確かなまま小説を書いていけるのだろうか。

駄目だ。そんなの駄目だ。

僕は自分が、何者なのか知りたい。僕という人間を知りたい。

僕を知って、僕としての小説を書かなければいけない。

「そうだ。もう僕は、大人になる。知らないといけない。立ち向かわないといけない」

目を瞑り、パソコンのキーボードに頭を伏せたまま、僕はそう呟いた。そのまま二、三度深呼吸をし、勢い良く顔を上げる。額に手をやると、キーボードの跡が付いているのが分かった。

立ち上がり、部屋のドアを開けてリビングに行く。

最近一緒に買いにいった二人掛けのソファで、母さんは寝転がりながら韓国ドラマを観ていた。煎餅を片手に持ちながら、もう片方で肘枕《ひじまくら》をしている。

「母さん」

僕が言うと、母さんは僕のほうを見ずに、煎餅をひと齧りした。

「んー？」

「父さんの小説を読みたい」

僕がそう言うと、母さんは咳払いをした。煎餅がちょっとだけ口から溢《こぼ》れる。汚い。今度はちゃんと僕のほうを見た。

「え……」

「父さんの小説を読みたい」

先ほどと同じような口調で、同じ台詞《せりふ》を母さんに言う。

母さんは口の中に残っている煎餅を噛み砕いて飲み込み、手に持っていた煎餅をソファの上に置いた。て、汚いよ。

「あの人の小説、読みたいの？」

「うん、読みたい。読まなくちゃって思った」

母さんが僕の顔をじっと見つめてくる。

僕は母さんのソファの隣に座って、ついでに煎餅も回収してローテーブルに置いて、母さんをまっすぐ見て言った。

「父さんのことが知りたい。大人になる前に、僕は父さんのことを、知りたいんだ」

小倉雪・コンビニ

「雪ちゃん。コンビニで何か買おうか」

コンビニに到着してすぐ、お義姉ちゃんが振り向いて私に言った。お義姉ちゃんの目には隈ができている。

「大丈夫。お義姉ちゃん、仕事大変だったんでしょう。今日はゆっくり家で休んでよ」

私は自分のリュックを持ちながら、少しだけ早口で言う。

しかし私の言うことを聞かず、お義姉ちゃんは車のエンジンを切った。

「私がお茶買いたいんだ。付き合ってよ」

お義姉ちゃんが車を降りる。私は何も言わずにあとに続いた。

コンビニの辺りは、店員がこまめに雪かきをしているのか、それほど雪は積もっていない。

私はお義姉ちゃんに続いてコンビニの中に入る。入ってすぐ、お義姉ちゃんはドリンクのコーナーに向かい、私は雑誌コーナーで立ち止まり、何となく雑誌を眺めた。以前よく読んでいた音楽雑誌があり、私は目を背けた。一瞬だけ見えた表紙にはスクランブルが映っている。彼らは活動十五周年を記念したベストアルバムを発売することが決まっているらしい。楽しそうに生きているんだろうなと、溜息をついて改めてお義姉ちゃんの元に向かった。

「雪ちゃん、一応あったかいお茶、持っときなさいね」

私の賛同も得ずに、お義姉ちゃんは温かいペットボトルの烏龍茶を二つ取った。お義姉ちゃんは少し強引な優しさがある。今は少しだけ、それが鬱陶しいと思った。

ならば、と思い私はすれ違いざまに見つけたビタミンCの栄養ドリンクを手に取った。お義姉ちゃんはパンのコーナーを見ていたので、私はすぐにそれを会計に持っていく。スイカで手早く会計を済ませ、入口付近でスマホを見ながら待った。

時間を見ると、あと十五分ほどで二者面談が始まりそうだ。早く行きたいのにと心で呟き、苛立つ。そうして私は少しずつ、お義姉ちゃんを嫌いになっていった。

お義姉ちゃんだけじゃない。

あの頃からずいぶん、好きなものが消えた。楽しいことがなくなった。一番可哀想だなと思うことは、好きなものも楽しいことがなくても、生きられてしまう自分自身だった。

「お待たせ」

会計を済ませたお義姉ちゃんは、私に烏龍茶を渡してくれた。温かった。

外に出て、お義姉ちゃんが車に乗り込む前に、私は先ほど買った栄養ドリンクを渡す。

「お義姉ちゃん。ごめんなさい。これ」

「え、ありがとう！　買ってくれたの？」

お義姉ちゃんは栄養ドリンクを受け取り、私の肩を抱き寄せた。私は抱き返さず、流されるまま隣を歩く。

「お義姉ちゃん、面談終わったあと用事あるから、今日だけお迎えいらない。歩いて帰る」

私が言うと、お義姉ちゃんが表情を曇らせて私の顔を見た。

「駄目よ。夕方、また降り始めるらしいから、帰るの大変よ」

「いいってば。お義姉ちゃん、隈すごいよ？　休んでよ」

「私のことは気にしないで——」

「うるさいなぁ。いいって言ってるじゃん。お義姉ちゃんしつこい」

私は深く溜息を吐き、彼女に冷たく言い放った。

少しだけ沈黙が走る。私は、ごめんなさいと、表面上だけでも申し訳ない顔をして謝った。

「いや、私こそごめん。じゃあ、お家で待ってるから。とりあえず面談が終わったら連絡してくれる？　家に着きそうだったら、連絡ちょうだい。ああ、あと、もし歩いて帰るの辛くなったら、バス代あげるから」

お義姉ちゃんは財布から千円を出して渡してきた。バス代は二百円ほどで済むのに、有り余るお金を渡されて、本当は嬉しいのだけれど、少し引いてしまう。

「い、いらないよ。こんなに」

「お小遣いにしなさい。もしよければ、どこかで美味しいものでも食べておいで。雪ちゃん、ほら、ピザとかハンバーガーとか、身体に悪い物、好きでしょう」

「ほら、行っておいで」と優しい口調で言うものだから、私はもう何も言わずに、千円を受け取って学校に向かった。そのままスカートのポケットにくしゃくしゃにして入れた。

学校の壁に沿った歩道は、雪がそれなりに積もっている。陽に当たって輝いている雪の塊があり、私はそれを強く蹴飛ばした。

あと三ヶ月ほどで、この道も日常ではなくなっていく。それに安堵している自分も、ポケットの千円も、何もかもが鬱陶しかった。

目に見える全てが、鬱陶しかった。

柿沼春樹・父の実家

犬を飼っていた。

よく吠える犬だった。

まるで世界の全てを威嚇《いかく》しているように、ずっと吠えていた。

しかし、私が傍に来たときだけは、吠えることはなかった。私は自分だけが犬に好かれていると信じ、私も犬とともに日々を過ごした。

だが、ぽっくりと私を置いて死んでしまうものだから、なんとこの世は醜いことかと思った。信じていたものに裏切られる。なんてこの世は醜い。そこで生きる私も。

犬が死んだとき、初めて私はこの世の醜さを知る。

愛した者は裏切るためにある。親しい者は利用するためにある。謝罪は油断させるためにある。涙は騙すためにある。

全てが醜い。醜いのだ。もちろん私もそうだ。

愛した者は裏切った。親しい者は利用した。形ばかりの謝罪と涙で人を操ってきた。毎日誰かを呪っている。毎日誰かを殺したい。毎日何かに怯えている。

弱く、脆《もろ》く、そして醜い。それがこの世界であり、この私なのだ。

なぜそんなことを言うのかといえば、私はそろそろ死ぬような気がするのだ。と、なんとも簡単に書いているのだが、死にたくない。死にたくなくて、涙が出る。

怖い。怖くてたまらない。私が生きた証《あかし》を、少しだけでも時間があるうちに残したい。いつだって死ぬつもりで何かを書いてきた。いつだって魂を込めてきた。誰に批判されようが、誰に貶められようが、私は私だけを信じてきた。

そして文字どおり、私は今から死ぬ気で小説を書く。遺書とも呼べるのだが、遺書とは自殺する人間が書くのが一般的だろう。

私は死にたくない。だからこそ、ここではあえて『小説』と呼ばせてもらう。

どうせもう、読んでくれる者などいないのだ。

酒に溺《おぼ》れ、腹も肥え、心とともに身体も醜くなった私の小説など、いったい誰が読もうとするのか。

だがそれで良い。私は醜い。醜い私には、この結末がお似合いだ。私は悪者なのだ。

最後まで、最後まで私は「死にたくない」と言う。そのほうが、悪者として味が出るだろう。みっともない結末。

愛したもの全てを裏切った、私の全てを笑ってくれ。

私は、不器用な男。

*

「不器用な男——」

僕がそう言って父の小説を閉じると、母さんは車を運転しながら、ふふっと笑った。

「不器用だった？」

「身勝手で、可愛い人だったよ」

否定もせず、別の言葉で母さんは返すと同時に、ガタンと砂利道を踏み車が揺れる。うおっと声が出て、そのまま窓の外の景色を見た。

遠くに見える山並は一面の雪化粧だった。家から四時間もかかるなら、電車を使ったほうが良いのではないか？　と出発前に言ったのだが、このほうが楽しいからと母さんは強引に車を走らせた。母さんが疲れないか心配だったが、確かにこの景色は少し心が躍る。楽しいという意味がなんだか分かる気がした。

車の窓を開ける。母さんが小さく「気をつけてよ」と言う。僕はそれに返答せず肌で風を受けた。不思議とそれほど寒くなくて、服の中にまで入ってくる冷気が心地良い。わずかな差ではあるものの、なんとなく空気が澄んでいる気がした。僕が住んでいるところも田舎だけれど、ここも相当田舎だ。

ここで父は生まれたのか。

そう思うと、少し寂しさを感じた。


母さんが父の小説を持っていることは知っていた。だけど僕は意図的に父を避けていたから、一度も読みたいと口にすることはなかった。

父を知りたい。昨日、真剣にそう頼み込むと、母さんは数冊の父の本を持ってきた。

父の小説は、純文学だった。

母さんに礼を言って自室に入り読み始める。そしてすぐに気がついた。父の小説家としての実力は、凄まじかった。

言葉が美しい。情景が頭の中に鮮明に浮かぶ。それでいて時には重苦しく、時には華やかに展開していき、読んでいてまったく飽きることはなかった。

すぐに悔しさが湧き上がった。怒りも湧き上がった。僕も、小説を書きたい、書きたい、書きたい、書きたい、書きたい。

父のようになりたいとは思えない。父を超えたい。こいつを超えたいと思った。

それから、僕は夜が更けるまで読み漁った。これを読めば、父を知ることができる。僕自身を知ることができる。母さんとは違う僕の半分。半分の感情、半分の身体、その全てを知ることができる気がした。知りたい。知りたい。知りたい。知りたい。

しかし集中力は長くは持たず、三冊目の途中で気づけば机の上で寝落ちをしていた。

次に目が覚めたのは、突然母さんに叩き起こされたときだった。

朝五時、母さんに思いっきり身体を揺さぶられ、何事かと思った。目を醒ますと、理由も分からず身支度を整えさせられ、冬で陽が昇るのが遅くまだ真っ暗な夜明け前の時間帯に、車に放り込まれた。

「殺し屋にでも追われてるんか？」

そう僕が母さんに言うと、母さんは笑いながら言った。

「あの人の実家に行こう」と。

「ついたよ。春樹」

母さんが運転する車が、ようやくある一軒家に辿り着く。それほど大きくもない木造平家。僕の家がマンションの一室だからか、小さくとも一軒家というだけで心が躍る。

家の壁に沿って花壇があったが、冬だからか植物は生えていなかった。玄関の近くに、ずいぶんと古ぼけた犬小屋がある。しかし、中に犬はいない。

『犬を飼っていた。よく吠える犬だった。』

ああ、と僕は納得する。そして僕はまた少しだけ父を理解した。

ここまで来る途中、周りは小さめなスーパーや民家がかろうじてあったような気がするが、それらもまばらで閑散としていた。自動車が必須だろうなと想像しながら車を降りる。

ふうと溜息をついたのは母さんだった。振り向くと、母さんは車を降りてはいるものの動き出そうとしない。

「緊張してんの？」

とっさに声が出る。鼻で笑われるかと思いきや、母さんは神妙な面持ちで、「緊張してる」と答えた。その表情からは、微かな寂しさを滲《にじ》ませていた。

僕は何かを言おうか迷ったのだが、声をかける必要もなく、母さんは言った。

「でもいつかは来るべきだったのよ」

母さんが一歩踏み出す。ギュニッと雪を踏む音がする。僕の前を歩いていき、僕はその後ろをついていく。母さんが玄関扉の前で立ち止まり、大きく深呼吸をした。

今日ほど、母さんを人間らしいと思ったことはなかった。母さんは母さんであり、同じように傷を持つ一人の人間でもあると僕は学ぶ。

僕は知りたい。僕の正体を。

僕が何者で、これから僕はどう生きるべきなのか。

母さんがインターフォンを押す。

数秒後、玄関の奥から足音が近づき、扉が開く。

白髪で痩せた長身の男の人が現れると、敵意を持って母さんを見ていた。

母さんは息を呑み、何か言葉を発しようとしていたのだが、それよりも先に、男の人は母さんを睨んだまま言い放った。

「この盗《ぬす》っ人《と》め、よく来やがったな」

小倉雪・冬休み

寒い。

何をするのも億劫になる。肌寒い。どこに行っても冷たい。

どこにも居場所がない。

「そろそろ選択肢も限られてくる」

目の前の志田先生は、私の通知表を見ながら難しい顔をして言う。私は小さく「はい」と漏らし、目を背けた。三年になり志田先生が担任になっていた。

「就職先はいくらでもある。卒業式を迎えても、春休みギリギリまでサポートはできるんだ。だが進学はそろそろ願書の締め切りがある。雪はまだやりたいこと決まってないんだろう？夏休みの三者面談では、雪のお義姉さんも進学に賛成してくれてたよな。まだやりたいことが決まらないうちは、とりあえず大学に進学して、やりたいことを四年間で探すこともできる。雪は今、どれが一番良いと思う？」

数秒沈黙が流れて、ああ、問いかけられたんだと理解した。

「……分からないです」

志田先生は目に見えるような大きな溜息をつく。表情は柔らかいが、困っているようだ。

「ごめんなさい」

「いいんだ。新しい学校の資料持ってきた。就職先も。一応遠方ではなく近辺で探してきた」

「……ありがとうございます。すみません」

「いいんだよ。……よく謝るようになったな」

「え？」

「そんなに縮こまらなくても。遠慮しなくていいぞ」

「すみませ……、はい」

もはや挨拶のようになってしまった私の謝罪に志田先生は少し笑いながら、大学の書類を私に見せてくれた。

ネット検索が苦手だから、どこにどんな大学があるのか分からない。周りのクラスメイトが口にする大学はなんとなく聞き覚えはあるのだけれど、並べられた資料の大学は初めて見るところばかりだった。

志田先生は大学資料の隣に、企業の高校生向け募集要項をプリントした紙を広げる。給与、勤務日数、休日。

溜息が出た。

「全部持ち帰って、冬休み明けに意見を聞かせてくれ。この中だったら、まだゆっくりでも大丈夫だから。でも冬休みを明けてもまだ悩んでたら、この中の大学も締め切りが危ないってことだけ、覚えておいてくれるか」

「……はい」

乾いた返事をしながら、心底面倒臭いなぁと思った。

考えたくない。自分の将来なんて。自分の未来なんて。

だけどお義姉ちゃんを心配させるわけにはいかない。いつも私のことを考えてくれて、ずっと高校生活を支えてくれたお義姉ちゃんのためにも、しっかり進路を決めなきゃいけない。

でも、本当、本当面倒臭い。

就職してしまおうか。先生がプリントしてくれた募集要項の中にある工場勤務。単純作業が多そうだけど、休日も福利厚生も意外としっかりしてる。お花屋さんもある。水仕事で手が荒れそうだけど、お花に囲まれて過ごすって楽しそうだよね。

良い感じ。楽しそう。そんな印象はあるのだけれど、決め手がない。気持ちが湧かない。そんなこんなで高校三年生の冬休みになっていた。

窓の外は雪が降っている。はは、私もあんな感じに、ただ風の向くまま漂ってられたらいいのに。漂って、地面に落ちて、消える。

漂って、という意味では、今も同じかもしれない。なのになぜこうも不安でいっぱいなのか。

私は厚めの生地のスカートをギュッと握り締め、手を温める。

「雪、あと一つだけ、これ見てくれるか」

志田先生はそう言いながら、通知表の後ろに隠していたファイルを取り出した。ファイルの中には同じように学校の資料が入っている。

「専門学校……？」

「ミュージシャンの専門学校だ」

音楽。

その言葉を聞いた瞬間、まるで空気がコンクリートになったようだった。身体が固まって動けない。

私がずっと、ずっと避けていたもの。

志田先生が私の表情を窺っているのが分かる。心配そうに、はたまた申し訳なさそうに。それを見て、また謝りたい衝動が湧き上がった。

ごめんなさい。ごめんなさい。困らせてごめんなさい。

「東京の専門学校だから、保護者と相談ではあるんだが……。ここは作曲からエンジニア志望まで、音楽に関係することを学べる。雪、シンガーソングライターになりたいって、去年言ってたよな」

ごめんなさい。

そんなに優しい口調で言ってくれて、ありがとう。ごめんなさい。ああ、困らないで。困らせてごめんなさい。

「雪が軽音部辞めてから、ずっと触れないでいたんだけど……。迷ってるなら、あくまで一つの選択肢としてな。この専門学校はまだ締め切りまでゆとりがある。この学校、人気のアーティストがたくさん出てるらしい有名なところなんだ」

そうなんだ。そうなんだね。分かるよ。先生が言いたいこと。

ごめんなさい。私どんな顔してるんだろう。ごめんなさい。

「もし音楽のことで悩んでるんだったら、先生は応援する。先生、あのライブすごく感動したよ。去年の文化——」

「ごめんなさい」

パチンッと風船が割れるみたいに、私は志田先生の言葉を終わらせる。

しかし志田先生は動揺することなく、私の言葉を待つ。私は今すぐ逃げ出したかった。でも本当に、本当に申し訳なくて、私はゆっくり言葉を紡《つむ》ぐ。

「冬休みにゆっくり考えます。お義姉ちゃんとも相談してみます。資料、いただいてもいいですか？」

私は口角を無理やり上げて、少し明るいトーンで言う。固まった表情筋に強引に力を入れたので、ほっぺが引きつっているのが分かる。

志田先生は、何も変わらず、「もちろん」と優しく言って、集めた資料をクリアファイルにまとめてくれた。

志田先生は私の気持ちに全部気づいてる。

すでに私の二者面談の時間を十分過ぎていた。資料をまとめた先生は立ち上がって私に手渡す。

私も立ち上がって机の横にかけてあったリュックを取り、貰った資料をリュックの中に入れる。

一度その流れでリュックを椅子に置き、椅子に掛けていたお義姉ちゃんのお下がりのコートを着た。

「今日、迎えは？」

志田先生は準備する私に世間話をする。私は先ほどの声のトーンを思い出しながら言った。

「今日はお義姉ちゃん休日なので、迎えは断りました。あと、他にも用があったので……」

「そうか。お義姉さんにも、よろしく言っといてな。あー……」

私が身支度を終えると、先ほどまでビシッと背筋を伸ばしていた志田先生は、ダランとリラックスして、無邪気な顔を見せた。

「穂花、元気にしてたか？」

お義姉ちゃんの名前が出て、少しだけ空気が柔らかくなる。

志田先生はお義姉ちゃんと同級生で親友だったらしい。志田先生にとって私は親友の義妹《ぎまい》なのだ。

生徒の前では見せない、プライベートの顔。

「あー、はい、元気です」

「そうか。いや、あれからも全然連絡取ってないからさ。何してんだろって思って」

「え、そうなんですか？」

意外だった。去年再会してから、てっきり連絡し合っていると思っていた。

「俺は元気って、伝えといてくれるか。忘れなければでいいから」

「ああ、はい。言っておきます」

先ほどの不安な空気から一変して温かくなり、志田先生に送られて安心して教室のドアを開ける。

しかし、私独りだけ、また空気が固まった。

「御幸、お待たせ」

ドアを開けると、廊下向かいの教室の椅子に、御幸がポツンと座っていた。

御幸は私と目が合うと、パッと明るい表情をする。

しかし私は彼女の額の傷を見て、すぐに目を背け、先生に挨拶をした。

「先生、お疲れ様でした」

「おう、良いお年を」

私はそう言うと、御幸を見ないようにさっさと歩き出す。

「雪ちゃん――」

背後で御幸の声が聞こえたが、私は唇を強く噛んでその場を離れた。

柿沼春樹・父の実家

年老いた男性は母さんを見るなり、「盗っ人め」と言い、僕のほうも見ずに家の中に戻っていった。

隣の母さんが溜息をついて家の中に上がる。入っていいのだろうかと不安になったけれど、ひとまず母さんについていった。

玄関を上がると、たちどころに鄙《ひな》びた匂いがした。畳の井草の匂い。木の匂い。微かに感じるカビの臭い。

男性は父の父。つまり僕の祖父だろう。母について祖父のあとを追うと、和室に着いた。真ん中にデカデカと炬燵《こたつ》がある。初めて見たものだから興奮して、一瞬駆け出してスライディングで中に入りたくなったが、さすがにこんなピリリとした空気じゃあ、そんなふざけたことはできない。ピリリというか、緊張している。どう動いていいか分からないのだ。

祖父は和室に入るなり、ドカッと壁ぞいの座布団に座り込み、そのままリモコンでテレビを点けた。

「まあ、座んなさい」

そう言われて動いたのは母さんだ。テレビの前を横切るように祖父の向かい側に座る。僕もそれに恐る恐るついていく。テレビを横切るときに一礼し、のっそりと母さんの隣に座る。祖父はテレビから目を離さない。お茶も出されず、見向きもされず。少し失礼だなと思っていると、もう一人和室に入ってきた。

「お久しぶり、桜美さん」

小柄で眼鏡をかけた、黒髪に白髪が混ざった頭の女性。祖母だ。名前を呼ばれた母さんは祖母のほうを向き、座ったまま頭を下げた。

祖母はお盆にお茶を持ってきてくれて、先に僕の側に置いてくれた。

「初めまして。春樹くん」

訛《なま》りの入ったイントネーションで僕に挨拶をして微笑む。僕は焦って、「初めまして。ありがとうございます」と言いお茶を受け取る。祖母は母さんにもお茶を渡したあと、祖父の隣に座り、自分たちの分の湯呑みをテーブルの上に置いた。

「息子は連れてきたか？」

すると突然、祖父が言った。

「ちょっと」と、祖母は祖父の肩を叩いたが、祖父は目線をテレビから外さない。今更ながら、敵視されていると感じた。

「ごめんなさいね。はるばる来てくれてありがとう」

祖母は祖父の言葉を無視し、話を逸らして僕のほうを見る。彼女に悪意はないらしく、むしろ僕のことを、母さんのことを歓迎しているようだった。

「こちらこそ、突然来てしまって申し訳ありません」

僕は最近覚えた丁寧語を返したあと、隣の母さんを見る。母さんの表情は強張っていた。緊張なのか。怒りなのか。ここまで狼狽える母さんを僕は見たことがない。今までどんなときでも笑っていたのに。まるで子どもだ。

僕は可哀想になり、そっと母さんの手を炬燵の中で握る。母さんは僕のほうを見なかったけど、その代わり、僕の手を強く、強く握り返してきた。そして握ったまま、母さんは言った。

「あの人はもうどこにもいません。ばら撒きました」

ばら撒きました?

その言葉でようやく、祖父はテレビから目を離し、母さんを睨んだ。祖母も母さんを見たが、祖父ほど驚いていなかった。寂しそうに諦めた目をしている。

「それでも返してほしいなら、私が二人の家政婦になります」

「は?」

祖父が鋭い語気で訊き返す。僕も同じだ。は? 何言ってんだよ。母さん。そう言おうとしたのだが、母さんの次の言葉で僕はすぐに黙り込んだ。

「半分ほど、私が食べました」

それでもどういうことか分からなかった。分からなかったけれど、母さんが過ちを犯したことは分かった。僕の手を摑む母さんの手がより一層強くなる。でも痛くなかった。

「私の中にいるという意味で納得していただけるのであれば、いくらでもお二人の側にいます」

「そんなことで許されるわけないだろう!」

ドンッと炬燵の天板を叩き、祖父が立ち上がる。見るからに怒っているのだが、祖母は先ほどのように祖父を宥めようとはしない。僕がビクッと身体を震わせると、それを見た祖父が僕を指差して母さんに言った。

「その子を俺が盗んだらどう思う！　えぇ!?　辛いだろう！　大切な、大切な家族だ！　ずっと取り戻したかった。それをなんだ！　ばら撒いた？　食った？　ふざけるな！　返せ！　俺の息子を返せ！」

　ビリビリと、木造平家全体が揺れているような気がした。それほどまでに大きな声だった。僕は完全にびびってしまい、そもそもどういう状態なのかまったく分からないため、どう動いていいか分からず、どちらの味方をすればいいのか分からず、ただただ怯えて祖父を見つめるだけだった。

　しばらく沈黙したあと母さんが僕の手を離した。血液が手に流れていき炬燵とは別の暖かさを感じる。

　ふと横の母さんを見ると、いつの間にか涙を流していた。

「私にも、返してください」

　口元に皺を作り、唇を震わせ、涙が溢れるたびにゆっくりと化粧も崩れていく。頬に伝い、口に伝い、顎に伝い、顔の輪郭に沿ってゆっくりと落ちていった。

　母さんの言葉に、「ああ?」と祖父は漏らし、肩で息をする。母さんはゆっくりと、ゆっくりと震えた声で返した。

「私だってまた会いたいです。愛してるって言いたい。抱き締めたい。あの人の物語の続きを読みたい。あの人の全てを愛してました。でも私を棄てた！　あの人を殺したのは私じゃない。あの人を盗んだのは私じゃない！　殺したのも盗んだのも、全部、全部あの人自身です！」

母さんが全てを言い終えると同時に、祖父は怒りに任せてテーブルにあった湯呑みを摑み、母さんに投げようとする。

危ない！

僕はとっさに涙でボロボロの母さんを抱き締める。

しかしお茶はかからなかった。湯呑みも当たらなかった。祖父の隣で静かにしていた祖母が彼の手を払い、そして祖父を叩いたからだった。

バチンと乾いた音。

湯呑みが祖父の手から離れ畳に落ちる音。

そして沈黙。

祖父もゆっくりと、涙を流し始める。

先ほどの敵意は、もうどこにもなかった。

小倉雪・音楽準備室

音楽準備室の扉を開くと、一瞬微かに埃っぽさとじめじめとカビっぽい臭いが漂う。と同時に、ギュッと綿を押し付けられたような優しい圧迫感のある寒さが押し寄せた。

「寒い」

独りなのに、勝手に言葉が漏れた。

音楽室の横にある、六畳くらいの小さな部屋。アップライトピアノと小さな机。壁側に密集する、いつ手入れをしたのか分からないアコギの山。

他のバンドが音楽室で合奏練習をしている間、よくここで御幸と小夜と一緒に駄弁ったり、練習したりしたっけ。

一歩一歩足を踏み出すたび、かつて練習した風景が思い起こされる。こんなに埃っぽくて、エアコンもない小さな部屋なのに、なぜか居心地が良かった。人と人との距離が近くて、誰かが人気のピアノ曲を弾き始めたら、みんな勝手に歌い出したりするんだ。それに乗っかって私は勝手にギターでコードを合わせる。

一年以上もここには来ていなかった。

ゆっくりと歩きながら、ツーッと、小さな机とアップライトピアノを指でなぞる。指に埃が溜まり、フッと優しく息を吹きかける。壁際のアコギの山の一番はじっこ。部屋の一番隅っこに私のギターはあった。

弦は錆びついていて、黒の塗装に、まるでヒビのような大きな傷がある。

優しく、私はそのギターを持つ。

自然と、一年以上前の、あの日のことを思い出していた。

『君の音楽は最低だった。反吐が出る。こんなものやらないほうが人生のためだ。僕が、その一歩を踏み出させてやる』

そう言って、ハルは私のギターを叩きつけた。

ガァンと、大きな、大きな音がしたのだけれど、ダメージは大きくなかった。ハルが叩きつける直前、志田先生がタックルをしたのだ。ハルはよろけて、ギターを叩きつける力も弱まり、おかげでまっぷたつになることはなかったのだけれど、黒のストラトキャスターが白く傷ついた。

志田先生とお義姉ちゃんがハルの身体を押さえ、外に連れていく。近くにいた小夜が走って近寄ってくる。御幸も、舞台から降りて私のもとに来てくれた。

私はというと、ただ、立ち尽くしていた。立ち尽くし、ハルの顔を見ていた。ハルは私を見ていた。茫然とした表情で私を見ていた。彼の真意が分からなかったのだけれど、私に嫌悪を抱いているのだけは分かった。志田先生とお義姉ちゃんに押さえられながらも、ただ私を見ている。

しかしやがて私から遠ざけられ、ハルの姿は見えなくなった。

私は何も考えられなかった。ただ視界には、床に叩きつけられ傷のついた私のギターを、大事そうに持ち上げる御幸が見えた。すぐ横では、小夜が私の肩を支えてくれている。悠介くんも、私に近寄って何かを言ってくれていた。

ああ、何か言わなくちゃ。空気を読まなくちゃ。私には、それしかないでしょう。ねえ、雪。えっと。えっと。えっと……。

「ごめんなさい」

あれ、なんで、なんで謝ってるんだろう。

私は、何も聞こえない。

何も感じない。


私はピアノ椅子に座り、アップライトピアノでEの音を弾いて、ギターをチューニングする。このピアノ自体、調律なんて全然されてないけど、なんとなくでチューニングを合わせてCメジャーを弾く。だいたい合っていた。

んっと咳払いをして、私は弱くギターを鳴らす。

錆びついた弦の乾いた音が、音楽準備室に鳴り響いた。


「しんあいなる、あなたへ。私は、わたしになれるでしょうか。

こんな体で、こんな見た目で、じぶんをあいせる、でしょうか。

親愛、なる。あなたの爆弾になれるでしょうか。

あなたの全てを、ぶち壊すような、そんな、夏に、なりたい」


爆弾になりたかった。

全てをぶち壊す、爆弾になりたかった。

私の全てで、世界を壊したかった。

世界を壊して、歴史に刻んで、あなたを見下ろしたかった。

「雪」

その声で、ハッと勢い良くギターを鳴らしてしまう。

それと同時に、ギターの五弦がプツンと切れた。一年間とちょっとの間張り詰めていたギターの弦は呆気なく切れた。

私はギターを縦に持って勢い良く立ち上がり、後ろを振り向く。

制服姿の小夜が、そこにいた。

柿沼春樹・父の実家

母さんは語る。父の仏壇の前で語る。

祖父母の許しを得て、僕と母さんは仏間に来ていた。

父が母さんを棄てたのは、僕が生まれる数日前のことだったらしい。僕が生まれてから籍を入れようと約束していたばかりに、父の骨は、母さんの元ではなく、父の実家であるこの場所に送られたのだ。父の死を知ったのは、先ほどの祖母が、母さんに連絡をしてくれたかららしい。

骨となった父と再会した母さんは、その骨を盗んだ。父を盗んだのだ。

僕が物心すらついていない、赤ん坊だった頃の話だ。

家に帰り、母さんは父の骨を砕き、喰らい、飲みきれなかった残りを公園に撒いたらしい。

「可愛い人だった」

母さんは僕の隣で、父の仏壇を眺めて言う。父の仏壇には写真がなかった。

「あんまり自分の気持ちを言う人じゃなかった。楽しいとか、嬉しいとか、寂しいとか、悲しいとか。でも私はそんなの気にしないであの人に接したの。何も怖くなかった。あの人は小説にだけは、自分の本当の気持ちを書いてたから」

母さんは正座を崩して笑う。ようやく見せた笑顔に僕は安堵した。

母さんは、持ってきた父の小説を僕に見せる。表紙には『不器用な男』と書かれていた。

父の遺作だ。彼が死んだのはこの小説を書き上げた数日後のこと。遺品を回収した祖母と祖父が、父本人と当時やりとりしていた出版社の人間と連絡を取り、この本が出版されたのだ。

「父さんは、小説が好きだったのかな」

『不器用な男』を手に取り、表紙をなぞる。ずいぶん前に出版された本だからすでに知っている人間も少なくなり、母さんが持っているものも日焼けをしていた。

「好きだったと思う」

断定しない母さんに、僕はすぐに「思う？」と訊き返した。

「側にいたときは、好きだから小説を書いていたのかなって思ってた。だけど今となっちゃ、自分の気持ちを曝け出すためだけの道具だったんじゃないかなって、そう思うの。小説は……、あの人のことをたくさん傷つけた」

いつもは僕の目を見て話すのに、少しだけ目線を下げて、見るからに落ち込んでいる。大きく息を吸い、母さんはギュッと手に力を込めて続けた。

「私は、あの人が、あの人が好きだった。あの人の小説も好きだった。ただ直向《ひたむ》きに、自分の気持ちを何もかもぶつけて、全力で小説に、自分の生きた証を残そうとする不器用な素直さが好きだった。平凡な私には、浮世離れしていて、でも創作に命を懸ける生き様が輝いて見えた。私も、あの人みたいに自由に、好きに、生きたかったけれど……、私には何も才能なんてなかったから、だからこそあの人に寄り添ってきたの。あの人の小説家としての人生に寄り添い、尽くすことが、私にとっても生きる意味になってた。

なのにあの人は、私を棄てた。私と、春樹を棄てた。あの人に会いたい。

あのね、春樹、あの人、最後に私に手紙書いてたの」

「手紙？」

「うん、手紙。『桜美、寂しい、愛してる、愛してる、愛してる、幸せをずっと願ってる、会いたい、死にたくない』って。馬鹿みたい。本当、馬鹿みたい。馬鹿で、身勝手で、本当に可愛い人だった。だけど私は、もう一度会えたら、今度こそ間違えない。あの人が死なないように、私はあの人を離さない。間違えないのに……もうあの人には、会えない……」

そう言って泣き崩れる母さんに、僕は慌てて寄り添った。

「母さん、母さん泣かないで。母さん、僕は母さんを棄てない、見捨てないから」

僕が言うと母さんは顔を上げる。僕の顔を見て、鼻で笑う。

「なんだよ」

僕はとっさに悪態をついた。

「立派になったね。春樹」

母さんは僕の頰を撫でた。

「春樹、あんたはね、似てるのよ。そっくり、というわけではないけれど。まったく一緒、というわけではないけれど。好きなものに好きと言えないのはあの人と同じ。あんた、穂花ちゃんにも結局、好きって言ってないんでしょう。愛してるって言えてないでしょう」

「愛してるって……、そんな大胆なこと言えないよ。高校生の分際で、そんな」

「高校生で何が悪いのよ。若さなんて、なんの理由にもならないわよ。言葉は、気持ちを一番に表す力よ。小説にだけ本心を書くなんてまどろっこしいことしないで、直接言いなさい。いつまで、いつまで待たせるつもりなの」

いつまで待たせるつもり。

いいや、僕じゃない。僕じゃあないよな。あなたは父を見ている。父に言いたいのだ。それを。同じことを。

愛してる。

母さんはそれを、ちゃんと言ってもらえたのだろうか。父は母さんにちゃんと言ったのだろうか。いや、絶対に言えてない。だって僕が言えないのだ。

「母さんはね、あんたを愛してる。あんたを心から愛してる。だけど本当に、あの人に似ているものだから、応援できなかった。祝福できなかった。私は今でもあの人に会いたい。会って抱き締めたい。小説を書いてもいいから、私に好きと言ってほしかった。あんたを祝福できなかったのは、私の弱さのせい。今まで、後ろめたい気持ちにさせて、本当にごめんなさい」

そう言いながら、母さんは少しだけ頭を下げた。僕は焦って、「顔上げてよ、やめてよ」と母さんの肩を押さえる。

「だけど約束して」

下を向いたまま、母さんは強く言った。

「小説を書くことを、私は祝福する。だから約束して。一年生のときに、あんた言ったわね。僕は見捨てない。自分を、自分を愛してくれる人たちを棄てないって。それを絶対に守るって、誓いなさい。愛してるも、好きも言えなくてもいい。でも、絶対に見捨てないと、誓いなさい」

そして、ゆっくりと母さんは顔を上げた。化粧も崩れ、母さんの顔は今日ずっとボロボロだった。

母さんは、母親としてではなく、一人の人間として僕にお願いをしているのだ。なら僕も、子どもとしてではなく、一人の人間として言う。

「分かった。僕は見捨てない。小説を書き続ける。愛してくれる人も、愛する人も見捨てない」

僕がそう言うと、母さんはようやくいつもの母さんの顔に戻った。

小倉雪・冬休み

音楽準備室の入口を開けっ放しにしていたのが失敗だった。

私のギターが聞こえたのだろう。小夜は音楽準備室の中に入り、私の一メートル後ろに立っていた。私はいつものように俯いて、あからさまに避けるように、小夜の横を通り過ぎる。

「御幸がね――」

それを、小夜が制止した。私は立ち止まる。驚いたから。この一年間避け続けて、私は初めて小夜に引き止められたからだ。

「御幸が、内定決まった」

御幸が内定決まった。そうか、やっとか。やっと決まったのか。彼女も自分の道を歩もうとしているのか。

目の奥がジーンと熱くなる。私は久しぶりに小夜の顔を正面から見た。

小夜はこの一年でずいぶん変わってしまった。ショートヘアから、私と同じくらいのミドルヘアになった。先生によく怒られていた目立つ赤毛の髪も、黒く染め戻した。

「親戚の運送会社の事務職の内定。だけど大学も悩んでて、願書を出してあとは親と冬休み中にゆっくり相談して決めるって」

「そう……」

小夜の言葉に私は呟く。その一言で精一杯だった。上手く言葉が思いつかない私に、彼女は追い討ちをかける。

「でも、内定も、悩んでる大学も、どっちも県外」

県外。

離れ離れ。

「私は県内で就職だけどね。ずっとここにいる。だけどねえ、御幸は遠くに行っちゃうよ。雪、卒業までに仲直りできる?」

麻痺する脳をさらに小夜は揺さぶる。仲直りって。別に私は何も。何も喧嘩なんて。

何も、ないわけないか。

*

「軽音部辞めるって、嘘でしょ?」

御幸はタラリと汗を流し、私の腕を摑んで言った。どこを向いていいか分からず、私の目は恥ずかしげもなく泳いでいる。

「次の曲は? 冬休み前のバンドは? 『爆弾』すごく好評だったじゃん。志田先生が来年の一年生を迎える会でぜひやったらどうだって、言ってくれたんだよ」

グッと顔を近づける御幸に、どこを向けばいいのか分からないのなら塞いでしまえと、目を瞑った。

「ごめんなさい」

「ごめんなさいって……」

怒りでも寂しさでもなく、焦りに満ちた声で御幸は言う。私が一歩下がると、御幸は私の腕から力なく手を離した。と、同時に私は誰かにぶつかる。

目を開けて振り向くと、悠介くんと小夜だった。

「雪先輩、辞めるんですか？」

悠介くんが私の目を見る。心配そうな目で、それは小夜も同じだった。

「ゆ、雪。あいつの言ってること気にしてる？　あんな奴の言葉、気にしなくていいよ」

あんな奴。

それは紛れもなく、ハルのこと。瞬間的にハルの言葉と表情を思い出す。

『君の音楽は最低だった。反吐が出る。こんなものやらないほうが人生のためだ』

「私のやりたかったことなんて……、ただの独りよがりでしかなかったんだ」

瞬間、左頬に痛みを感じた。

叩かれた。

小夜に、叩かれた。

私は、瞬間的に頭に怒りが湧き上がり、叩かれて、そのまま右に身体が動いていく流れで、小夜を、思いっきり、思いっきり、思いっきり叩き返した。

「ちょっと、先輩！」

「二人ともやめて！」

小夜も変わらず反撃してくる。私は彼女の髪を、大事な髪を掴み、強く引っ張る。私に引っ張られた小夜はそのまま私に体当たりし、私の首元を、まるで吸血鬼かと思うくらい強く嚙んだ。

痛い、痛い、いたいいたいいいたい。

私は彼女を思いっきり引き剝がす。近くにあった楽譜立てを私はとっさに摑み、小夜の方向へ投げた。

しかし、それは小夜には当たらなかった。

間に入った悠介くんが手で弾いた。そこまでは良かった。しかしその弾いた楽譜立てが、私と小夜の諍《いさか》いに巻き込まれ、ぶつかってしゃがんでいた御幸の頭を直撃した。

「御幸！」

起き上がった小夜が、御幸のもとに駆け寄る。悠介くんも同じように走り寄った。

私は動けなかった。

やってしまった。私は、やってしまった。

なんてことを。なんてことをしてしまったんだ。

「い、痛い……」

ちょうど楽譜立ての角がおでこに当たってしまい、御幸の額から血が出ていた。私は、彼女に駆け寄りたかった。誰も私のことなど見てもいなかったし、避けようともしていなかった。むしろ冷静になった小夜が、私に助けを求めるように目線を送ったような気がした。

だけど、私は、逃げ出した。

御幸から、小夜から、悠介くんから、音楽から逃げ出した。

*

去年の冬頃、そんなことがあった。そしてあれから、私たちは喋れないまま。私たちの時間は、化石化したみたいに固まって、どこにも進めなくなっていた。ただ、見た目だけが少しずつ、大人に向かっていく。考えることが大人になっていく。

私が悪いというのに、彼女たちからの謝罪のラインは何度も届いた。私はそれを全部見た。それでも言葉は出なかった。

今だって、喉が熱い。今しかないと思った。

最後のチャンスだ。

「ごめんなさい」

ずっと言いたかった謝罪の言葉。

私は、その言葉で赦《ゆる》されたかった。大丈夫、気にしてないよって言ってほしかった。

しかし小夜は私の言葉を聞いた瞬間、私の表情を窺うような訝しげな表情をやめて、強く私を睨む。

「そんな言葉が聞きたいんじゃない」

そしてただ冷たく、私に言い放った。

私は思わず身体が凍りつく。また謝りそうになった。

「雪、卑怯だよ。私たちの顔色ばっか窺って。私たちのことばっか大事にして。いつも無邪気にやりたいことを言ってるようで、実際はのらりくらりって交わしてばかりで。なんなの。雪は、いったい何がしたいの？」

小夜は頭をガシガシと掻き、俯きながらだんだんと声が小さくなっていく。私は動揺して思わず彼女の名前を呼ぶ。

「小夜……」

すると小夜は勢いよく顔を上げて、叫んだ。

「なんで悠介くんと付き合わなかったの⁉」

悠介くん。

去年の文化祭のとき、告白されたけど結局曖昧な返事をして、うやむやにしていた。

え？

小夜が目に涙を溜めている。そこで初めて気づく。小夜が悠介くんのことが好きで、知らずに私は彼女を傷つけていたのだ。ああ、そういえば、よく思い返せばそういう可能性も考えられたはずだ。彼女は悠介くんの様子にいち早く感づいて、私にすぐに訊いていたじゃないか。

「ごめ、んなさい。違うの。私知らなくて……」

「知ってるよ、知ってるよそんなこと！　私がムカつくのは、ちゃんと返事しなかったことだよ！　好きなら好きって、嫌いなら嫌いって、言えばいいのに！　音楽だってそう！　周りのことなんかじゃなくて、自分がどうしたいかで言ってよ！　考えてよ！」

好きって。嫌いって。

申し訳ない気持ちになりながら、私は心が少し尖《とが》る。

そんな簡単に言えたなら、私だって楽だったよ。

「一番、一番ムカつくのは、私が、何も気づけなかったことだよ。雪のこと、何一つ気づけなかった。そんなに音楽のことを悩んでたなんて。もっと相談に乗れば良かった。もっと傷を見てあげるべきだった。お義母さんのことだってそう！　平気な顔をして、すごく悲しんでたなんて、夏祭りのときまで私はまったく気づかなかった。今じゃもう、雪の気持ちなんて何一つ分からない。分からないけど、今までのこと全部嘘じゃなかったはず！　私と御幸のこと今は嫌いなのかもしれない。だけど、楽しかった瞬間が、心から楽しかった瞬間があったはずでしょう！　なのにこうなるなんて全然分からなかった。嫌い。雪も、気づけなかった自分も、全部嫌い……」

とうとう小夜は涙を流し、子どもみたいに泣きながらしゃがみ込む。

彼女の、まるで猫の鳴き声のような嗚咽が、小さな音楽準備室の中に響き渡る。

私はそれを、少しだけ、可愛いと思った。

私は、何をしてきたのだろう。

移動教室ですれ違うたび、私は俯いた。音楽室は意図的に避けて、音楽関係の授業も選択しなかった。

昨年の年越し、二人から来た『おめでとう』というラインですら私は無視をした。無視をして、避けて、二人も自然と私を通り過ぎるようになって、やっと報われたという気になっていた。もう二人にとって私はどうでもいい人間で、私はそれを望んでいた。二人にとっての悪役になれるように、必死に態度を作った。あからさまに目を背け、嫌な顔もできるようになった。

二人が私を嫌うように。

あれ、嫌うようにって、なんで、なんでだっけ。なんで私、二人に嫌われたかったんだっけ。

『君は、僕のようにはなれない』

一番に思い出すのは、ハルの言葉。

ハルにそう言われて、私はどう思ったんだっけ。何も考えられなくて、そのとき初めて私は、音楽のことを考えるのをやめた。

悲しかった。辛かった。褒められたかった。すごいねって、言われたかった。

ああ、そうだ。私はそのとき知ったんだ。見返りがないと、好きと言い続けるのは苦しいことに。無償の愛を与えられる人間なんて一握りだ。私はその限りではなかった。見返りが欲しかった。褒められたかったんだ。

もう二度とあんな思いをしたくなかった。私の大好きな音楽を、誰にも罵倒《ばとう》されたくなかった。私が音楽を好きという感情を、誰にも否定されたくなかった。音楽に見捨てられる前に、私は音楽を見捨てたんだ。

二人のことも、そう。

二人のことが、私は大好きなんだ。

小夜は親友として、大好き。彼女の無邪気さに触れるたびに私は変わっていった。練習が上手くいかなくても、楽観的な彼女の励ましに何度も立ち直ることができた。

御幸は女の子として好き。彼女がずっと好きだった。最初はお義母さんのような優しさと大人っぽさがあったから。彼女の側にいると安心したし、ドキドキした。彼女の前にいると、常に人前で歌を披露しているような緊張と高揚感があった。

二人のことが好きだった。見捨てられたくなかった。

すれ違うたび、二人は心配そうな顔をした。悲しそうなのに、優しく私を心配する二人の顔が、怖かった。怖くて、遠くて、辛かった。いつか、二人は私を嫌いになる。心配すらしてくれなくなる季節が来る。

だから棄てた。

見捨てられる前に棄てた。嫌われる前に嫌った。傷つく前に傷つけた。


「好きなの」

ふっと自然に声が出た。

ようやく小夜が私のほうを見る。化粧もしなくなった彼女の泣き顔は、少し大人びた表情をしていた。私の声で涙が収まり、代わりに私の目の奥がジーンと熱くなる。脳みそが風船みたいに膨らんで圧迫されて、目が飛び出そうな錯覚を覚える。でも今、顔が爆発するのは嫌だ。死んじゃう前に、伝えたい。

「二人のことが好きなの。でも怖い。いなくならないで。私のもとから、離れないで」

小夜は立ち上がり、私の両肩を摑む。

「離れない、離れないよ。私たちずっと、ずっと一緒だよ」

「そんなの嘘だよ！」

私は力に任せて彼女の両手を思いっきり振り解く。小夜の手が弾かれて、宙を舞う。小夜の顔は、あの日と同じ、悲しそうに私を心配していた。

「いつか、離れちゃう。みんな離れてくじゃない！　好きって言ったって、叶わない！　好きなものを好きでいることなんて、私にはできない。周りに否定されながら何かを好きになるなんて、私には怖くてできない！　裏切られたくない！　私はみんなみたいに、大人にはなれない！」

父親も、お義母さんも、ハルも。みんな遠くへ行ってしまう。

大人になんかなれない。

好きなものはいつか消える。私は弱い。確かにそこにあるものじゃないと、愛せない。否定されたら愛せない。

「それでも好きなの！　どんなに振り解いたって、どんなに記憶から消そうとしたって、どんなに無視したって、ずっと頭にこびりついてる。何回も期待しちゃう。お願い、私を嫌って……、私を見捨てて……」

私の好きな気持ちを全部否定して。私の全てを否定して。私は平凡に生きるから。好きなものを好きと言い続けるなんて、私には苦しすぎる。

小夜の言葉を待つ前に、私はギターを強く摑んで逃げ出す。途中で転びそうになって、そのままの勢いで壁にぶつかる。肩が痛い。錆びたギターの弦が手に食い込む。それでも私は走り出した。

走って、走って、走り続けて、まるで迷路のような校舎をようやく飛び出した。

三年生玄関から出口へ。

外は雪が降っていた。

地面に落ちた雪が、緩やかに消えていく。心底腹が立つ。私と同じ名前なのも、何もかも。私もあんたみたいに、一瞬で溶けて消えてしまえたら、どれだけ楽だろうよ。

私は校門を出て、走る。

何かから怯えるように。何かから逃げるように。怖い、怖くてたまらない。

私は世界の全てが好きなのに、世界は私の全てを愛してはくれない。

走って、走って、走って。脚が痛くて、風が私の肌を突き刺して、それでも走り続けた。

学校からかなり離れたあたりで、走っているうちにずり落ちてしまったマフラーが地面に落ちる。三年間ずっとつけてきた、お義母さんのお下がりの大事なマフラー。

私は駆け足でそのマフラーのもとに戻る。そのときだ。

腰のあたりに強い衝撃があり、そのまま私の身体は軽く宙に浮く。

鈍痛が響き、宙に浮きながら身体全体が揺れる。私の手からギターが離れて、自由の効かない身体で私は茫然とギターを眺めた。

それはやがて、私の身体が地面に叩きつけられるのと同時に、仲良く地面に落ちてきた。その拍子に、ネックと本体が、バガンッと大きな音を立てて分裂する。

起き上がれないまま、私はその壊れたギターを眺める。

ああ、神様。ありがとうございます。

ようやく私を音楽の道から外させてくれて。

これで、ようやく私は音楽を棄てることができそうです。

ありがとうございます。神様。

柿沼春樹・父の実家

「あの、これ……」

玄関先での別れ際、突然母さんは持っていた手提げバッグから、本を取り出した。僕の本だった。僕が今まで書いた小説。

「え、母さん」

「これ、この子が書きました」

母さんは祖父に差し出す。

祖父は何も言わず、それを手に取った。祖母は「へえそうなの」と嬉しそうに笑っていた。

僕は自分の小説を渡す予定なんてなかったから、突然のことにむず痒くなる。

「あの人の血を、この子は継いでいます。この子もこれから小説を書きます。ずっと書きます。書き続けます。この子は、『ハル』という名前で小説を出しています。きっとすごい小説家になります。だから、私のことを一生許さなくていいです。一生嫌ったままでいいです。でも、この子だけは、この子だけは応援してあげてください。この子は、私にとっての希望なんです」

そう言って、母さんは深々とお辞儀をした。

祖父が僕の顔を見る。その鋭い目に貫かれるような錯覚を覚えたが、ここで目を逸らしてはいけないと思い、必死に彼の目を捉えた。

やがて、祖父は大きく溜息をついた。

「お前たちのことを、すぐには受け入れられない」

妙にか細く、弱い声だった。祖父はそれ以上、いきり立つことなく言った。

「私たちにとって、あの子は、本当に大事な、大事な子だった。あの子の骨を奪ったお前を簡単に許すことはできない」

「……申し訳ありません」

母さんは、深々とお辞儀をする。

祖父は溜息をついて続けた。

「だがお前は……、あの子が愛したたった一人の女だ。あの子もお前が幸せになることを祈ってる。お前も、あの子のことを乗り越えなさい。そのとき、また会いにきてほしい」

その言葉に、母さんは顔を上げる。祖父は無表情ではあったが、目つきは優しかった。

「幸せになりなさい」

そう最後に告げて、祖父はことさら大きな足音を立てて家の中に入っていった。

祖母も静かに笑い、お辞儀をする。母さんはハッとして、改めて祖母にも深々とお辞儀をした。そしてゆっくりと、駐めてあった車のほうに向かう。

僕も、祖母のほうを見てお辞儀をして、母さんのあとをついていく。祖母は見送ってくれるらしく、家の中に入らず玄関の前で立っていた。外は寒いのに、申し訳ない。

母さんとともに車に乗り込み、母さんが車のエンジンをかけて、やがて走り出す。僕はこっそり後ろを見ると、祖母が僕に気づいて、小さく手を振ってくれていた。

祖母の姿も見えなくなるほど遠くなり、僕は一息つく。

ああ、そうだ。しばらく全然携帯を見ていなかった。携帯を開くと、結城からメールが来ていた。

『就職先が決まらん』

ああ、今日もまだ頑張ってるのか。結城は未だやりたいこともなく、加えて素行も悪いため、就職活動になかなか苦戦しているらしい。

『大丈夫、結城ならどんな将来でも行けるよ』

とメールを打つ。そしてそのまま、外に携帯を向けて写真を撮る。窓の外の一面の雪景色を、穂花と結城に同時に送り、携帯を閉じた。

車の窓に額をコツンとぶつける。冷気がおでこに伝わり心地良かった。そのまま僕は、窓の外の景色をじっと眺める。

ここで育ったのか。あの人は。

僕は改めて、持ってきていた父の作品を読んだ。

『不器用な男』

父の小説の主人公は、いつも何かに悩んでいた。恋に悩み、大人になることに悩み、金に悩み、酒に悩む。

この小説はきっと、父の悩んできた人生で、父の疑問で、叫びで、葛藤なのだ。父は悩み、足掻き、書いて、書いて、書いて、書いて、書いて、そして死んだ。

あなたの決断を、僕は許さない。僕と母さんを棄てたことを、僕は絶対に許さない。

だけど、だけど理解したよ。あなたのことを。あなたが何を思って、どう生きていたのか。

僕はあなたのようになりたいとは思わない。

だけど、あなたの作品を超えたいと強く思う。

もし父に会えるのならばそう言いたい。

しかし、父は死んだのだ。父はもういない。どこにもいないのだ。

それでも、祖父母に会い、僕らの近況を伝えられたことでどこかふっ切れていた。

「母さん」

僕は母さんを呼ぶ。

母さんはハンドルを握り、道の先を見つめたまま何も言わない。

だから僕も、窓の外を眺めたまま、淡々と言った。

「幸せになりなよ。もう、いいよ、幸せになっても。父さんは、分からないけれど、僕がもし父さんだったら、僕は母さんに幸せになってほしい。母さん、もういいんだよ、九重さんと、幸せになっていいんだよ」

言いたいことを言って、僕は、ずっと窓の外を眺める。

それでも母さんは、ずっと黙っていた。

小倉雪・藍浜総合病院

「いや、ホント大丈夫ですから」

駆けつけてくれた志田先生に私は言うのだけれど、志田先生は私の手を握って黙っていた。

「やかましい。黙って待っとれ」

半分怒っているような口調に、私は狼狽える。独りにしてほしいのに。どうにも上手くいかない。


車に撥《は》ねられた。

衝撃は大きかったのだけれど、それほど怪我はなかった。倒れた拍子に頭を打ってたんこぶになり、手を擦りむいて腰に青あざができたくらい。

ぶつかったのは家族連れのお父さんが運転している車だった。子どもがびっくりして泣いているのを見て、むしろ私のほうが申し訳ない気持ちになった。

少しして我に返った私は、心配して駆け寄るそのお父さんに、大きな怪我じゃなさそうなので大丈夫ですと言ったのだが、ギターが吹っ飛ばされるくらい強い衝撃ではあったのだ。ギターは分裂し壊れていた。

私はいいと言ったのに、救急車と警察を呼んでくれた。心優しい人でありがたいのだけれど、今は独りにしてほしかったという気持ちのほうが強い。

人生で初めて救急車に乗った。志田先生に連絡が入ってすぐに駆けつけてくれた。御幸の面談中じゃなければよかったのだけれどと、そんなことを心配した。

「穂花に連絡取れないんだ……」

志田先生は私が無事だと分かると、お義姉ちゃんのことを訊いてきた。お義姉ちゃんは休日だから、きっと昼寝でもしてるんだろう。むしろ恥ずかしいから言わないでほしいと思うのだけれど、警察沙汰になってしまったからそういうわけにはいかないのだろう。

病院で診察を受けて、そこで初めて青あざができていたことが分かる。それを知った志田先生が強張った表情をしていたけれど、私は安心させるために宥めた。

青信号に切り替わる瞬間だったのだけれど、雪で車がスリップしてしまったらしい。ここら辺じゃよくあることだし、しょうがないことだ。大方冬休みの家族サービスをしていたのだろう。同乗していた子どもがトラウマにならないことを祈るばかりだ。


その後、志田先生が病院のお医者さんや警察といろいろ話してくれた。

そして今は、お義姉ちゃんと連絡がつくまで、病院のベッドで休ませてもらっている。

「本当にびっくりしたよ。腰の痛みってあとからくることがあるから、しばらくして痛くなったらすぐ言うんだぞ。交通事故だから保険も下りるし、お金のことは気にしなくていい」

「志田先生、お父さんみたいね」

「当たり前だろ。お前に何かあったらと思うと気が気じゃない。それに穂花にどんな顔すればいいんだ」

私の手を握って、志田先生は喋りかけてくれる。

普通だったらセクハラのような気もするのだけれど、なんというか、志田先生はお義姉ちゃんの親友だからか、私に拒否反応はなかった。

「ギター、残念だったな」

しばらくして、志田先生がぽつりと言った。

バガンッと分裂して壊れてしまった私のギター。

残念ではある。けれど、これで良かったんだ。これが運命。

私は一年以上、御幸と小夜に嫌われるように頑張った。その努力を認めてもらえて、神様が希望を叶えてくれたに違いない。

私を見捨ててほしいという願い。

音楽は私を見捨てた。これでようやく、本当の意味で音楽をやらなくて済む。

「なんだったら、俺が新しいのを買ってやる」

突然の提案に、さすがに私は動揺した。

「大丈夫ですから。残念だけど、しょうがないことです」

そう言うと志田先生は少し落ち込んで、「そうか」と吐息混じりに答えた。

友達のように思ってはいるのだけれど、教師という立場の人に個人的なものを買ってもらうわけにはいかない。それに、ギターを買ったら今までの努力が無駄になる。

「御幸がな――」

突然のその一言に、身体が反射した。

「雪のことを心配してたよ」

またか……

今日は心が重い。

面談のあとに見た御幸の顔が思い浮かぶ。眼鏡をかけて大人びた彼女は、寂しそうに私を見ていた。

「なあ雪、御幸のこと、好きなんだよな？」

「は――」

は、い？

志田先生のいきなりの言葉に混乱する。

いやいや、え？　今まで誰にも知られなかったのに。

「恋愛感情として好きなんだろ？」

私は唇を噛む。それはもう、血が出そうなほどに。

「なんで、ですか？」

「俺も……お前と同じだから」

「御幸が好きってこと？」

「ち、違う」

志田先生は言いにくそうに一瞬目を逸らしたが、すぐに私のほうを見て言った。

「俺も、好きな男がいたんだ」

彼の握る手が少し和らぐ。まるで遠慮しているかのようだ。

私と同じ。私と同じで同性が好き。

瞬間的に腑に落ちる。

志田先生が優しいから、面白いから、話を聞いてくれるから、私は志田先生と話しやすいと思っていたのだけれど。

そうか、同じなのか。同じだったんだ。

「雪、今だけは、友達として聞いてくれるか」

志田先生は咳払いをして、そして優しく私に言った。

「好きな気持ちは大事にしたほうがいい。傷つくことも、悲しむこともあるだろう。だけどそんな時間を全て吹き飛ばすほど、何かを好きになる、何かを愛するということは美しいんだ。きっとそれを分かるときが来る。今は分からなくてもいい。ただ、何も怖がらなくていいんだよ」

志田先生が握る手に熱がこもり、温かい。窓側から来る微かな寒さが、彼の手に全て吸収されていくような安心感があった。

お父さんがいたら、こんな感じなのかな。少しだけそう思った。何かを言わなくちゃ、ありがとうとか、ごめんなさいとか、何かしら言わなくちゃ。そう思ったのだけれど、長いこと自分の気持ちを口にすることを忘れてしまっていて、しばらく何も言えなかった。

俯いたり、舌を口の中で転がしたりして、そしてようやく一言呟いた。

「トイレ、行ってきてもいいですか？」

用を足し、トイレの蛇口を捻り手を洗う。

水を止めて、目の前の鏡を見る。

いいなぁ。志田先生は。

私と同じ境遇の人がいると思わなかった。同じように同性を好きな人が。

『好きな気持ちは大事にしたほうがいい。何も怖がらなくていいんだよ』

彼が言うその言葉は、私にとって誰よりも信頼できる言葉だ。彼が言うからこそ、私にはスッと降りる。

私は洗面台に手を添えたまましゃがみ込んだ。

でもさ、でも、でも私は。

私は怖い。

やっぱり裏切られるのが怖いよ。

何かを好きになるって、なんでこんなに大変なんだろう。そして、なんでこんなに諦めることができないのだろう。

ハルに罵倒されても、私は心の奥底では、音楽への情熱は消えなかった。だからこそ辛かった。消したくても消えない何かが腹の奥で絡まって暴れようとしている。そしてそれは今も同じ。

だけどもう、私には音楽の道は閉ざされた。だって神様がそうしたのだから。

神様が私のギターをぶっ壊したんだから。

私は音楽をやらなくていい。音楽に執着する必要はない。音楽を嫌いになってもいい。つまり、私が音楽をやらなくても、私のせいじゃない。私が音楽をやらなくても、誰も咎《とが》めない。誰も笑わない。誰も私を責めない。

ああもう、うるさい。考えたくもない。何も考えたくない。頭の中の整理が追いつかない。なにもかも億劫だ。駄目だ。ムカムカする。独りになりたい。ここにいたくない。こんな心が不安定な状況で、誰も側にいてほしくない。

私はそう決意して立ち上がり、女子トイレを出る。

先生が待っている私の病室ではない反対側の方向へ向かう。

病院の出口。看護師さんを避けて、そっと出る。

ポケットには財布があった。これさえあれば大丈夫。

病院を抜け出して私は隣接するタクシー乗り場に走った。病院のサンダルを履いている足の指先がちょっと痛かったのだけれど、気にせず走った。ちょうど一台タクシーが停まっている。私が近くに行くと、運転手さんが察してドアを開けてくれた。

「はーい、どうぞ」

気の良さそうなかなり太ったおじさんがいた。私は自分の家の住所を伝え、シートベルトを締める。

「安全運転で参ります」

マニュアルどおりの常套句《じょうとうく》を言って、車は出発する。

私は病院を抜け出した。

お昼どきに家を出たのに、冬空はすっかり薄暗くなっていた。それと同時に寒さが増したように思う。

ああ、壊れたギター置いてきちゃったな。鞄とかも、どうしよ。志田先生にも、めちゃくちゃ怒られちゃうな。警察にももしかしたら怒られるのかな。

衝動的に決断したわりには、次々に不安が湧き上がってくる。

まあでも怒られるとしてもこれから冬休みだ。ずっと引きこもってればいいよ。そう思って窓の外の景色を見ていると、対向車線に見覚えのある車が見えた。

私の家の車だ！

とっさに顔を伏せながらも、目だけで車の様子を窺う。車はお義姉ちゃんが運転していた。志田先生が連絡を取ったのか。ヤバい。めちゃくちゃ心配させちゃうな。

しかし、事故でスマホが壊れてしまったため、お義姉ちゃんに連絡をすることはできない。私は仕方なく、ただ窓の冷たさに額をくっつけた。

途中砂利道を挟み、ようやく私の家に到着する。なかなかの料金を支払い、私は車を降りる。首元に無性に寒さを感じ、そこでようやく、マフラーも病院に置いてきてしまったことを思い出した。

「もういい」

自然と言葉が出る。

今日はもう、何も考えたくない。もうどうでもいい。何もかもどうでもいい。私は財布の中の合鍵を取り出して、玄関の鍵を開けた。

「ただいま」

いつもの癖で挨拶をするのだけれど、もちろんお義姉ちゃんはいない。そりゃそうかと思いながら家の中に一歩足を踏み入れる。

独りきりの廊下。独りきりの台所。独りきりの居間。

気怠げな思考の中で、私はふと気づく。

この家に独りぼっちになるのは、初めてのことではないだろうか。

玄関の鍵を私は使ったけれど。それが普通のことで、当たり前のことなのだけれど。だけど私は、自分の手で玄関の鍵を開けることが、初めてだった。さすがに人生で初というわけではない。ただ少なくとも、私がこの家に来てからは、ずっと……

財布の中に合鍵があるというのは、もちろん毎日財布を見ているから分かっていた。居間の簞笥《たんす》にしまってあるのを見つけてこっそり持ち歩いていたのだ。しかしそれを使うことはなぜか一度もなかった。

お義母さんが生きていた頃は、必ずお義母さんが中学校に迎えにきてくれたし、高校生では必ずお義姉ちゃんが鍵を開けていた。

そうだ、そうだよ。私は独りぼっちを経験したことが、この家では一度もないぞ。

必ず家に帰るとお義母さんがいた。お義母さんがいないときは、必ずお義姉ちゃんがいた。お義母さんが死んだあと、お義姉ちゃんと暮らし始めたけれど、必ずと言ってもいいほどお義姉ちゃんが学校近くのコンビニに迎えにきてくれた。

ここは山の中の一軒家で高校からも少し距離がある。だから送り迎えをしてくれるのはとても嬉しいのだけれど、じゃあ中学生のときは？

あの頃は何も考えずのほほんと生きていたから疑問に思うことはなかった。だが、中学校へは十分車を走らせれば到着する。歩けない距離ではない。それでも毎朝、そして放課後、必ずお義母さんの送り迎えがあったのは、さすがに過保護じゃないだろうか。

暖房の点いていない冷たい家は、独りだとこんなにも息苦しく感じてしまうのかと、今初めて知った。私は怖くなり、すぐに居間の石油ストーブのスイッチを押す。

灯油が入ってるから気をつけてねと言われていたから、独りで点けるのは少しだけドキッとしたのだけれど、灯油は満タンで追加する必要はないから安心した。すぐに暖かくなり、私はかじかんだ手をストーブにかざす。

事故の影響か、先ほどから脚が痛いけど、とりあえず何か食べようと思い、台所に向かう。こうなりゃヤケだ。家中の物をなんでも喰らい尽くしてやる。そう意気込んで台所に向かうとき、お義姉ちゃんの部屋を横切った。

お義姉ちゃんの部屋。

いつもお義姉ちゃんがパソコンで在宅ワークをしているから、お義姉ちゃん本人から入っちゃ駄目だよと言われていた。リモート会議をしたり、仕事に使う資料とかがあるから、強く強く言われていた。

私はふと好奇心が湧き起こり、お義姉ちゃんの部屋に入る。

なんてことのない、普通の部屋だ。

机があって、パソコンがあって、本棚があって、布団がある。それだけ。それ、だけ？

本棚にはたくさん漫画がある。それを見れば、お義姉ちゃんの趣味嗜好《しこう》が分かるとも言える……、けど、読めない。空気が読めない。彼女が、読めない。

分からない、分からないのだけれど、もっと言えば、キーホルダーとか、キャラクターもののクッションとか、そういう、趣味で置いていそうなものが何一つないのだ。仕事道具しかない。そう考えると、本棚の中にある漫画やイラスト集も、娯楽のための物ではなく、グラフィックデザイナーの仕事に役立てるただの資料なのではないだろうか。

お義姉ちゃんという人間が、読めない。

小倉穂花という人間が、分からない。

私は、入ってはいけないと散々言われていた部屋に入ったうえに、当然のように、彼女の机の引き出しに手をかけた。

外には何も見当たらない。なら中身はどうなのだと、私は机の引き出しを開ける。

そこには数冊のノートがあった。

興味本位で、私は一番左端にあったものを取る。それはなんだか、その引き出しの中にあったノートの中で一番古いもののように思えた。それを証明するかのように、ノートは湿気《しっけ》で少し歪んでいる。

それは見た瞬間、すぐに日記だと分かった。

私は一枚目のページを開く。

そこにはお義姉ちゃんの字で、こう書かれていた。

『私は、義父を殺しました。』と。

柿沼春樹・クリスマス

久しぶりに会う穂花は、どこか大人びたように見えた。いつも僕たちが待ち合わせしている駅前の喫茶店に穂花はいた。ここもずいぶん懐かしいなぁ。改修工事をして少し店内がお洒落になった。彼女とここで『母をさがして』を読み切ったんだよな。

「穂花」

僕が声をかけると、ああ、と小さく微笑んで僕のために椅子を引いた。「ありがとう」と小さく言って座る。二人きりになるのもずいぶん久しぶりのことで、僕は初めて付き合ったときのようにどこか緊張していた。

三年生でも、穂花も結城も、三人バラバラのクラスだった。三人のグループラインがあるからよく連絡はするのだが、三人とも進路がうまく定まっていないものだからそれぞれ忙しくなり、会話も疎《おろそ》かになっていった。学校ですれ違うとよく挨拶をするし、そもそも穂花とは付き合っているから、毎日『おはよう』と『おやすみ』くらいは伝えるのだけれど、それでも一年生と二年生のときとは違って、毎日遅くまで駄弁ることは少なくなっていった。最近ではめっきり喋らなくなっていたから、今日会うのも久しぶりだった。

すごく、すごく会いたかった。だって今日は、クリスマスなのだ。プレゼントも用意した。母さんにお洒落な服を買ってもらった。結城にお薦めの香水とヘアワックスの仕方を教えてもらった。今日の僕は、それはそれはカッコいいのである。

「元気だった？　穂花」

僕が穂花に言うと、うーんと虚空《こくう》を見上げて、少し間を置いたあと、久しぶりの笑顔を見せて穂花は言った。

「元気だったよ」

こんなに至近距離で話すのも本当に久しぶりのことで、僕は今すぐ抱き締めたくなり、机に乗っている彼女の手に触れる。

すると、彼女がビクッと身体を揺らした。それは、一瞬拒絶反応のように思えた。彼女の手は酷く冷えていて、無機質で、感情すら読み取れないほどに体温を感じなかった。

久々で、いきなり手を触れるのは失敗だったかと、僕の体温が彼女の手を少しだけ温めたのを確認して、僕はゆっくり手を離す。

「ごめん」

穂花は挙動不審で、苦笑いをして謝る。

僕は「大丈夫」とだけ言って、運ばれてきたカフェオレを一口飲んだ。

「春樹は、最近どうだった？」

目の前のカップを手で包みながら、僕は答える。

「いろいろあったよ。進路のこととか、母さんのこととか、父さんのこととか……」

「父さん？　『父』って言ってたのに」

「え、あ、ああ。確かに。気づかなかった」

父さん、なんて。実際に会ったことないのに、いつからそんな親しみを込めて呼ぶようになったっけ。穂花に言われて、初めて気づいた。母さんの前ではあえてそう口にしていたけど、外で『父さん』と言ったことはなかった。

「父さんの実家に行ったんだ。進路で悩んでたから。でも父さんについて触れて、決心がついたんだ。僕、小説を書く。これからも、小説家で居続けたい」

自分の決意を表明し、少しだけ恥ずかしくなり彼女の顔を見る。彼女は、何も言わず優しい目で俯いていた。

「文学部に行こうと思う。住原《すみはら》市の大学」

「住原学園？　県外だね」

「そう。穂花は、藍浜デザインだろ」

三人の中で一番最初に進路が決まったのは穂花だった。駅前にある藍浜デザイン専門学校。漫画を描いていた穂花だったから、すぐに納得した。手先も器用だし、穂花にとって一番の進路だと思った。

「そう、だね……」

「僕はこれからもたくさん小説を書きたい。でもその側に、穂花がいてほしい」

そう言って、僕はバッグからプレゼントを取り出す。中身は結城と死ぬほど熟考して決めた、ブランドものの財布。

入学したときの自分は、好きなものを好きだと言う自信がなかった。父さんを言い訳の材料に使い、自分自身を騙すほどに、僕は弱かった。だけど穂花のおかげで、僕は変わることができたのだ。

これからも一緒にいたい。結婚したいくらい。

「僕は君と、人生を歩みたい」

僕は穂花にプレゼントを渡す。彼女は嬉しそうに受け取る。

と思った。

穂花はプレゼントを手に取った瞬間、小さく泣き始めた。二年以上側にいるのだから僕はすぐに分かった。嬉しいときの涙じゃない。悲しみに満ちた顔だ。

「ごめん」

そして小さく彼女は謝罪する。プレゼントは彼女の手から離れて、テーブルの上に転がった。彼女が好きな漫画も、彼女が喜ぶ香水の匂いも、彼女が好きだと言っていたブランドも分かっていたのに、彼女に拒まれたのは初めてだった。

「ごめん、ごめんなさい、ごめんなさい、春樹」

彼女はずっと、ずっと謝っている。僕が彼女の肩に触れると、すぐに彼女は僕の手を振り払った。

「ごめんなさい、春樹……」

「穂花、どうしたの？」

こんな穂花は、今まで見たことがなかった。今までのように無邪気に笑う彼女はいなかった。いつからだ？　冬休みに入る前は？　文化祭のときは？　夏祭りのときは？　何も思いつかない。彼女の涙の原因が、何も思いつかない。僕は何をした。彼女は何を泣いている？　彼女はこんなになるまで何を耐えていたのだ。

「春樹、このままじゃ、このままじゃ駄目なのよ。春樹の夢を、私は応援できない」

その言葉は、僕の思考を完全に停止させた。

今までのこと全てを裏切るような言葉だった。

穂花に褒められて小説を書こうと決めた。穂花のために小説を書くことを決めた。そしてこれからも、これからもずっと書き続けたいと思った。その横に穂花がいると信じていた。

しかし彼女のその言葉に、何も考えられなくなっていた。自分を守ることすら、泣くことすらできないほど、その言葉は僕を突き刺した。

次に聞こえてきた彼女の言葉の意味が、まったく理解できないほどに。

「春樹、私と別れて」

五章　春、高校卒業式

日記

私は、義父を殺しました。

正確に言うと、私がトドメを刺したわけじゃない。だからと言って、自分は悪くないと言い訳をするつもりはない。それに私がもし逆の立場だったら、私がトドメを刺していたと思う。

私たちは一生秘密を背負うと誓った。だけど私は、そんなに強くない。私は弱い人間なんだ。だからこそ、この日記に書く。

義父とは、高校二年生のときに出会った。お母さんの再婚相手だった。義父は雪ちゃんを連れて私の家に来た。義父は駅前にできた塾の塾長だった。整体師の仕事をしていたお母さんとは婚活パーティで出会ったらしい。

最初は良い人だった。私が緊張しないよう毎日挨拶をして様子を聞いてくれるし、雪ちゃんもすぐには慣れなかったけれど、だんだんと緊張が溶けて一緒に遊べるようになっていった。

おかしくなっていったのは、高校三年生になる前の、春休みからである。

お母さんがいなかったときのこと。雪ちゃんと三人でテレビを観ていると、突然私の身体を触ろうとしてきた。雪ちゃんがいる前でろくに抵抗もできず、私は触られるだけ触られて、愕然とした。

その後、どんどんとエスカレートしていく。お母さんがいないときは必ずと言っていいほど接触してくる。何もない日でも、時々みんなが寝静まったのを確認して私の部屋に来ることがあった。行為はどんどん過激になった。どんどん、私は……

何度も死にたいと思った。何度も、何度も、死にたいと思った。一番辛かったのは、春樹や結城に言えなかったことだ。汚れている自分を知られたくなくて、不自然じゃないように、ゆっくりと二人と連絡を取らなくしていった。進路を決めるのでいろいろ大変だからと言い訳をして。本当は二人に打ち明けたかった。助けてと言いたかった。だけどそれ以上に、二人に軽蔑されることが怖くて、怖くて、怖くてたまらなかった。

ちょうど高校三年生の冬休みあたり、全然生理が来なくなった私は、妊娠したと思い込んだ。結局あとになって性病が原因だと分かったのだけれど、私はとうとう本当に汚れきってしまったのだと思い、春樹と別れた。

しかし、私はボロボロになっていてもお母さんだけは傷つけたくなかった。私にはお母さんしかいない。お母さんに見捨てられたら、私はどう生きていけばいいのだ。そしてもう一つ懸念していることがあった。雪ちゃんだ。

義父は、私に向ける性的な目線を、時々実の娘の雪ちゃんにも見せることがあった。私はゾッとした。もしかしたら、私と同じことを雪ちゃんは、私たちの家に来る前にされていたのではないだろうか？　正確なところまでは分からない。だけど、私は何回目かのレイプのときに、雪ちゃんには手を出さないでと告げた。義父は確かに、分かった、と応えた。

それから私はずっと耐えていた。ずっと。ずうううっと。

柿沼春樹・国語科教員室

僕は三年前のあの日から、どう変わったのだろう。

思えば目まぐるしく時が過ぎていった。古角先生が高校に入って一番最初の友達だった。穂花と出会い新たに小説を書くことを心に決めた。文芸部に入り結城とも仲良くなった。九重さんと母さんが交際を始め、僕は実の父親との蟠《わだかま》りを捨てた。

どれが一番大きな出来事だっただろうか。順番をつけようとして思い留まる。どれも全部大切な思い出だよな。

一瞬一瞬を全力で生きている。

でも、その全ては風化する。

「少し重いけど、持っていける？」

古角先生は僕にそう言って、図書室の本がたくさん入った段ボールを渡す。ズシリと重みがかかり、僕はあまり強くない足腰でなんとか支えた。

「大丈夫」

周りに他の先生がいたけれど、僕はもう敬語は使わなかった。今日くらい、無礼講《ぶれいこう》でもいいだろう。

古角先生がくれたのは、図書室で入れ替えをする本だった。

卒業式が終わったあと、僕はすぐに古角先生に呼び出された。なんだろうと思い国語科教員室に行くと、僕が卒業までに読み切れなかった図書室の本を大量にくれるという。古角先生が買い取ってくれたらしい。

「寂しいね」

古角先生も、まるで同年代の友達と喋るような口調で言う。僕はすぐに微笑み、彼に言葉を返した。

「寂しくないよ。古角先生に会いに遊びにきます。それに、古角先生が本を好きな限り、必ず僕と出会えるはず。僕はこれからもずっと、小説を書くから」

これからも僕は小説を書き続ける。ただ書きたい。ひたすらに書きたい。だから書く。好きなものは好きなように。僕はそう言うと、古角先生は笑って頭をポンポンした。

「子ども扱いしてる」

「むっふっふ。あ、違うね」

僕の頭をわしゃわしゃと撫でながら、古角先生は「コホン」と改める。そして、本当に、本当にいつもの調子で笑った。

「いひひ」

目の奥がジーンと熱くなる。泣いちゃいけないと思ったけれど、駄目だった。でも駄目でいいじゃないか。僕は父さんのような人間じゃない。人前でちゃんと感情を表に出せる、母さん譲りの弱さを持っているのだから。

僕は涙で段ボールの中の本を濡らしながら、古角先生に笑顔で返した。

「いひひ。いひひ。いひひひ」

なんの対策もできないまま、その後も義父の行為は続き、ただただ時間は過ぎていった。できない、ではなく、しない、のほうが正しいかもしれない。感覚の麻痺していた私は、さも当たり前のような日常として受け入れていた。ただなんとなく、自分自身が汚れているとは感じた。まっすぐ素直に生きている春樹や結城が鬱陶しくて、私はさらに距離を置いた。もしそのとき相談していれば、こんなことにはならなかったのだろう。愛する者を信じ、相談して、しがみつけば、こんなことにはならなかったのだ。

そして高校の卒業式の日。

私は正直、この日までどうやって毎日を過ごしていたのか、あまり覚えていないのだ。進路を決めたことも、毎日周りにバレぬよう過ごしてきたのも、なんとなく思い出せるのに。なぜか一瞬で、風のように駆けていったような気がした。

感覚がはっきりしたのは、卒業生入場のとき、保護者席を見たときだ。お母さんしかいない。確かに朝、家族全員で見にいくからねと言っていたはずなのに。あの義父も、雪ちゃんも、来ると言っていたはずなのに。

私は卒業式の間ずっと考えていた。

義父のターゲットが、雪ちゃんに変わったのではないだろうかと。それと同時に、私はようやく報《むく》われたような気がしたのだ。やっとあの義父の行為から逃れられる。脱出できる。抜け出せる。あの地獄から、ようやく抜け出せる時が来たのだ。雪ちゃんのおかげで。私の代わりに、私の代わりにあの気持ち悪い義父の涎を、舌を、手を、雪ちゃんが受け止めてくれる。目の前がパァッと明るくなったような錯覚を覚えた。

だが、その直後に私は、逃げ出してはいけないと思った。感覚がようやく冴えて、私は初めて自分の間違いに気づく。黙って耐えるべきではなかったのだ。

最悪な事態を何度も考えた。あいつは塾講師だ。もしかしたら塾に通う幼い子どもたちにも手を出していたのではないか？　他に被害者は何人いる？　義父は何人に手を出した？　いつからだ？　私はお母さんを裏切っているのかもしれない。だけど、お母さんを一番裏切り、傷つけているのは、紛れもない義父ではないか！

雪ちゃんが受け止めてくれる、じゃぁない。何を考えているんだ私は。雪ちゃんが危ない。義父の血を継いでいるとはいえ、雪ちゃんはなんの罪もない。何も悪いことはしていないじゃないか。

卒業式が終わると、私は最後のホームルームにも出ずに、自宅に向かって走り出した。

家に着くと玄関の鍵が開いていた。靴を脱ぐこともせず、私は居間に入る。

そこに、雪ちゃんと義父はいた。二人は炬燵に入りテレビを観ていて、一見したら普通の家族団欒《だんらん》の光景に思えた。

ただ、少し違う。少しだけ違う。それだけで、すぐに私は心臓が爆発するほどの怒りを覚えた。雪ちゃんはシャツ一枚だった。まだ肌寒い三月にもかかわらず、側には脱がされてほっぽり出されたであろう上着が乱雑に脱ぎ捨てられていた。薄着の雪ちゃんの腰に義父の腕が回されていたのだ。明らかに、行為に及ぼうとしていた。そもそもそれ以外で卒業式に出席しない理由はないだろう。こいつは、この男は、私やお母さんがいなくなるチャンスをずっと、ずっと狙っていたのだ。私たちがいなくなり、雪ちゃんと二人きりになり、雪ちゃんに手を出せるチャンスを、ずっと狙っていたんだ。いつからだ？　いったい、いつから標的を変えた？　お母さんの次は私で、私の次は雪ちゃんか？

私は確かにそこで、殺意を覚えた。

柿沼春樹・三年生教室

リュックを置いていた教室に戻ろうと思い、長い廊下を歩く。

受け取った段ボールの中に詰まった小説を見て、そういえば父さんはいったいいつから小説が好きだったのだろうと考えた。

僕は中学生になったあたりで読み始めた。小説を書こうと思ったのもその頃だった。父さんもそうであったら、なんとなく嬉しいな。もう二度と会えないのだけれど、もうあなたに怯えることはないだろう。

僕はあなたが嫌いだ。だけど、あなたが父親で良かった。こうして小説が書けるのはあなたのおかげだ。確かに僕はあなたの血を引いている気がします。

二階の教室に戻るため、階段を上る。段ボールが大きくて身体がふらつく。一段、二段と慎重に上っていたが、インドアで衰えた足腰のせいか歩みは遅かった。

直後、あっと声が出る間《ま》もなく、僕は倒れそうになる。しかしすぐに腰を支えられ、体勢を持ち直した。

「ほっそ」

僕の腰を支えたのは結城だった。

「結城」

結城は僕の段ボールを奪い、代わりに持って階段を上がる。

「どこ行ってたんだよ春樹。すぐ帰っちゃったかと思った」

「ごめん、古角先生に挨拶したくて」

「あぁ、あとで俺もしなくちゃな」

階段を登りきり、僕に返すかと思いきやそのまま歩き出す。「教室戻る？」と訊く結城に、僕は「うん」と答えた。

「結城は？　何してたん」

「俺は郷田先生に挨拶してた。お世話になりましたって」

ああ。確かにずいぶんお世話になってたな。

結城は進路にすごく悩んでいた。生徒指導の郷田先生は、就職相談の役割も担っていたから、結城は三年生の後半、何度も相談していた。内定が出たのは冬休みが明けてからだった。少し離れたところのスーパーの社員。

「人生、どうなっかな」

よいしょっと段ボールを持ち直しながら結城は言う。突然、人生などと大それた言葉を使うものだから鼻で笑ってしまった。

「笑うなし」

「ごめんごめん。いや本当そうだよな。人生楽しみ」

「そうだろ。俺たちなんでもできるんだ。なんだってできる。でも結局、一番やりたいこと分かんなかったわ」

少しだけ結城の声のトーンが落ちる。僕は黙って結城の背中を力いっぱい叩いた。

「いでぇ」

あまり痛くなさそうな悲鳴だ。筋トレを始めようと思った。暴力のためではなく、体力のため。

「ゆっくり考えよ。僕も相談乗るから。人生は長いよ、結城」

「つは。そうだな。ゆっくり考えるわ。なんにでも手を出そうかな。教師とか」

「結城が教師？　それはめっちゃ笑う」

「笑うなし。てか相談乗るって、お前県外組のくせによく言うよ」

あーあと、わざとらしく声を荒らげる。もう一度殴ってやろうかと思ったけれど、段ボールを持ってくれているのにさすがに何度も叩けず、ただ背中を撫でた。

「携帯でいつでも連絡取れんじゃん」

「お前連絡遅いやんけ」

「ごめん。いつも忙しくて」

「小説、パソコンで書いてるやろが。知ってんだぞ」

「ひぃい」

今度は僕が悲鳴を上げた。僕が面倒臭がりだからあまり返信しないことを責められている。でもこれからは本当にちゃんと返さなきゃな。

高校の繋がりなんて一瞬だ。これから話さなくなる人もいる。目の前の親友を大事にしていかなきゃ。

やがて教室に辿り着く。まだ数人の生徒が残っていた。結城が僕の机のところに段ボールを置いてくれる。

「はー重かった」

「ありがとう結城。アンパンでいい？」

と、とっさに出た言葉に、思わず二人で笑ってしまった。

アンパン。よくお互いが感謝の気持ちを贈るときに、購買の百円のアンパンを奢り合っていた。卒業式で、もう明日から学校には通えないというのに、その習慣が抜けなかった。

「はは、はは。あー」

結城は笑って、笑って、落ち着いたあと、なんとなく神妙で、それでも優しそうな顔で言った。

「アンパンじゃないのでもいい？」

「何？」

「ハグしよ」

いつものお調子ものの感じではなく、ちょっと恥ずかしそうに俯いて言う。僕はその佇まいに思わず「キモ！」と言ってしまった。

「な、なんや！」

最後までエセ関西弁で反論して笑う。

僕も「いひひ」と笑うと、そのまま結城にハグをした。

「おおう」

結城は突然のことに狼狽え、僕はそれを面白がり強く強く抱き締める。結城は「ぐぇ」と声を漏らしたが、僕は彼の耳元で囁いた。

「ありがとう結城。結城と友達で楽しかった。結城に会えて良かった」

僕自身、柄にもなく結城に感謝の言葉を伝える。

中学生の僕はここまで社交的じゃなかった。それを変えてくれたのは紛れもない結城だ。結城の明るさのおかげだ。

僕は、結城に変えてもらった。僕自身は結城に何も与えられなかったけれど。今こうしてハグだけでも、返すものがあって良かったと思う。

結城は小さな声で「うん」と漏らし、僕の背中に手を回す。

「いつでも帰ってこい春樹。俺はいつでも味方だ」

その言葉に、僕も「うん」と小さな声で返した。少しだけ、少しだけ恥ずかしい。

そんな僕らを、結城と仲が良いクラスメイトが茶化してくる。

それでも僕たちは離れなかった。

しばらくして結城が「良い匂いする」と鼻をフガフガし始めたから、僕はまた「キモ」と言い、それでようやく僕らは離れ、笑った。

日記

私はすぐに台所に走り、目に入ったフライパンを手に取る。朝、お母さんが目玉焼きを焼くために使っていたフライパン。全力で走って居間に戻り、それこそ野球のバットを振るように義父の頭を後ろからフライパンで思いきり殴った。

私は確かにそのとき、義父を殺すことで頭がいっぱいだった。

殺さなくちゃと思った。これ以上、生かしてはおけないと思った。自分に誰かの生き死にを決める権利はないと分かってはいたけれど、そもそもこいつは人間には思えなかった。

一発殴ると、彼は唸って大声を上げた。まさか攻撃されると思わなかったのだろう。私はそれに馬乗りになり、大きくフライパンを振り上げて、落とす。血が出て、やっと動かなくなる。

念のため、もう一度殴る。

ようやく静寂が訪れた。

私は振り向いて、雪ちゃんに駆け寄る。気づけば雪ちゃんは、私に怯えて隅っこに逃げていた。当然だ。いきなり現れた義姉《あね》が、自分のお父さんを殺したんだもの。だけど私はそのとき確かに雪ちゃんを守ったのだ。私だけが守れたのだ。

私は震える雪ちゃんをギュッと抱き締めて、静かに時間が経つのを待った。冷静になればなるほど、自分がした誤ちに怯える。

私はこれからどうなるのだろう。刑務所に行くんだろうか。せっかく決まった専門学校にも行けないな。刑務所では漫画は描けるだろうか。自殺する可能性があるからペンは与えられないと聞いたことがあるが、本当だろうか。変なところで冷静に、私はそんなことを考えていた。

ただ、今でも私はこの瞬間に戻りたいと思う。後悔しているのだ。

義父を殺したことではない。殺し損ねたことに。私がトドメを刺せなかったことに。

漫画や映画の中で、死体を見たことはあった。スプラッター映画やホラー映画はあまり好きではないのだけれど、それでもアクション物や、SF、コメディですら、登場キャラクターが死ぬ映画は普通に溢れている。何かが死ぬか、終わってこそ、物語は始まる。

だけど私の物語はこの段階では始まっていなかった。

義父がまだ死んでいないことに気づかなかった。気づけなかった。

もしちゃんと私がトドメを刺していたら。もしくはもし私が三発程度ではなく、何発も、頭蓋骨が陥没《かんぼつ》するほどにフライパンで殴っていたら――

春樹を巻き込むことはなかったんだ。

柿沼春樹・校門前

結城はお世話になった先生に挨拶をしにいくため、僕と別れた。県外に行く前に、卒業パーティをしようという約束もした。

自分の荷物を持って三年生玄関を出ると、写真を撮ったり世間話をしている生徒たちでいっぱいだった。僕は母さんと九重さんを捜すためキョロキョロする。すぐに花壇の端っこで話している二人を見つけて、僕はヨロヨロと向かう。それを見つけた九重さんが駆け寄って僕の段ボールを持ってくれた。

「ありがとうございます」

僕は九重さんに伝える。九重さんは「いえいえ」と言いながら段ボールを持って母さんのもとに向かった。

「九重さん、来てくれてありがとう」

「もちろん来ますよ。春樹くんの晴れ舞台ですから」

身長の高い九重さんは僕を見下ろす形で微笑む。晴れ舞台。僕は恥ずかしくなり俯いた。それを見た母さんが笑っていた。

「おかえり」

「ただいま。ごめん、待ってもらっちゃって」

「いいのよ。なあに？　それ」

「古角先生から貰った。僕が読みたかった本。九重さんも読みたいのあればあげますよ」

「え、いいんですか？　ありがとうございます」

段ボールを見て、「わぁ」と子どもっぽい声を上げる。母さんが静かに微笑んだ。

「ねえ、九重さん」

「はい」

僕が少しだけ声のトーンを落とし、グイッと近寄ると、九重さんはすぐに神妙な面持ちになる。

緊張してんだろうな。楽しくなりながらも僕は言う。

「敬語、使わなくていいよ」

「え？」

「母さんも僕も、九重さんが好きだよ」

カァッと九重さんは耳まで赤くなる。それは母さんも一緒だった。母さんはコホンと咳払いをしたあと、九重さんを見る。九重さんも母さんを一度見て、「あー」と漏らしたあと、僕を見て言った。

「春樹くん」

「うん」

「帰ろうか」

「母さん、僕の勝ち！」

僕は母さんに言いながら飛び跳ねる。母さんは柄にもなく「クッソ！」と汚い言葉を漏らした。九重さんは僕の叫びに驚き、段ボールを持ち直してポカンとしていた。

「今日は焼肉だよ。食べ放題だよ。家のやつじゃないよ。店のだよ。高い店だよ」

「絶対敬語のままだと思ったのに！」

「か、賭けてたの？　桜美さん」

困惑する九重さんと、悔しそうながらも笑う母さん。楽しそうだ。

交際を打ち明けたは良いものの、僕に敬語ばかり使う九重さんに痺れを切らし、僕は昨日、母さんに賭けを申し出た。敬語はやめてって僕が言って、九重さんがタメ口を使ったら高級焼肉店。敬語のままだったら安いスーパーの焼肉を家で。僕は見事に勝ったのだ。

「桜美さん安心して、僕が奢りますから」

「いやいや！　いいのよ。女に二言《にごん》はない」

優しい九重さんと、男気に溢れた母さん。

父さん。あなたの愛した人は今、新しい恋に向かっています。怒るでしょうか。泣いているでしょうか。

でももし、僕たちの幸せを願っていたのなら、安心してください。

僕たちは今、とても幸せです。


「春樹くん」

車に戻ろうと、母さん、九重さんの三人で駐車場まで歩いていると、突如話しかけられた。

振り向くと、加奈子さんが独りで立っていた。

「加奈子さん」

「卒業おめでとう、春樹くん」

髪を耳にかけて、加奈子さんは軽くお辞儀をする。それにつられて僕もお辞儀をしたあと、母さんのほうを向いた。

「ごめん、母さん、車で待っててくれる？　九重さんも、ごめん」

「はいはい」

母さんも加奈子さんに軽く挨拶をして、九重さんの背中に手を添えて歩き出す。僕は加奈子さんのほうに向き直り近づいた。

「お久しぶりですね」

「本当お久しぶり。春樹くん、穂花見てない？」

名前を聞いてドキリとする。加奈子さんの顔を見ただけで、少し鼓動が速まったのだが、その名前を聞いてさらに動悸が激しくなる。

穂花。去年まで付き合っていたのに、彼女はもう僕に話しかけることはなかった。結城も話さなくなったらしく、穂花とは疎遠になっていた。

「み、見てないですね」

「あら、一緒にいると思ってたんだけど……」

「どうしてですか？」

「春樹くんとご飯にでも行くのかなって。だって、ほら、ねえ？」

当然でしょう？　とでも言いたげな表情で僕を見る加奈子さんに、僕は違和感を覚えた。

穂花は、僕と別れたことを加奈子さんに伝えていないのか？　あまり個人的なことを言う仲ではないのだろうか。

「でも、卒業式終わったら、すぐどっか行っちゃって。春樹くんと遊んでるのかなって思ったんだけど……。携帯も繋がらないんだぁ」

「そう、なんですか……」

はっきり言って、ここ数ヶ月、というよりか、ここ一年間の穂花の行動は、どことなく摑めなかった。

他に好きな男の子ができて、僕は飽きられたのだろう。彼女は結局具体的な理由は何も教えてくれなかった。

彼女のことを、極力考えないようにしていた。今日だって、このまま終わると思っていた。

それなのに、加奈子さんの顔を見た瞬間、穂花を思い出してしまった。

穂花。小説をちゃんと書こうと思えたのは、彼女のおかげだった。彼女の言葉の、生き方のおかげだった。

そう思い出したとき、僕は無性に彼女に会いたくなった。これで終わりなのだ。これでどうせ、もう一生会うことはないかもしれない。携帯だって連絡取れないんだし。それなら、それなら最後くらい。

「あの、すみません加奈子さん」

「はぁい」

「よければ、家にお邪魔してもいいですか？　僕も穂花に会いたいというか……」

そう言うと、何も知らない加奈子さんはブワッと嬉しそうな顔をした。

「もちろん！　ぜひ来てよ。一緒に待ちましょう！　雪も喜ぶと思うわ。遊んであげてよ。一緒に車で行きましょう」

加奈子さんはそう言って車に向かう。僕は加奈子さんについていった。何も知らないんだろうなぁ、この人は。と、少しだけ距離を感じながらも、僕は加奈子さんの後ろ姿を眺めた。

同じ駐車場に駐めていたから、母さんに穂花の家に行くことを伝える。高級焼肉は夜に行くことになり、母さんはひとまずお昼は九重さんとデートしてくることになった。


加奈子さんの運転する車の後部座席で揺られながら、僕は穂花に何を言おうかドキドキしていた。

去年のクリスマスを思い出す。人生で初めて恋をして、人生で初めて振られた。理由だけでも知りたい。一方的に別れを告げられて、僕は何も言えなかった。あれから何度彼女の笑顔を思い出しただろうか。彼女の涙を思い出しただろうか。彼女のことが忘れられない。彼女のことを思わなかった日はない。彼女のことを忘れようと、何度も努力してきた。でも無理だった。

次第に街並みは消え、荒れた道になる。田舎町は数分で獣道になるから面白い。スーパーを通り過ぎたらすっかり自然に塗《まみ》れている。

坂道を上り、ようやく辿り着いた家は、周りが何もない平家だった。何もない、というのはおかしい。強《し》いていうなら山がある。家の前までは何度か来たことがあった。

「着いたわよー」

車が家の横に止まった。なんとなく父さんの実家を思い出すけれど、穂花の家のほうが新しい。

ところが、僕はすぐさま異変に気づいた。

「加奈子さん、待って」

「え、何？」

「家の玄関が、開いてます」

瞬間、僕は泥棒かと思い、加奈子さんの肩に触れた。それでようやく加奈子さんも気づく。

僕と加奈子さんは沈黙した。

「え、泥棒、かな。こんな山の中にある家なんて、泥棒なんて来ないと思ってた」

加奈子さんがおっとりとした口調ながらも、少し怯えが混じった様子で言う。

「僕が先に行きますから、ついてきてください」

僕はそう言って車を降りると、加奈子さんも音を立てないようにゆっくり降りた。

すでに開いている玄関のドアを抜けて、僕はすぐに立ち止まった。足跡だ。泥や土に塗れた足跡が家の廊下に続いている。僕は靴を脱ぎ、その足跡を辿っていく。

そして一つの部屋に辿り着いた。

そこは、居間だった。地デジに対応していないブラウン管テレビが点いていて、真ん中には炬燵があった。台所と居間が隣接していて、開いている襖《ふすま》からは生活感の溢れる台所が垣間見える。

しかしその隅っこに、異様な光景があった。

「あなた、あなた！」

後ろにいた加奈子さんが、僕を押しのけて叫んだ。押された衝撃で、僕はやっと我に返る。

翔さんは頭から血を流し、倒れていた。加奈子さんが駆け寄る。揺さぶっても動かない。

死んでいる。

警察。

僕はすぐにそう思ったのだけれど、それよりも前に視界に入ったその光景に、僕は思わず駆け寄った。

ちょうど炬燵を挟んだ翔さんの反対側に、穂花がいた。幼い雪ちゃんを抱き締めて、二人で震えていた。穂花は僕を見て、「春樹」と呟く。

彼女の右手にはフライパンが握られていた。どこにでもあるような、一般的なフライパン。

「穂花！」

穂花のもとに駆け寄ると、二人の表情が窺えた。穂花はどこか放心状態で、少し疲れているようにも思えた。それに対し雪ちゃんは、すごく怯えていた。震えて、身動きが取れなくなっていた。

「何があったんだよ!?」

問いただすが穂花は何も言わない。僕は恐る恐る雪ちゃんにも触れようとするが、怯えた顔で「ひっ」と悲鳴を上げたため、僕はすぐに手を引っ込めた。

穂花が持っているフライパンに目が行く。血がべったりと付着している。穂花がこれで翔さんを殴ったのか？

「ああ、春樹……」

穂花がとても気怠そうに、疲れた顔で僕に話しかけた、そのときだった。

「きゃぁ！」

突然、背後で加奈子さんの叫び声が聞こえた。いつものおっとりとした口調とはまったく違うものだからハッと振り向くと、翔さんが立ち上がっていた。立ち上がり、そのまま、加奈子さんを思いっきりぶん殴った。加奈子さんはテレビにぶつかりよろめいてそのまま倒れる。翔さんの目は血走って、興奮していて、すぐに彼がパニック状態だということに気づく。

はぁ!? 僕は唖然とし、すぐに穂花を庇う形で立ちはだかった。

「翔さん、落ち着いてくれ」

なんとかしなければと、僕は翔さんにそう声をかけて肩に触れるが、すぐにその手を摑まれ、引っ張られる。引っ張られて、思いっきり殴られた。

い、痛い。

人生で初めて殴られた。いや、さすがに母さんと喧嘩したことはあったけれど、こんなにも強く殴られたことはなかった。男の人に殴られることが、初めてだった。

キーンと耳鳴りがして、僕は台所の方向へよろめいた。そのまま台所の流し台の引き出しにぶつかる。殴られた顔の感覚がない。まるで歯医者に麻酔をかけられたときのように、何かを押し付けられているかのような感覚に陥る。

少しだけ、意識に靄《もや》がかかっているようだった。気を失いそうになるが、ぼやけた頭で居間のほうを見る。

遠くで、雪ちゃんの声がした。しかし、それも鈍い音がしたあと、すぐに止まる。目を凝らすと、彼女は頭から血を流し、倒れていた。翔さんの手には、フライパン。

嘘だろ、嘘だろ、嘘だろ！　翔さん、穂花からフライパンを奪い取って、雪ちゃんを殴ったのか？

そのまま翔さんは、フライパンを大きく振り下ろす。

硬い音がした。

僕はその先の、振り下ろされた先を見る。

穂花だ。

穂花が、殴られた。

だが、まだ息をしている。まだ呼吸をしている。

僕は数回瞬きをした。パチパチと、そのたびに頭に血液が巡ってゆく。僕は立ち上がる。

そして、何も考えない。

ただ、立ち上がったときに、台所の流し台に手をかけたときに、その手に触れた何かを持ち、それで思いっきり翔さんを殴った。

「へう」

動物の鳴き声のような声を、翔さんは出した。

そういう声しか出せないのは、ごく自然なことだった。

僕が持っていたのは、包丁だった。それこそフライパンのように、一般家庭によくある包丁だった。僕はその包丁で殴り、裂いたのだ。

翔さんの口を。口元を。

僕は何も考えない。考えないまま、殴る。

切る、ではなく、殴る、だった。

包丁の刃のほうで、ただひたすらに、殴る。殴る。殴る。

僕は何も考えない。

考えたくはない。

日記

トドメを刺したのは、春樹だった。

私はすぐに土下座をする。お母さんに向けて、土下座をする。

頭を擦りつけ、擦りつけ、擦りつけ、血が出るほどに、髪が抜け落ちるほどに何度も土下座した。

私を殺してもいい。私を犯人にしてください。私が殺したことにしてください。

私は自分さえ犠牲になればいいと思った。

しかしそれは春樹も同じだった。

春樹も、自分がやったのだから、自分こそ警察に行くべきだと主張する。

私たちは二人とも、自分だけが犠牲になれば良いと思った。

ところが、驚くべきことに、それはお母さんも同じだった。

義父の死体を隠そうと言うのだ。死んだのではなく、失踪したことにしようと。

ここは山に囲まれ、近所の家は数百メートル離れている。夜中は街灯もなく真っ暗になるから、誰も外を出歩かない。埋めればいいのだと。

最初、何を言っているのだろうと思った。ありえないと思った。お母さんは泣いていたのだ。泣いて、泣き崩れていた。彼女は一瞬ですべての事情を察したのだろうか。なぜ私が義父を殺そうとしたか。そしてなぜ義父が起き上がり私を殺そうとしたか。

そして、そのあとのお母さんの言葉を私は今も忘れない。

『あなたたちには、未来があるでしょう』

お母さんは、自分の夫よりも、娘と、その元恋人の未来を優先したのだ。

春樹の未来も、私の未来も、何も汚《けが》されることはない。春樹の小説家になろうという夢も、私の専門学校での生活も、何も汚されない。ただ失踪したことにすればいい。

すぐにそれが正解だと悟る。私も、それが一番の解決策だと思った。

雪ちゃんはショックで記憶を失っていた。今日一日から、数日前までの記憶を。義父が雪ちゃんにしようとしていたこと。私が義父を殴ったこと。そして義父が雪ちゃんを敵とみなしフライパンで殴ったこと。その全てがショックだったのだろう。容量を超えた。キャパオーバーを起こしたのだ。

その後、雪ちゃんが病院にいる間、私と春樹で義父を庭に埋めた。まさに居間の窓から見えるあの場所に。

お母さんには言えなかったけれど、私は春樹にだけ、本当のことを話した。私が義父にレイプされていたこと。自分が汚れていると思っていること。雪ちゃんも手を出されると思い、義父を殺そうとしたこと。

春樹は、結局そのときも、何も言わなかった。

何も言わなかったけれど。嫌い、とも、好き、とも言わなかったけれど。私を許してくれたのか、私を嫌っているのか、何一つ分からなかったけれど——

この出来事は、春樹にとって大きな節目となったはずだ。

＊

春樹が大学を辞めた。

それは私にとって大きな事件だった。

小説をもっと書きたい。小説家になりたい。文学を学ぶため大学に入ったのに。春樹はたった一年で、大学を辞めた。私は春樹に直接問いただす。

そのとき、春樹は初めて自分の感情を言った。

人を殺した自分に、物語を書く資格などない。

彼は、好き、も、嫌い、も言えなかったのに、自分を責める言葉は簡単に言えた。私のせいだ。私のせいなのだ。

私は酷く自分を責めた。酷く、自分を殺したくなった。死ねばいいと思った。だが死ぬのは逃げだ。ここまで作り上げた平穏は、私が守り通さなくちゃいけない。だが私は自分を責めるのと同時に、春樹にも怒りが湧いた。

私たちは私たちの未来のために、義父の死を隠している。お母さんも、自分の悲しみよりも、私たちの未来を守るために、真実の隠蔽《いんぺい》に加担した。それは私も同じ。

ただ、私自身の未来などどうでもいい。私は春樹の未来が明るく、春樹が作り上げた小説が、たくさんの人を幸せにする未来が見たいのだ。

春樹に向けて私はそう叫ぶ。私はそのときの春樹の顔を忘れない。初めて、彼が本音を剝き出しに叫んだ。言葉だって覚えている。

未来の自分が、自分の罪を忘れそうになったときのために、私はそのとき春樹に言われた言葉を、ここに残す。

僕はありのままを書きたい。ありのままの自分を書きたい。だけどもう書けない。物語を書こうとするたび、目を瞑るたび思い出す。あいつの最期の瞬間が。あいつを埋めたときの土の臭いが。僕は人の心を動かすものを書きたい。人の心を鷲《わし》摑みにするものを書きたい。だけど人を殺した、心を奪った僕に、そんな資格があるものか。人の未来を奪った僕に、未来を生きる資格などあるものか。死ぬべきだ。僕こそ死ぬべきだ。辛い、辛いよ。僕を見捨てないで。小説を書けなくなった。何者でもない僕を、見捨てないで。

＊

お母さんが死んだ。

お母さんが死んだ。

お母さんが死んだ。

お母さんが死んだ。

駄目だ。何度書いても実感が湧かない。湧かせたくない。

お母さんが死んだ。私が殺したのだ。

落ちる寸前のお母さんの表情を忘れない。

エスカレーターで降りるとき、子どもが手を放してしまったであろう風船が見えた。ああ、可哀想にと私はその風船を見ていた。お母さんは何も考えず、その風船に手を伸ばした。風船に届かないことくらい、見ればすぐに分かる。それでもお母さんは手を伸ばした。手を伸ばし、身体を乗り出し、私は見た。ジャンプしたのだ。まるで階段を数段飛び降りる男子高校生のように、無邪気に。エスカレーターの段々を降りるためではない。エスカレーターの真左。何もない空間に向かって、手すりを乗り越え、ジャンプしたのだ。

風船は、確かに摑んでいた。そのとき私は確かにお母さんの顔を見た。笑っていた。嘲笑《あざわら》っていた。楽しそうに。見下すように。そしてそのままお母さんは落ちた。事故のように見えた。だけど私だけが、自殺だと分かった。いや、違う。自殺じゃない、私が殺したようなものだ。

あの日の前夜、打ち明けてしまったのだ。義父にレイプされていたことを。

私とお母さんの仲は冷え切っていた。あまり会話もせず、しかし雪ちゃんの前では仲の良い親子を装う。数年そうやって過ごしてきたものだから、私は慣れていた。慣れていたつもりだった。嫌われていると思ったし、嫌われて当然だとも思った。お母さんにとって私は、最愛の夫を殺した殺人犯なのだ。殺したいほど憎いはず。生かしてもらえるだけ、良いほうだと思った。思っていた。自分は愛されなくてもいい、愛される必要も、資格もないのだと。だけどその意思は、簡単に挫けた。

雪ちゃんが私と同じ藍浜高校に入学が決まったとき、スマホを買ってあげると、お母さんは雪ちゃんに約束したのだ。そんな些細なことなのに、それだけで私は沸点に達した。私は自分で働いて、自分で買ったのに。雪ちゃんには買ってあげる？　私は？　私には？　ただの嫉妬。それもどこの家庭にでも、どこにでもあるような、姉妹間の嫉妬。初めて雪ちゃんがずるいと思った。何も知らず、何も悩まず、ただ欲しい物を貰えて、未来もあって、何もかもがずるいと思った。

だから、私も欲しかった。何もかもは貰えなくても、知ってほしかった。私が加害者ではなく、被害者であったことを。

だから話した。お母さんに何もかも。お母さんがいないとき、何をされていたか。みんなが寝静まったあと、何をされていたか。雪ちゃんが、何をされそうになっていたか。私は被害者。私を慰めて、昔のように抱き締めて。私を、私を許して。

しかし、お母さんは何も言わなかった。ただ、私は言えただけでも、打ち明けることができただけでも、良かったと思った。でもきっとそのときだ。お母さんの心が壊れたのは。

お母さんは、死にたいと思っていたわけではないと思う。ただ、いつでも死んでいいと、思ったはず。箍《たが》が外れた。外した。私が外したのだ。

死ぬとき私を見て笑っていた。私が彼女を見下ろしたとき、死んだあとですら、どこか笑っているように思えた。

私が殺したんだ。

私が、お母さんの心を、壊したんだ。

小倉雪・早朝

いつもどおりの朝だった。

私はいつものように目が覚めて、いつものように食事を取り、いつものように制服に着替え、いつものようにスクールバッグを手に取り、いつものようにお義母さんの仏壇にお祈りをする。

手を合わせて目を瞑ると、線香の匂いに意識が染まる。足音が聞こえ、私の隣で止まると甘い香水の匂いが漂ってきた。鈴《りん》を鳴らし、吐息を立てる。

「お義姉ちゃん」

私は目を瞑ったまま呼びかける。

「なあに？」

「今までありがとう」

お義姉ちゃんはふふっと笑い、彼女もまたいつもどおりに私に接した。

「柄にもないこと、言わないでよ」

「ううん。本当に感謝してる」

目を開けて、お義姉ちゃんを見る。しばらくしてお義姉ちゃんも目を開けて、それと同時に私は、合わせていたお義姉ちゃんの手を握った。

「今日この日までの幸せは、お義姉ちゃんのおかげだから。血の繋がりのない私を、今日まで育ててくれてありがとう」

「ありがとう。私も、私も雪ちゃんに出会えて……、本当に幸せよ」

そしていつものように彼女は微笑む。

その笑顔は、確かに本物だった。私もいつものように、彼女に笑いかける。

「愛してる」

私はそう言って、彼女に抱きつく。彼女が私の頭を撫でる。目を瞑ると、心地良さが巡ってとたんに眠くなる。

だけど今から学校に行かなくちゃ。私は高校生なのだから。それも最後ではあるのだけれど。

いつもどおりの、朝だった。

日記

私は今まで、雪ちゃんのことを他人だと思っていた。

血の繋がりがないから、という意味もある。だけど、義父の死を唯一知らない彼女は、仲間でも、家族でもない、ただの少女。ただそこにいる、ただの少女だと思っていた。だから本当に、度肝を抜かれた。

雪ちゃんは、私を愛してくれていたのだ。

雪ちゃんは何も知らない。何も覚えていない。私が義父を殺したことも、義父が居間の窓から見える庭の、雪ちゃんの嫌いなトマトを育てている花壇の下に埋まっていることも。

それなのに彼女は、私と一緒にいたいと。私が好きだと。私を守ると言ってくれた。

無駄じゃなかった。何もかもが無駄じゃなかった。義父を殺して、七年。春樹は小説を書くのを諦めて、お母さんも生きることを諦めた。もう私も諦めてもいいと思っていた。

でも無駄じゃなかった。私たちが隠し、そして騙してきた日々は、正解ではなかったけれど、無駄なんかじゃ、なかったんだ。

それを、雪ちゃんが証明してくれた。

雪ちゃんはちゃんと私たちから愛を受け取って、そして私たちを愛してくれていたのだ。歪んだ愛かもしれない。だけど、優しさを自覚し、愛を自覚することができる少女に育ったこと。

それだけが、私たちの嘘の報いだったのだ。

私はここに決意する。

私は諦めない。少なくとも、雪ちゃんがここを旅立つまで。

雪ちゃんが高校を卒業し、そしていつかこの家を出ていくまで。私は引き続き、義父の死を隠し通す。

この牢獄を、雪ちゃんが自分から抜け出してくれるまで、私は絶対に諦めない。

諦めてたまるか。負けてたまるか。

小倉穂花・卒業式前

「すみません、こちらに座ってもいいでしょうか？」

配られていた座席表のところに行くと、隣のお母様の荷物が置かれていた。

「ああ、ごめんなさい！」

そのお母様が荷物を下ろし、自分の席の下に入れたので、私は一礼して座る。周りに比べて私だけずいぶん若いものだから、少しだけ視線を感じた。

藍浜高校、卒業式。

ちょうど、十年前か。

奇《く》しくも同じ、三月三日。あの日と同じだ。

若いエネルギーを感じる。ここからみんな、新たな人生を歩んでいくのかと思うと、希望と哀愁を感じた。

私は自分の手を見る。

二十八歳。ずいぶんと角張って、血管も浮き出て、皺もできた。大人になったものだ。かくいう私は十年間、何をしていたのだろう。

十年、十年かぁ。本当に長かった。

義父の死が雪ちゃんにバレないように、在宅でできる仕事を目指した。漫画やイラストを描いていたこともあって、フリーのグラフィックデザイナーになった。ずいぶんと時間がかかったけれど、それなりに生活できるくらいに稼ぐことはできている。お金のためと、雪ちゃんの監視のために選んだ仕事。

私が高校生だった頃は、やりたいことに満ちていたはずなんだけどなぁ。一番の近道は、これしかなかった。これだけだった。

もし義父のことがなかったら、家を出て漫画を描いていたかもしれない。漫画家になっていたかもしれない。イラストレーターになっていたかもしれない。料理を作ることも好きだから、料理人になっていたかも。本を読むのも好きだから、出版社の社員、とか？

いや、そんなこと、考えるのも馬鹿らしい。

後悔なんて、しない。

私は人生を、間違えたなんて思わない。

後悔しても、間違えても、どうでもいいのだ。

日記

久しぶりに、春樹と会った。

連絡を取ったのも、久しぶりのことで、そもそも連絡がついたことも奇跡のようなものだった。

きっかけは雪ちゃんだった。雪ちゃんがハルにファンレターを書いたと言うのだ。雪ちゃんがそれほどハルのことが好きだったのが意外だったけど、雪ちゃんは出版社にファンレターを送ればいいと思っていたらしい。でも私は知っていた。ハルはもう小説を書いていない。この出版社に送ってもハル本人には届かないかもしれない。もう十年も前の小説で、ハルは

犯罪を犯した身でいながら、私は懐かしくなったのだ。春樹のことを。私の片割れとも呼べる、もう一人の犯罪者は、私が昔愛した人は、いったい今何をしているのだろうか。

だから私はきっと返信なんて来ないと思いながらも、直接春樹の実家に送った。実家がまだそこにあるかさえ分からなかったし、そもそも見てくれるかさえ疑問だった。

しかし、ファンレターは春樹に届き私に手紙を送り返してくれたのだ。丁寧に、雪ちゃんにもメッセージを送ってくれた。雪ちゃんのファンレターの内容は知らない。春樹が雪ちゃんにどんな手紙を返したのかも見ていない。だけど私に送ってくれた手紙には、ただ、電話番号だけが書いてあった。

私はすぐに、すぐに電話した。会いたいと、先に口に出したのは、私のほうだった。

久しぶりの春樹は、あの頃とまったく変わっていなかった。無精髭や、肌の荒れは見えて、年相応に落ち着いてはいたものの、自分の感情を全然言わないその雰囲気はあのとき、高校時代の春樹とまったく同じだった。

すごく、すごくすごくすごく嬉しかったことは、彼が小説を、こっそりと書いていたことだった。ただ、誰にも見せていない。ネットにも載せていない。ただ古風に、原稿用紙にペンでただひたすら、物語を書いているらしい。アルバイトを転々としながら、ただ好きなようにひたすら物語を書いている。私は春樹の独り暮らしの家に行ったとき、春樹の物語を読んだ。

良かった、本当に良かった。私は心底感動し、そして嬉しかった。

しかし春樹は、絶対に公開することはないと言う。僕はもう小説家じゃない。何者でもないと。私に見せた理由は訊かなかった。それこそ野暮だ。犯罪者同士なら、見せてもいいと思ってくれたんだろう。

春樹は、私のことをどう思っているだろうか。嫌いだろうか。好きだろうか。彼は未だ、何も言ってくれない。大学を辞めたあとに一度会ったときのように、私に感情を曝け出してほしかった。何年ぶりだというのに、彼はほとんど感情を見せてくれなかった。それでも良かった。生きてさえいれば、小説を心から嫌いにならないでいてくれて、本当に良かった。良かったんだ。嫌われたっていい。死んでほしいと思われたっていい。だけど、生きていて良かった。

小倉雪・卒業式前

私は校舎の長い廊下を走る。

体育館と三年生玄関は一番端と端。私は過呼吸になりながら、それでも走る。

私は感じている。生きていると感じている。

風の肌寒さも、額を伝う汗も、全てが綺麗だ。私は生きている。私の人生は、きっと笑われる。馬鹿でのろまで間抜けで、突拍子もない衝動に駆られて毎日を生きている。冷静な頭でいられない。自分の感情を支配できない。だけどそれでいい。それがいい。

何もかも偽りだったのかもしれない。私の毎日に本当だったものはいったいいくつあるのだろう。それさえ曖昧なのだから、私は私の中にある衝動だけに従って生きたい。

ねえ、ハル。

私は自分の頭で考えたつもりでいたけれど、私は毎日誰かの努力と思惑の中で生きていたんですね。全部誰かに見守られて、私はずっと愛されていたんですね。それなのに私は、愛することもせず、好きなことを好きとも言えず。

私はあなたの小説が好きです。あなたの生み出す言葉が、中途半端なハッピーエンドが、脳に映り込む風景が、全てが好きでした。

私は音楽が好きです。歌うたびに心が跳ねて、楽しくて、耳を音楽で埋めて眠ると幸せな気持ちになるのです。

愛してるものでいっぱいなのに、私は周りからの評価に怯えてばかりです。それは今も同じ。私は私のしていることを常に周りに監視されているようで、気持ちが悪い。毎日が気持ちが悪い。

でも、ハル。

誰に嫌われようが、誰に馬鹿にされようが、何かを生み出したときの快感は何にも負けないはずでしょう。愛を込めて、感情を込めて、何かを生み出したとき、あなたも幸せだったはず。評価されるときもあるでしょう。批判され否定されるときもあるでしょう。どちらに転んでも、私たちは生み出すしかないはずです。

だって私たちは、そういう人間なのだから。

衝撃が走る。誰もいない廊下にある女子トイレ。

何かと身体がぶつかり、私は視線だけをその方向へ向けた。私はそれを認識したあと、同じように走り出そうとした。だけど身体がそれを許さない。

過呼吸とはいえ、身体が限界だったわけではない。身体が止まったのだ。

彼女が持っていたハンカチが、ぶつかった衝撃で手から離れて舞ってゆく。私たちはそれには構わず、互いに向かい合った。

久しぶりに彼女を見た気がする。いや、毎日見ていたんだ。毎日目で追っていたんだ。だけど、こうして目と目が合うのは、本当に、本当に久しぶりのことだった。

御幸が、私を見つめていた。

「雪ちゃん」

とうとう彼女に名前を呼ばれて私は固まる。私の動揺した姿に、彼女は少しはにかむ。何も応答しない私に、彼女はしゃがみながら言った。

「三年生トイレ、混んでてさ。こっちのほうまで来ちゃった。お腹痛くて」

お腹痛くて。ああ、彼女はよくお腹を壊していたっけ。身体が小さいし、細いからなぁ。私は思わず一歩彼女に踏み出した。

「大丈夫？」

ハンカチを手に取り立ち上がろうとした寸前の彼女に私は言う。彼女は私を見上げ、そして驚いた表情をしていた。私もだった。一年以上まったく喋らなかったのに、よくもまあ、大丈夫、なんて言葉をかけられたものだ。

大丈夫、じゃないだろう。他に言わなきゃいけないことがあるだろう。

ごめんなさい、とか。すみません、とか。私が悪かった、とか。傷つけてごめん、とか。

ああ、頭に湧き上がるのは謝罪の言葉ばかりだ。志田先生がいつの日だか、私はよく謝るようになったと言っていたな。そうか、私は謝りたかったんだ。彼女に。

私が勝手に遠ざけて、病んで、寂しくて、突き放した彼女にずっと謝りたかったんだ。今しかない。今しかないんだ。彼女に謝るのは。これは、神様がくれた最後のチャンスだ。

私は口を少しだけ開ける。しかしどうにも重りが圧《の》しかかっているようで言葉が出てこない。彼女は立ち上がり、膝をパンパンと叩いて埃を落とし、数回瞬きをする。

そして、彼女は言った。

「会いたかった」

その言葉は少しおかしかった。目を合わせずとも、同じ学校で同じ学年なのだから、すれ違うことも、全校集会なんかじゃ同じ空間に一緒にいることもあるのだ。毎日会っているのに、会いたかった、は変だろう。

変な御幸。いつもおっとりしてて、マイペースで。

そう心で呟いたとき、ようやく口の重りが解けた。

「私も、会いたかった」

ああ、本当うまくいかない。彼女に謝罪の言葉を向けるつもりだったんでしょう。最後の最後でなんて失態。

私が言うと、彼女はいきなり抱きついてきた。

御幸と小夜と三人で行った夏祭りのことを思い出す。

花火が上がったとき、私は独りぼっちで泣き出して、彼女が一番に見つけて抱き締めてくれたっけ。嬉しかったな。

あのとき彼女は言ってくれたのに。独りにしない。側にいるからって。

なのに私は突き放して。

「ごめんなさい」

謝罪の言葉を口にしたのは、御幸が先だった。

「ごめんなさい。会いたかった。ごめんなさい。私、雪ちゃんのこと何も考えてなかった。辛かったよね、ごめんね」

「やめて……、やめて御幸」

私は拒絶の言葉をかけながらも、彼女を強く抱き締める。

ああ、愛おしい。

こうしてずっと抱き締めたかった。触れたかった。会いたかった。寂しかった。苦しいと、辛いと、言いたかった。

御幸。御幸。

「御幸、愛してる」

私は初めて、彼女に言う。

自分から口に出すのは、何かに愛を告白するのは初めてのことである。

私は、御幸が顔を上げないように、抱き締めながら言う。

「愛してる。友達としてじゃない。人として、一人の女の子として、愛してるの」

鼓動が鳴っている。

御幸は何も言わなかった。ただ、泣き出していた。ああ、本当酷いよね私。気持ち悪いよね。でももう止まれない。

「ずっと言いたかった。好きって言いたかった。愛してるって言いたかった。無理だって、受け入れられないって分かってたけど。ずっと言いたかったよ。好きだった。ずっと、ずっと大好きだったよ。私、御幸に会えて、毎日ドキドキして、幸せだった。ごめんね。ごめんね御幸」

御幸が私の身体を優しく離す。私もそれに促されるように手を離した。彼女の顔が見えた。

もっと向き合うべきだったのだ、私は。

自分の好きなものに。自分の愛するものに。

「知らなかった。知らなかったけど、知ってたとしても、私は雪ちゃんのこと、嫌いにならないのに」

御幸が涙を袖で拭いながら私に言う。これから卒業式だというのに、彼女の顔は濡れてしまっていた。

そうだよね。御幸はそんなことじゃ私のこと嫌わないよね。ずっと優しいもの。好きなものを信じられなかった弱い私を許して。

「御幸、お願いがあるの」

御幸を信じられなかった過去は取り戻せない。でも未来は変えられる。そう思って、私は御幸に言ったあとポケットから手紙を取り出した。可愛らしいクマの封筒。どこかに置いていこうと思っていたがちょうどいい。御幸は涙目で私から受け取った。

「私のお義姉ちゃんに、卒業式が終わったあとに、渡してほしい」

「お義姉ちゃんって……」

「式場にいると思う。だから、お願いね」

「なんで、雪ちゃんが渡せばいいじゃない」

「私は行かなきゃいけないから」

「なんで、どこに行くの？　卒業式は？」

御幸は私の両腕を掴む。力の弱い彼女の手が私の腕にまとわりつく。

「私たちを避けて、私を泣かせて、またどっかに行っちゃうの？　行かないで。雪ちゃんのこと……、女の子としては愛せない。だけど友達としては、すごく大好きだよ、すごく愛してるよ。たとえ雪ちゃんが私を避けても、私はずっと愛してる。私の側にいてよ」

彼女の顔が近づき、私はそんな場合じゃないのに、顔が紅潮してしまう。キスできるかもしれない。ていうかするべきなんじゃないだろうか。そういう前振りなんじゃないだろうか。そういう運命なんじゃないだろうか。

御幸の力は本当に弱かった。それでも私は、その手に身体中を支配されるような感覚を覚えた。このまま、御幸の側にいようか。私は御幸を愛してるから。ここで御幸とともに体育館に向かって卒業式に出ようか。

「必ず、戻ってくるから」

しかし、私はその衝動を堪えた。

私は御幸を振り解き、彼女の腕が跳ねる。

「愛してる。これからもずっと。御幸。私、幸せだった」

私はそう言い残し、走る。

御幸の叫ぶ声が背後から聞こえる。私の足が速くて、というか御幸の足が遅くて良かった。ハッピーエンドに向かってもよかった。そうするべきなのだ。きっと私の人生が小説だったら、私だってそうするだろうと走りながら思う。

でもこれでいいのだ。

誰かのための自分になりたい。それが良いか悪いかは、私が決めること。

そうでしょ。お義姉ちゃん。

そうでしょ。ハル。

日記

今日、春樹のお見舞いに行った。

久しぶりに、桜美さん、春樹のお母さんから連絡が来たのだ。私が雪ちゃんのファンレターを送ったときに、春樹本人に取り次いでくれた人。

春樹が自殺未遂を起こしたのだ。薬を大量に飲んでオーバードーズを起こした。見つかるのが遅ければ、本当に死んでいた。

二階に住んでいる春樹は、ベランダで吐き、一階の人がベランダが吐物《とぶつ》で汚れていたのを見つけて発覚した。意識を失って、四時間ほどが経っていたらしい。

病院に行き、春樹を見つけて、私は衝動に任せて彼の胸ぐらを摑み、酷く揺さぶった。私は、私が招いた種なのに叫んだ。私を独りにするのか。私だけで耐え切れると思うな。私だけで生きられると思うな、と。私は騒ぎすぎて、他の患者さんがびっくりしてパニックを起こしてしまい、一度病院を追い出される。

もう一度面会に行けたのは、数日後のことだった。看護師に何度も頭を下げたからだろうと思ったが、本当の理由は、私が面会に来て罵倒したことで、春樹がやっと胃の洗浄液を飲んでくれたからだった。それを飲まなかったら、春樹は肝臓に後遺症を残すところだった。

もう一度、冷静な頭でお見舞いに来た私に会い、春樹はポツポツと語り始める。それはまるで遺言のように。

文化祭で春樹が雪ちゃんのギターをぶち壊そうとしたときのことだ。春樹は、雪ちゃんに自分のようになってほしくなかったのだと言っていた。

『僕は最低な人間だ。雪ちゃんの父を殺し、それを知らぬ顔で生活し、今でものうのうと生きている自分のようになってほしくなかった。あいつのギターだと穂花が教えてくれたから、壊すべきだと思った。あいつのものを使っているなんて呪われているから壊さなくてはと思って、とっさに身体が動いた。

だけど本当は、本当は違う。羨ましかった。心底羨ましかったのだ。素直に、未来があると信じ、いや、未来が当たり前だと思い、やりたいことを、やりたいようにやれる雪ちゃんが、好きなように創作活動を楽しむ、輝いている雪ちゃんが、心底憎かった。僕にはないものをたくさん持っていて、僕が欲しいものをたくさん持っていて、そんな自分を表現することができて、若くて、希望があって、何もかも、何もかもが憎くて、羨ましくて、気持ち悪くて、全てを壊したくなった。

全てが最低だ。本当に、本当に最低だ』

そう、ポツリポツリと言っていた。本当に彼は、自虐するときにしか自分のことを言わないんだなと、少しだけ愛おしくなった。

私はずっと雪ちゃんの味方だった。雪ちゃんの味方で、雪ちゃんを守るべき人間だ。だけど、春樹のことを、否定することだけはできない。春樹の自虐は、私のせいである。だから雪ちゃんを傷つけたのは、私でもあるのだ。

春樹はもうじき退院できるらしい。私はそれまでできるだけ会いに行くと伝えた。今でも、愛していると伝えた。春樹は何も言わなかった。私を否定もしなかった。何も言わなかった。

雪ちゃんは春樹に罵倒されてから、死人のようになっていた。何も言わず、何も主張せず、今までの輝きが嘘のように。それこそ、今の春樹のように。罪悪感で、私はギターを買ってあげようと提案したのだが、雪ちゃんは要らないと言った。要らない、と。

春樹は、小説を書かない自分を、何者でもない、と言っていた。その意味を、私は少しだけ理解する。雪ちゃんは、今、何者でもない。雪ちゃんであって、雪ちゃんじゃない。それは、高校生になる前の雪ちゃんと似ていた。ハルの小説に出合う前の、ただ何も考えず生きていた雪ちゃん。

小倉穂花・卒業式

突然、スマホが鳴る。ああ、マナーモードにしなきゃと思いスマホを見ると、春樹からラインが来ていた。

『雪ちゃんはいた？』

ふふ。まだ早いって。

春樹は卒業式に来ていた。来ていたと言っても、体育館にはいない。校舎の外にいる。

春樹は、雪ちゃんに謝罪をするつもりらしいのだ。あの日の、文化祭の日のことを。

雪ちゃんは音楽をやめようとしている。春樹のあの日の言葉で、音楽をやめようとしていた。

その償いをしようとしているのだ。

卒業式が終わったあと、私が会わせる。

『まだ、これからだよ。大人しく待ってて。愛してる』

私がそう送ると同時に、卒業式開始の合図が流れ、スマホの電源を落とした。

生徒が入場してくる。

卒業生は真ん中の通路を歩くのだけれど、私の席はそこからけっこう離れていた。保護者のお父さんの頭に遮《さえぎ》られ、なかなか生徒の顔が見えない。とうとう雪ちゃんがどこにいるのか分からなかった。

まあ、でも、あとで名前が呼ばれるから、そのときに分かるか。

雪ちゃん。

私の可愛い大事な大事な大事な義妹。

血は繋がっていないけれど、そんなの関係ない。私は彼女のことを、心の底から愛している。

彼女はここには、いてはいけない。私といたらどんどん不幸になる。音楽をやめたのも、春樹が言ったこととはいえ間接的には私のせいでもある。ここにはいてはいけない。だから、県外で独り暮らしを決めて良かった。

愛してる、雪ちゃん、愛してる。

「愛してる……」

私は涙が溢れてしまい俯く。

愛してる、愛してる、愛してる……

行かないで、私のもとを離れないで。

私は寂しい。私は、あなたを愛してる。

毎日の食事も、送り迎えも、義父の死体がバレないようにあなたを監視するためだったけれど、でも私はそんなの関係なく、あなたを愛してた。

あなたがお母さんの葬式のときに言ってくれたこと、私は今でも覚えている。

『私がお義姉ちゃんを守るんだ……。私が、たった一人の、お義姉ちゃんの、お義姉ちゃんの家族なんだ！』

真実を知ったら、あなたは私に落胆するだろうか。罵倒するだろうか。裏切られた気持ちになるのだろうか。

嫌だ、なぁ……

雪ちゃんに、愛されたい。

愛されたままでいたい。雪ちゃんにとって、ずっと、良いお義姉ちゃんでいたい。愛されたい。

愛してる。愛してる、雪ちゃん。ずっと私は、あなたのことを愛してる。

「三年D組」

結城の声が聞こえて、私は涙を拭いて顔を上げる。最後の雪ちゃんのクラスだ。そうだ、結城が担任だった。あいつは偉いなあ。教師っていうやりたいことを見つけられて。雪ちゃんも志田先生が好きって言ってたし、良かった。

あいつにも、連絡しないままだったなぁ。春樹のことも、自分のことも。だけど結城には知られたくない。結城はきっと私たちの事情を知っても、誰にも言わないでくれると思う。だけど、結城に知られたくない。今あいつは、毎日を楽しく生きている。毎日を、強く生きている。なのに、あいつのこれからの人生を、邪魔するわけにはいかない。

そこで私は目を閉じ、頭の中で呟いた。

私と春樹は、退場だ。

卒業式が終わって、雪ちゃんも家を出たら、私は春樹と死ぬのだから。

やがて男子生徒の呼名が終わる。女子の番だ。またしても遠くて見えないから、私は目を瞑ったまま耳を澄ませる。そして結城は雪ちゃんの名前を呼んだ。

「小倉雪」

と、返事がない。すぐに目を開けて、私は座ったまま背伸びをする。背伸びをしても見えなくて、私は少しだけ、少しだけ立ち上がる。

端っこでマイクを持つ結城の顔が見えた。結城も、困惑して三年D組の席を見る。だが、ここで止めてはいけないと思ったのか、結城は次の生徒の名前を呼んだ。

私はこれ以上後ろの人に迷惑をかけてはいけないと思い、もう一度椅子に座り込む。

雪ちゃんが、いない。

いない？

日記

義父を殺してから何度も何度も後悔を重ねてきたけれど、今日ほど後悔した日はないだろう。用事があって帰りの時間が不明瞭だから、迎えはいらないと雪ちゃんは言っていたけれど、それを押しのけて強引に申し出ればよかった。

雪ちゃんが事故に遭った。路面の凍結でスリップした車に撥ねられて、病院に運ばれた。結城が私に電話してくれた。私は文字どおり死ぬほど焦って車を走らせた。

しかし、事件はそれだけじゃなかった。雪ちゃんが病院から抜け出したのだ。骨折も、ヒビも入っていなかったと看護師は言っていたが、車に撥ねられたとき雪ちゃんが持っていたギターが壊れていたのだ。何かしらの怪我をしているに決まってる。私は気づけば泣いて暴れていた。見ていなかった結城を全力で罵倒し、看護師を責め、私は泣き崩れて叫んだ。警察にも電話した。病院の監視カメラを見ると、タクシーに乗ってどこかに行ったようだ。私は焦りすぎて、家に帰ったのだとそのときは気づけなかった。いつもならすぐに思いつきそうなものなのに、パニックになっていた私はしばらく気づけなかった。

走って、走って、走り回って、雪ちゃんの友達だという御幸ちゃんと小夜ちゃんにも訊いて、街中を捜し回った。

ついに夜中の十二時を回ってしまい、この日の捜索は終了となった。

ところが私が諦めて家に帰ると、雪ちゃんは玄関の前で座っていたのだ。凍えそうなほど冷たくなっていて、私はすぐに抱き締めた。死ぬほど、死ぬほど焦った。雪ちゃんは独りになりたくて家に帰ったのだが、玄関の鍵を持っていなくて、家に入れなかったそうだ。スマホも病院に置いていったのだから連絡も取れずにいた。そのとき初めて私は雪ちゃんを叱った。

私の気持ちを考えなかったのか。雪ちゃんがいなくなったら、私はどうなる。

何もかもが怖かった。

私にとって雪ちゃんは、義父の死体がバレないよう監視する対象なんかじゃなくて、もう、ただただ愛しい、愛しい、愛おしい私の妹なのだ。血の繋がりなんかどうでもいい。私は雪ちゃんを愛している。雪ちゃんがいなくなったら、私はもう、正気でいられない。

今日ずっと、本当に怖かった。

怖かったと言えば。雪ちゃんが独りで家に帰ってきたのは初めてだった。今まで義父の死体がバレぬよう、監視できるようにできるだけ毎日送り迎えもして、在宅の仕事を選んだというのに。もし雪ちゃんが家の鍵を持っていて、万が一私の日記でも見たら、全てが終わる。

私は雪ちゃんに嫌われる。嫌われて、全てが無駄になる。

私の人生も、春樹の人生も、今は亡きお母さんの努力も、全部終わる。

小倉穂花・卒業式後

私は校舎中のトイレを見回る。三年生だけではなく、一、二年生のところも。

「あれ？　穂花さん？」

雪ちゃんを捜していると、唐突に話しかけられて振り向く。

そこには古角先生がいた。

十年、あれからすっかり皺を増やし、腹も少し出ていた。

「穂花さんだよね？」

「こ、古角先生」

すぐに離れることもできたのだけれど、私は予想外の再会に驚き、足が止まる。まだいたなんて。いてくれたなんて。

雪ちゃんの学年の先生じゃなかったから全然気づかなかった。

「ああ、志田先生から聞いていたんだった。妹さんが、今年の卒業生なんだよね。元気にしてたかい？」

「わ、私は……」

「春樹くんも、元気にしてるかな？　あれから小説を全然見ないから、やめちゃったのかなって心配してたんだよね。もしかしたら名前を変えて書いているのかな？　穂花さんは？　まだ漫画、描いているのかい？」

漫画。

ああ、そうだ。当然知っているよな。

だって、私はこの人に、いつも見せていたんだから。好きなイラストを描いたら、好きな漫画を模写したら、必ず古角先生に見せていた。自分の漫画を描いてみてよと言ってくれたのも、古角先生だった。

私は、何を言えばいいのか分からず、下を向く。

下を向いた瞬間、涙が出た。まるでバケツから水が溢れるように。容量を超えた水が落ちていくように。

「ほ、穂花さん！　どーしたの？」

古角先生が慌てて私の肩を掴む。私は震える手で、先生にしがみついた。

「先生。先生。先生。雪ちゃんが、雪ちゃんがいないの」

依存しているのかもしれない。私は小倉雪というたった一人の可愛い義妹に。そう思うほど、彼女の所在が分からなくなって、心の動揺が大きい。

年末もそうだった。彼女が事故に遭い、病院から抜け出したと気づいた瞬間、私は大きく動揺し、街中を捜し回った。

「落ち着け、穂花」

卒業式後の最後のホームルームも終わり、私は結城と古角先生とともに、国語科教員室に来た。私は椅子を用意してもらい、ただ、ただ、泣いていた。

もちろん最後のホームルームに雪ちゃんはいなかった。それを知って私はすぐに教室を抜け出し、学校中を捜した。音楽室、図書室、トイレ。どこにもいない。どこにも、いなかった。

やがて、国語科教員室のドアが開く。そこには、春樹が立っていた。

「穂花！」

春樹がすぐに、私のほうに近づく。私は古角先生から離れて、春樹を抱き締める。

久しぶりの春樹に古角先生が驚いていた。

「雪ちゃんがいないの。どこにも、スマホに連絡してるんだけど、既読も付かない。電話も出ない。どこ？」

「落ち着いて、穂花。落ち着いて、僕も一緒に捜すから」

「春樹、待て」

突然、結城が、捜しに行こうとする春樹に向かって言う。私はハッとして、春樹から離れて結城のほうを向く。結城は少しだけ警戒した顔で春樹のことを見ていた。

「春樹、お前は立ち歩くな。ここにいるか、学校の外にいてくれ」

「待ってくれ、僕も――」

「軽音部の奴らは、お前を心底嫌ってる。今日は卒業式なんだ。最後の日なんだ。お前は……、お前がいたら、迷惑なんだ」

はっきりと、結城ははっきり『迷惑』と、そう言った。

春樹は何も言えなくなる。

私は急に怒りが湧き、結城を睨んだ。

「やめて。もう、春樹は反省してるの。反省して、反省し尽くした。今日だって、雪ちゃんに会って、謝るために来たの。そんなこと言わないで……、迷惑なんて、言わないで」

私たちは大人だ。感情で話すのではなく、理性で話すべきだったのかもしれない。

しかし、結城が春樹のことを、そんな風に思うことだけは嫌だった。結城は何も知らないのだけれど、だけど春樹の味方でいてほしかった。

私と春樹のほうから結城を遠ざけた。だけど、最後くらい、最後くらい、嫌われたくはないじゃないか。

「穂花、いいんだ。ごめん」

春樹が私の肩を叩く。私が春樹のほうを向くと、寂しそうな顔で結城を見ていた。一歩前に出て、頭を下げる。

「結城、ごめん。これ以上迷惑をかけない」

「春樹……」

「僕は、先に帰るよ。校門にいても、迷惑だろう……。でも近くで待機してるから、見つかったら言ってくれ。すぐに行けるように、する」

そう言って春樹は出ていこうとする。私は引き止めようとしたのだが、意外にも私よりも先に、古角先生が言った。

「まあまあ、春樹くん、待ちなさい」

古角先生は腹を揺らしながら、出口のほうへ向かう。

「積もる話もあるだろう。志田先生、会議中の札を出しとくから、少しだけ話してなさい」

「いやでも、雪ちゃんを捜さなくちゃ」

「いいから。とりあえず今、私が放送で呼びかけるよ。そしたらひょっこり出てくるだろう。時たまいるんだよ、そういう生徒。卒業式が嫌で、どっかに隠れてる生徒。案外、音楽準備室とかにいるかもしれないからね」

のんびりとそう言いながら、古角先生は国語科教員室の扉を開けた、と、思った。

古角先生が開ける前に、国語科教員室の扉が開く。古角先生は「わぁ」とびっくりしていた。ドキリとした。春樹が今一番会っちゃいけない子たち。春樹も同様に一歩下がり結城に目線を送る。それをすぐさま感じ取り、結城が扉のほうへ駆け寄った。

そこにいたのは、御幸ちゃんと、小夜ちゃんだった。雪ちゃんと三年間仲良くしてくれた、軽音部の友達。

御幸ちゃんは小夜ちゃんに肩を支えられながら、ボロボロに泣いていた。隣の小夜ちゃんが古角先生と扉の隙間から春樹を見つけて、「あっ」と言って一瞬睨んだ。だけどすぐに結城のほうを見て、叫ぶ。

「志田先生！　来て！」

思いのほか大きな声でびっくりする。最初、別れの挨拶をしに来たのかと思った。しかし、そんなムードではなく、結城は焦って前に出る。

「どうした？」

結城がしゃがみ込み、御幸ちゃんの表情を窺う。

御幸ちゃんは袖で涙を拭いながら、言った。

「ごめんなさい。ごめんなさい。私、止めるべきだったかな。私、分かんなくて」

御幸ちゃんは言いながら、私に気づく。

「お義姉さん！」

御幸ちゃんは涙目になりながら、私に駆け寄ってきた。

私は驚いて、一歩退く。

「み、御幸ちゃん」

「お義姉さん、あの、これ……」

左手に握り締めて、皺くちゃになってしまった手紙を私に渡す。それは、紛れもなく雪ちゃんの字だった。

一つには、『お姉ちゃんへ』。そしてもう一つには『ハルへ』。

「これ、どうしたの？」

「卒業式が終わったあと、渡してって、雪ちゃんが……」

ただならぬ表情に私は震えながら手紙を開く。

春樹が私に近寄って、ともにその手紙を読んだ。

読んで、読んで、読んで、読んで、読んで、読む。

そして全てを読み終わり、私と春樹は、御幸ちゃんを、小夜ちゃんを、古角先生を、結城を押しのけて、国語科教員室を出て、走り出した。

日記

雪ちゃんの進路が決まった。やっと、やっと決まった。

大学に行くか、専門学校に行くか、就職するか、延々と悩んでいた。だけど、雪ちゃんが事故に遭いギターが壊れて以来、雪ちゃんは本当に音楽をやめることを決意したのか、就職を選んだ。工場勤務。手取りは少ない。しかし寮があるらしく、雪ちゃんはそこに住むらしい。つまり、この家を出る。この家を出ていくのだ。

それを教えてくれて、私は本当に、本当に報われた気がした。義父を殺して、とうとう十年が経つ。義父の遺体は、もうすでに白骨化しているだろう。

雪ちゃんは、ここを旅立つのだ。

この牢獄から、とうとう彼女は抜け出す。抜け出せる。

本当に、本当に、本当に、本当に良かった。

これで私は一人になる。独りになる。

独りになるの？

私は独りになるの？　独りで？　この家にずっと？　何年？　何年いればいい？　雪ちゃんがいなくなって、次は？

お母さんはもういない。雪ちゃんもここを旅立つ。じゃあ、え、もう必要ないんじゃないの？　そうだよ。もう私は十分守り切ったんじゃないのかな。ずっと、ずっと、私が。

今私は、最悪なことを考えたのだけれど。どうにもその考えを、頭から追い出すことができない。

どうせできるわけないのだから、一応書いておく。

雪ちゃんが卒業したら、死んでみるというのは、どうだろう？


なんとなく思い浮かんだアイデアが、私の頭の中でどんどん具体的な計画に練られていく。勝手に、自然に。と、自分を騙しているけれど、私の頭は私のもので、私の考えているものは私が意図的に生み出したものだ。自然に、なんて無責任なこと、言っちゃいけないよな。

ここまで来て、私は独りで決断しようとは思わなかった。春樹に相談した。『私、死んでみようかなって思ってる』って言ったときの春樹の表情、本当に可愛かった。死にたいって言ってたくせに。実際に死のうとしたくせに。『穂花がどうしてもって言うなら、僕も一緒に』って。

どうしても、って。私はすぐ同意してくれると思っていたのに。なんだか少し生きようと思っているのかな。生きたいなら、生きたいと言えばいいのに。でも、中途半端でも『一緒に』と言ってくれて嬉しかったな。嬉しい。私は、私は死んでもいいんだ。

死んでもいい。死のうと決めてから、最近ずいぶん体調が良くなった気がする。体調が、というか、よく眠れているんだ。最近。眠りすぎて、寝坊するほど。

常に雪ちゃんを監視するべきだと思っていたから、雪ちゃんが起きる前に起きて、雪ちゃんが眠ったあとに寝ていた。なのに、最近では夕飯のあとはすぐに眠くなり、そのままぐっすり、朝雪ちゃんが出かける直前まで眠ってしまう。私も気を張っていたんだろうか。死ぬことを決意するだけで、こんなに楽になるとは。私はずっと、ずっと死にたかったんだろう。死んで、楽になりたかった。死んだお母さんが羨ましかった。死のうとした春樹に嫉妬した。私も、そっち側に行きたい。

私の人生はなんだったんだろうとは思わない。

私の人生も、きっと意味があった。雪ちゃんが大人になるまで守るための意味があった。そのための人生だったんだ。きっと。

これで私の役目は終了。

と言っても、雪ちゃんが旅立ってすぐに死ぬわけじゃない。雪ちゃんが旅立ったあと、義父の死を知らないままでいられるように、死体、というか骨、なのだろうかを始末してからだ。どこか違う場所に埋めるか、粉砕して川にでも流すか。

ああ、そうだ。二度と雪ちゃんがここに戻ってこないように。ここに住むことがないように、この家を燃やそう。

幸い、周りには家がないからね。燃やしても、迷惑にはならないでしょう。燃やして、燃やし尽くして、雪ちゃんがここに戻らないようにしよう。

この家は、心底呪われているのだから。もうこの牢獄を私が壊してあげよう。

雪ちゃんは新しい人生を歩みはじめ、幸せになる。

ここには戻らないで、幸せになるんだ。

そしたら、私は春樹と一緒に死ぬんだ。ああ、そういえば、それだけでロマンチックじゃないか。愛した人と、死ねるなんて。これ以上ロマンチックで、幸せなことがあるか。

やっとだ。やっと死ねる。

ずっと待ってた。

早く死にたい。

小倉雪・自宅

「死なせてたまるか」

柿沼春樹・小倉家

頭が、痛い。

シューッと、煙が噴き出す音がする。

目を開けると、穂花が頭から血を流していた。僕は瞬きを数回、手を開いて握ってを数回。

そうやって身体中に何も異常がないことを確かめて、穂花の肩を揺らした。

「穂花」

穂花は車のハンドルに思いっきり頭をぶつけたのか、少ないけれど血が出ている。事故を起こした。

穂花は動揺してハンドル操作を誤り、電柱にぶつかってしまったのだ。僕は焦って、彼女の肩を揺らし続けた。

だが目を開ける気配がしない。ピクリとも動かない。

穂花、穂花、穂花、穂花。

死ぬのか。

おい、死ぬのか。

僕が死ぬのを止めたのは、君だろう。

一緒に死のうと言ったのは、君だろう。

約束を破るのか。僕にまた、後悔させるのか。

「好きだ、穂花」

僕は初めて彼女に言う。

高校時代、一度も言わなかった。君は僕を愛してると言ってくれたのに、僕は一度も言えなかった。

久しぶりに再会してからも、僕は言えなかった。こんな僕に、君に愛を伝える資格はないと思ったから。

それなのに言ってしまった。

初めて、言えた。

「好きだ。大好きだ、穂花。愛してる。愛してるんだよ。ずっと好きだった。ずっと愛してた。ごめん、ごめんなさい。独りで抱えさせて、本当にごめん、何も気づけなくて、本当にごめん。本当に、ごめんなさい。それでも僕はずっと愛してる。ずっと会いたかった。だから、死なないで」

人生で初めて言った愛の言葉は、まるで呪いのようで、僕は自分で言っていて気持ちが悪かった。気持ちが悪くて、気持ちが良かった。

言い終わったとき、ゆっくりと穂花が目を開けた。一度咳き込み、身体をゆっくりと起こす。僕はそれを手伝って右手で身体を支えた。

彼女はハンドルにもたれかかり、大きく深呼吸してから、僕を見た。

「待ってたよ。ずっと、待ってた」

そう彼女は言った。思わず僕は笑ってしまった。久々に笑った。ずっと、笑えていなかった。

「待たせてごめん。ごめんなさい。愛してるよ、穂花」


穂花の肩を担ぎ、僕は坂道を登る。

この坂道を上りきったら、穂花の家に着く。車だったら楽なのだけれど、電柱にぶつかったまま置いてきた。

雪。

小倉雪。

雪ちゃん。

君は、何をしようとしているのか分かっているのか。

君も、君も何かを生み出すのが好きなんだろ。音楽が好きなんだろ。雪ちゃん。罪悪感を抱えながら、何かを生み出すのは辛いぞ。辛くて、苦しくて、死にたくなるぞ。死にたくなって、それでも死ねなくて、生きながら死んでいる、そんな無様《ぶざま》な人生を送ることになるぞ。

なあ。なあ、だから。僕たちを守ろうなんて、しないでくれ。

僕たちを、守らないでくれ。

僕たちを、愛さないでくれ。

なあ。だから……、ああ、違う。違うんだよ。僕は、何が言いたいかって。

やめてくれ。

僕よりも、僕よりも強く生きないでくれ。雪ちゃん。君に負けたくないんだ。

僕は君が羨ましい。僕だって君が羨ましい。ずっと羨ましい。

好きなことを好きなように、好きにやり遂げる力を持つ君が心底羨ましい。僕はずっと誰にも好きだと言えなかったのに。人を愛することができる君が、愛のためならなんだってやろうとする君の行動力が羨ましい。

僕たちが何をしたか、僕と穂花とそして加奈子さんが何をしたのか、それを知って、それでも僕たちを守ろうとする君の優しさが羨ましい。憎い、悔しい、羨ましい。僕だって、僕だって、僕だって君のように。君のように幸せになりたい。優しさを知りたい。未来が欲しい。若さが欲しい。煌《きら》めきが欲しい。輝きが欲しい。仲間が欲しい。才能が欲しい。

君は僕が望む全てを持っているんだ。

なのに、それを棄ててまで、僕たちを愛そうとするなよ。

愛さないでくれよ。見捨ててくれよ。馬鹿にしてくれよ。なあ、頼むよ。

平凡なままの女の子でいてくれよ。

歩くたびに振動が身体中に響き渡り、首に、肋骨に痛みが走る。

もうすぐ、あの家に着く。雪ちゃんは何をする気なのか。分からない。だが止めなくては、止められるのは僕たちだけだ。

木々に囲まれた坂道を抜け、ようやく家の端っこが見えてきたとき、違和感を覚えた。それは穂花も同じだった。

「雪ちゃん」

穂花がポツリと言う。僕は目を細め、それを見る。

煙が上がっている。燃えている。

燃えている?

穂花を強く抱き寄せながら、僕は足を速める。直感でヤバいと思った。

そのときだ。

山中に、とてつもなく大きな音が響き渡った。

まるで恐竜の叫び声のような、化物の嘶《いなな》きのような音。そして突風が巻き起こる。

熱を感じ、瞬間的に危険を察知した僕は、穂花を抱き寄せたまま勢いよく地面に伏せる。土を頬に感じながら目を瞑る。

凄まじい轟音で、耳がキーンとなっている。

爆発。

わずかに見えた、穂花の家が、破裂した。

「穂花」

僕が穂花に声をかけると、すぐに穂花が唸った。恐る恐る目を開けて横を見ると、驚きの表情で僕を見ていた。安全を確認し、二人でもう一度立ち上がり、はっきりと遠くから家を見る。

そして穂花は僕の腕から逃れ、よろけながらも自力で走り出す。それに続き、僕も後ろから駆け足でついていく。首の痛みも肋《あばら》の痛みもどうでもよかった。

そしてようやく穂花の家に着いた。

しかし、着いたは着いたのだが、近づけなかった。家に入ることすらできなかった。

「燃えてる……」

穂花はそう言って、放心したようにしゃがみ込む。

「家が、燃えてる」

そう。燃えていた。

何もかも燃えていた。

玄関が、庭の木が、洗濯物干しが、屋根が、何もかもが燃えていた。穂花の家が、雪ちゃんの家が、燃えていた。

僕は黙ってそれを眺めながら、一一九に電話をかける。

電話先から男の人の声がして、何かを喋らなきゃと思ったのだが、気力が湧かず、何も喋れないままスマホを持つ手を下ろした。

燃えている。何もかも。

僕たちの過去が、燃えている。牢獄が、燃えている。

やがて呼吸も落ち着き、燃え盛る家を茫然と眺めていると、頭の中に、いつか聴いた歌声が響いていた。

『親愛なるあなたの爆弾になれるでしょうか』

終章

親愛なるお姉ちゃんへ

気持ち悪いこと言うね。

今までのお姉ちゃんは、きっと無理をしてきたんでしょ。無理をして、努力して、私をずっと騙して、本当のことを、本性を隠してきたんだよね。

だからきっとこれが、本当の、本物のお姉ちゃんに届くと信じて書きます。

はじめまして。

小倉雪です。


いやーキモい。これはキモい。寒いし、クサいし。

でもまぁ、新しい人生を歩めることを祈って。手紙を書きます。

今まで私のことをずっと守ってくれてありがとう。今まで私のことをずっと愛してくれてありがとう。今まで私のことをずっと見ていてくれてありがとう。

嘘をついて、無理をしてきた、努力に塗れた日々だったと思うけど、でも私は、いつも私に向けてくれた笑顔や、車で送り迎えをしてくれたときに音楽を流して一緒に歌った、テンションの高いあなたまでも嘘だとは思いません。

全部を知ったのは、私が事故に遭ったときです。事故に遭って、独りで帰ったとき、あなたと会ったのは玄関の前だったけど、本当はあなたが帰ってくるずっと前に、自分の鍵で家に入りました。家に入って、あなたの部屋を興味本位で覗いたとき、私はようやくこの家で何が起きて、今もなおあなたと、そして春樹さんが過去に囚われていることを知りました。

私はずっと疑問でした。なぜ父が失踪したのか。なぜそれを誰もほとんど口にしないのか。なぜこの家に父の写真が一枚もないのか。なぜ私は父の失踪の頃のことを思い出せないのか。そしてなぜ、春樹さんはあの文化祭で、私にあんな風に言ったのか。

私は自分の記憶力が弱いせいだと思っていました。弱くて、周りに合わせて何も考えず適当に流されていたからだと。だけど本当は、本当に記憶を失っていたんですね。結局のところ、私は今でも父親の顔を思い出せません。おかしいですよね。失踪前の記憶はちゃんとあるというのに。私も無意識に、フィルターをかけていたのでしょうか。父のことを思い出してはいけないと、考えてはいけないと。

激しく落ち込みました。私の人生は八歳のときから、終わっていたのだと。終わっていて、取り返しのつかないところに来ていたんだと、悲しみました。

悲しくて、悲しくて、悲しくて、悲しくて、悲しかった。

だから私は、新しい人生を生きたいと強く思いました。

新しい、小倉雪として、生きてみようと思います。今までの誤魔化された人生はもう終わり。誤魔化されて、守られた人生は、もう終わり。何もかも終わり。

そう、決意していました。

そうすればきっと、あなたも、そして春樹さんも解放される。解放されて、前を向くことができる。そう理由もなく思っていました。自分がいなくなればと、単純に思っていました。ほんの一ヶ月前まで、私は本当にそう思っていたんですよ。そう思って、過ごしていました。一ヶ月前。

それまで私は、旅立ちを決意していながらも、しっかり学校に通っていました。友達とは、まあ、あまり喋れなかったのだけれど、学校くらいは最後まで楽しもうと思って。

でもちょうど一ヶ月くらい前。最後の授業がどんどん終わって、好きな教科もなくなるし、何もかもが面倒臭くて。一度だけ、初めて学校をサボったんです。あなたに学校まで送られたあと、普通にUターンして、街を散策してました。だんだんそれも飽きてきて、スマホの充電もなくなったし、家に帰ろうと思ったんです。あなたがいると思っていましたし、怒られてしまうだろうなと思いながらも、私は家に帰りました。

しかし、その日はちょうどあなたが家ではなく、外で仕事をしている日だったんです。気まぐれでカフェで仕事をしていた日だった。私は、やったぁと、いや、そうは思わなかったか。どうでもよかった気がします。ああ、いないんだ、と。寂しいな、と。久々にまた独りで、そういえば日記はどうなったのだろう、と。

私はなんとなく、本当になんとなくですよ。あなたの日記を読みました。最後のページだけを、なんとなく。

そしたら、なんと私が卒業したら、死ぬつもりと書いてありました。

私はそれを見て、悔しくありませんでした。

悲しくもありませんでした。

逆に喜びもしませんでした。

激しく、激しく。鬱陶しいと思いました。

鬱陶しくて、面倒臭いと思いました。

反抗期とはこういう感じなのでしょうか。私はただただあなたのことが、鬱陶しくて、面倒臭くて、そしてすごく可愛いと思いました。可愛くて、弱い人間なのだと。

ねえ。

今手紙を書いて思ったのだけれど、本当は気づいてほしかったんじゃないの？　私に。

私に気づいてほしくて、見てほしくて、自分じゃ怖くてできないから、私に警察に通報してほしくて、あの日記を書き続けていたんじゃないの？

まあ、そんなことはないかもしれないけど、私の思い過ごしかもしれないけど。

もし本当にそうなのだとしたら、残念でした。

私はあなたのことが鬱陶しいけれど、面倒臭いけれど、それ以上に私はすごく、愛しています。すごくすごく愛しています。

私に向けられた優しさは、笑顔は、全て偽物だったかもしれない。私に用意してくれた食事は、学校の送り迎えは、遊園地に連れていってくれたときは、全て紛《まが》い物の優しさだったかもしれない。

だけど私はあなたを愛しています。偽物でも、紛い物でも、私は嬉しかった。幸せだった。

毎日が楽しかった。

私の周りは偽物で溢れていたけれど、私の気持ちだけは、本物です。あなたを愛していることは本物なのです。

あと、もう一つ愛しているものがあります。

音楽です。

私は音楽が好きです。最初は、春樹さんのように誰かのために、感動させるものを創りたいから、感謝のつもりで音楽を、ギターを、歌を練習していました。だけどいつの間にか好きで、好きで、好きでたまらなくなっていました。ギターを一曲分間違えずに弾けたときの感動。高音を綺麗に出そうとか、そんなこと考えずにただがむしゃらに感情のまま叫ぶ歌の感動。誰かと一緒に楽器を演奏したときに、気づけば波長が合っているあの快感。私は、音楽が好きです。好きで好きで、たまらない。

『爆弾』という曲を作りました。紛れもない春樹さんに、私を元気づけてくれた春樹さんに向けた曲です。その春樹さんも私の人生に本当の意味で深く関わっていて、そして壊れないように、秘密にしていてくれて、私は感謝を伝えたかった。

結局のところ、ギターも壊されて、音楽を否定されてしまったのだけれど。日記を読んであのときの理由を知りました。私に嫉妬していたということ。

優越感!!

自分が醜いと思うほど、優越感に浸ってしまいました。謙遜でも遠慮でもなく、優越感を覚えてしまいました。

私はあのとき本当に愛している人に、私の全てを拒絶されたようで本当に悲しかった。だけど本当は、嫉妬で、羨ましくて、まるで子どもみたいにそんなことを言っていただけだった。

私は自分が大人になったような気持ちになりました。

私は大人で。

好きなものに好きと言える人間で。

だから私は、自分が好きなものは、愛するものは守りたい。

春樹さんには私の父のことを忘れて、罪を忘れて、これからも小説を書いてほしい。人を殺したことは許されない。だけど、自分の書きたい気持ちに蓋をしないで。小説を、何かを書きたい気持ちに罪悪感如きで蓋をしないで。大丈夫、どうせいつかは罪を償うことになる。どうせいつかは罰せられる。今までずっと苦しんで、苦しんで生きてきたのもすでに罰のようなものだけれど、ちゃんといつか、心じゃなく目に見える形で罰せられる。

穂花さんには私の父のことを忘れて、新しい人生を歩んでほしい。私を監視する以外の人生も、たくさんあったはず。十年、十年あなたはずっと縛りつけられていた。父に。いや、違うか。あなたはもっと前から酷いことをされていたのだから、正確にいえば十一年縛られていた。父の暴行と、父の死体に。だからもう、縛られるのはやめてください。新しい人生を始めて、新しいことを始めたり、新しい場所に行ったり、好きな人と、好きなことを、好きなようにしてください。

私は、あなたたちを守ります。

実は穂花さんに、時々睡眠薬を盛っていました。市販のやつだけれど、ちょっと多めに。私をいつも監視していたから、気を張っていたんでしょうね。ぐっすり眠れたようで良かったです。

私はすでに、骨が本当にあるのかどうか、確かめていました。本当に埋まっていて、少し笑っちゃいました。

骨は、私がなんとかします。

あなたたちの罪がバレないように。

私にそんな権限があるのか分からないけれど、ちゃんと言っておきます。

あなたたちを解放します。

この牢獄とも呼べる家から、解放しようと思います。

今まで私を守ってくれて、ありがとうございました。

さようなら、お元気で。お幸せに。

P・S・

でもいつか、いつか笑って会おう。

必ず。

ユキより

柿沼春樹・小倉家跡地

「自分のせいだって言ったら、私は春樹を殺す」

穂花は車を降りる前に、そんなことを言った。

僕は身震いしながらレンタカーを降りて、穂花の後ろをついていく。

何もなかった。小倉家は、それはもう跡形もなく、何もなくなっていた。


あれから、たくさんの出来事が過ぎていった。

山中の一軒家爆発の事故は全国のニュースとなった。

僕たちは小倉家に向かう途中、車の事故を起こしたため、警察から取り調べを受けることとなった。しかし、僕たちが罪に問われることはなかった。罪がバレることはなかった。警察と消防の調査の結果、ストーブの不始末による火事として処理されていた。

住む場所がなくなった穂花は、流れで僕が住んでいたアパートで同棲することになった。生活が落ち着くのにずいぶん時間がかかった。

それを支えてくれたのは、結城だった。

結城には、結局本当のことは言えていない。しかし彼が知る必要はない。知らなくていいことだ。これからも永遠に、知らなくていいこと。彼も僕たちに多くは訊かなかった。

だけど僕たちのことを、一途に支えてくれた。結城は毎週僕と穂花の住むアパートに来て、今日はどこに連絡をしようとか、お金のことまで助けようとしてくれた。古角先生も何度か僕たちのアパートに来てくれた。

結局小倉家は建て直すことなく、土地を売ることになった。焼けた家財の処理などにかなりの費用がかかるため、穂花は自分の貯金だけでは足りない分を、親戚中に頭を下げてお金を手に入れた。それは、僕も同じだった。金に困っている穂花のために、本の印税で手にしたお金や、今までの貯金を全て渡し、さらに母さんを頼った。

母さんは、小説を書くことをやめていた僕を非難することはなかった。しかし僕は、自分といたら母さんも不幸になってしまうのではないかと思い、母さんを避けていた。母さんと九重さんの結婚式も、僕は行くことはなかった。それでも時々、様子を共有するくらいはしていた。僕が自殺未遂を起こしたときも、母さんと九重さんは寄り添ってくれた。しかし僕自身から二人を頼ろうとしたことはなかった。今回の一件で、二人のことを初めて頼った。

二人はむしろ喜んで援助をしてくれた。初めて自分たちを頼ってきてくれたのだと。九重さんも、自分が父親だと思われていないから頼られなかったのだと誤解していたようで、そこで僕は初めて九重さんのことを義父さんと呼んだ。


警察の取り調べも何度かあり、目まぐるしく日々は過ぎていった。

茹《う》だるような夏の暑さが鬱陶しくなった頃、僕たちは最後に跡地を訪れた。

久々の小倉家は、それはもう跡形もなく、何もなくなっていた。

そこに家があった、ということすら疑わしいくらいに。

「ここが、玄関……」

と、穂花は小倉家の敷地に立って言う。僕もその隣に立って、なんとなく「おじゃまします」と言った。

すると穂花はふふっと笑って、「いらっしゃいませ」と返し、ゆっくり歩く。

「ここが、洗面所。ここが、お母さんの部屋。ここが、義父の部屋だった倉庫。ここが、雪ちゃんの部屋。ここが、私の部屋」

穂花は一つひとつを丁寧に案内する。僕はそれを聞きながら、茹だるような暑さに思わず溜息をついた。

「本当に、何もなくなってしまったな」

僕は家の間取りなんて憶えてないから、部屋の仕切りなど関係なくただひたすら歩く。おそらく、玄関から僕は足を踏み入れ、そのまま壁を突っ切り、突っ切り、突っ切って、記憶を頼りにそこに立つ。

「本当に、ないんだ」

僕はその土の上に立って、ポツリと言った。

十年も前のことだけど、僕にはつい昨日、いや数時間前のことのように思い出せる。思い出せるし、思ってきた。あの瞬間のことを。

僕はしゃがみ込み、おそらくあいつ、穂花の義父が埋まっていたであろう場所に手を触れる。梅雨も明け、ここ最近の強い日照りのせいで、土はすっかりカサついていた。

「いないよ、そこには」

いつの間にか後ろに立っていた穂花が、僕に影を落とし言った。

「もういない。だって私も、確かめた。誰もいないときを見計らって、掘って、掘って、掘り返しまくったけれど。私じゃ見つけられなかった。おそらく、もしかしたら根気よく捜せば、骨の欠片《かけら》くらいはあるかもしれない。だけど、大きな、例えば頭蓋骨とか、背骨とか。そんなものは一つも、どこにもなかった」

「頭蓋骨……」

そうか、そうだよな。

人がいったいどのくらいの期間で腐食し、土になり、崩れ落ちていくのかは分からないのだけれど、しかし十年もの月日が経てば、そりゃあ骨しか残らないだろう。

「雪ちゃんが持っていったのか？　手紙、手紙には、なんて書いてあったっけ？」

「なんとかしますって書いてあった」

言いながら、穂花はポケットからその手紙を取り出して僕に渡す。僕は卒業式以来久々に手紙に目を通した。

「なんとかしますって……」

「そんなの、分からないよ。爆発で木っ端微塵になったかもしれないし。それとも雪ちゃんが、持っていってどこかで粉々にして捨てたのかもしれないし……」

「爆発、そうだ。爆発は？　雪ちゃんが、爆弾でも作ったたって言うのか」

僕が本気の顔をしてそう言うと、穂花は思わず噴き出した。

久しぶりに笑う彼女を見て、腹立たしく思うと同時に安心する。

「な、なんだよ」

「爆弾なんて、ただの高校生が作れるわけないでしょ。消防の人が調査したらしいんだけどね、プロパンガスに引火したみたい」

「プロパンガス……」

「でも、その前に家が燃えてたから、きっと雪ちゃんも想定はしてなかったよね。爆発するなんて」

穂花は歩き回り、「はは」と吐息混じりに笑った。

「血は繋がってなくても似ちゃうよね。雪ちゃんがこの家を出ていったあと、私たちがしようとしたように、雪ちゃんもこの家を燃やしたんだよ」

私たちがしようとしたように。

そうだ、僕たちは、雪ちゃんがいなくなったあと、全てを終わらせて死ぬつもりだった。この家を燃やして、何もかも燃やして。

「実際、家が燃えるところを見たことはなかったけど、あんなに早く火が回るものなんだな……」

「木造だったし、ほら、私の家、石油ストーブだったからね。もしかしたら燃えやすいように雪ちゃんが家中に灯油を撒きちらしたのかも。でもどちらにせよ、家を燃やして、燃やし切って、跡形もなくそうとしていたのは、確かだと思う。私たちを解放するっていうのは、この牢獄から解放するっていうのは、そういうことでしょう。ともかく私たちは、解放されたのよ。牢獄から」

牢獄、と、穂花ははっきりとそう言った。

そうだ。牢獄だった。牢獄で、地獄だった。

「穂花」

「うん？」

「申し訳ない」

僕がそう言った瞬間、穂花は一歩、二歩、三歩下がる。ん？　と思って穂花を見ていると、突然思いっきり走り出し、ジャンプする。

綺麗に飛んで、まるで鳥のように飛んで、穂花は僕の腹に蹴りを入れた。

んぐぇ。

僕はそのまま吹っ飛んで、草っぱらに倒れ込む。意外と強い蹴りで一瞬呼吸困難に陥る。ひ、ひ、と酸素を取り入れようともがいていると、さらに穂花が僕の上に乗ってきたので、さらに呼吸が難しくなった。

「ほ、穂花」

「殺すっつったでしょう」

マジの顔。ガチの言葉。

「雪ちゃんは、春樹のせいでいなくなったんじゃない。雪ちゃんは、春樹に自分を非難してほしくてこんなことをしたんじゃない。雪ちゃんの気持ちを、考えてよ。自分を責めて、自分を傷つけても、私たちにはなんの意味もないって、分かったでしょう。分かったはずでしょう。それを何。いいかげん、いい加減にしてよ。いつまで、縛り付けられているつもり」

穂花はそのまま僕の首に手をかける。優しく、もなく本気で力を込めている。

「罪を償うというのはとても当然なことよ。私だってそうしたい。そうするべきだと思う。罰せられるべきだと思う。だけどね。私たちは雪ちゃんが残してくれたものを、残してくれた人生を生きるべきなんじゃない？　そうする義務があるでしょう。命を懸けて、命を削って残してくれた未来を、私たちは生きていくべきなのよ。それなのに、いつまでクヨクヨと。そんなに、そんなに死にたいの」

ググッと手に力が込められて、僕はさらに呼吸ができなくなって、焦った。

死にたくなくて焦っているのではない。いやもちろん死にたくはない。雪ちゃんが残してくれた未来というのは僕だって痛感している。痛感して、身に染みている。

雪ちゃんは、あの男の骨に囚われてこれ以上家に居続けなくていいように、全てを燃やした。全てを燃やし尽くして、雪ちゃんもどこかへ消えた。彼女が残してくれた手紙はもちろん警察には見せていないから、今でも彼女の捜索は続いている。だが、死亡している可能性だってある。爆発に巻き込まれて、木っ端微塵に、吹っ飛んだ可能性だってある。小倉雪という少女には、もう二度と会えないかもしれない。

彼女が残した未来を、彼女が許した僕たちの未来を、生きなければならない。生きる義務がある。

だけど僕が今焦っているのは、伝えたいことは、伝えてから死ぬべきだ、と思ったからだ。

「ずっと、独りにして、ごめん」

酸素を取り入れ、数少ない呼吸に喘ぎながら、僕は穂花に言った。

雪ちゃんのことを、謝罪すると思ったのだろう。穂花は意外そうな顔をして、ゆっくりと首にかけた手の力を弱めた。

「見ないふりをして、知らないふりをして、それでいいと思ってた。全部から逃げて、それで生きて満足すると思ってた。でも本当は、穂花に、ずっと会いたかった」

雪ちゃんに勇気づけられたとか、そんなことじゃない。

僕が愛していると、大好きだと言ったのは、雪ちゃんが背中を押してくれたとかそんなことじゃない。

僕は負けたのだ。

小倉雪という、十歳も歳の離れた少女に。クリエイターの本質において、クリエイターという人間として、僕は負けたのだ。

彼女の歌が、僕はずっと頭に響いていた。頭に響いて、ずっと嫉妬していた。自分よりやりたいことをやる彼女がずっと憎かった。若さも、輝かしさも、少し整った顔立ちも、全てが憎く、全てが羨ましかった。だから僕は彼女にその嫉妬を、恥ずかしげもなくぶつけたというのに。彼女はそれを乗り越えた。自分の置かれた環境を知り、新たに人生をやり直そうと決めた。そして紛れもなく、僕たちを救った。愛している者に、愛していると言える彼女が、心底憎い。羨ましい。嫉妬する。悔しい。

悔しい。悔しいのだ。僕は少女に負けた。そして、負けたくないと思った。負けてたまるかと、思った。

穂花への手紙に書いてあった。いつか笑って会おう。必ず。そうだ、きっと彼女にもう一度会える。彼女が死んだかもなんて、僕は信じない。彼女に会える。絶対に会える。だからそのときもう一度、彼女に尊敬される人間になっていたい。彼女に負けたくない。彼女が嫉妬する、僕になりたい。

僕だって、何かを創る人間だ。

僕だって、何かを生み出す人間だ。

「僕は君を愛してる。そして小説を愛してる。新しい人生を歩んでもいいのなら。僕は小説を書きたい。君の側で、小説を書きたい。永遠に、君の側で小説を書きたい。愛してる。愛してるんだ。ずっと愛してるんだ」

ようやく穂花は僕の首から手を離した。ふあぁっと、身体に息が入り込んだのだが、また少しだけ苦しくなった。穂花が、僕の身体にゆっくりと倒れ込んだのだ。

穂花は、柔らかく笑い、僕の胸で一呼吸する。

「しょうがないなぁ」

彼女はそう言って、笑った。

僕は小倉家の跡地で、草っぱらの上で、ただ彼女のことを抱き締めた。

時間は過ぎ、日がとっぷりと暮れてゆく。

車に乗り込むとき、どこかで花火の鳴る音がした。そういえば、今日は夏祭りだったか。どうりで人が多かったはずだ。

穂花はビクッとした。

「雪ちゃんかと思った」

「なんでだよ」

「また、どっかで何かを爆発させたのかなって」

彼女が無邪気に笑ったので僕も、「本当に本人だったりして」とふざけて笑い、車に乗り込んだ。

穂花が車を運転して、山から遠ざかる。

もうここには来ないだろう。文字どおり今日、僕たちはこの場所とさよならをしにきた。

「春樹」

「何？」

「ずっと訊きたかったんだけど、雪ちゃんからの手紙にはなんて書いてあったの？」

ああ、そういえば穂花には見せてなかった。

思わず僕は噴き出してしまう。別に隠していたわけじゃないけれど、なんとなく恥ずかしくて見せていなかった。まあしかし、僕も穂花への手紙を読ませてもらったのだから、僕のも見せなければ。

「とても感動する言葉だったよ。帰ったら、見せてあげるよ」

「ふーん」

穂花は淡白にそう言って、車を運転することに集中した。

僕は窓の外を眺めながら、これから書く小説は、何を題材にしようかと考えていた。

親愛なるハルへ

ハル、負けるな。ハル、頑張れ。

ユキより

篠沢御幸・藍浜駅前

「みーゆき」

藍浜駅前で私が待っていると、小夜ちゃんがやっと来た。私はとたんに飛び跳ねたくなる気持ちになって、そして実際飛び跳ねた。

「小夜ちゃん！　サヨちゃんサヨちゃんサヨちゃんサヨちゃん！」

「落ち着け、落ち着くのだ御幸」

小夜ちゃんにうさぎのように思いっきり跳んでタックルし、小夜ちゃんはそれを抱き止めて締めつける。ぐえ、苦しい。

周りの人が見ているけれど、どうでもよかった。周りの人の人生なんか知らない。こちとら四ヶ月ぶりの再会なのだ。

久しぶりに会った小夜ちゃんは、すっかり大人びていた。髪を茶色に染めて、なんと両耳にピアスを付けていた。それに比べて私なんか、高校生のときに着ていたワンピースだし、身長が低いのも合わさって、なんだか子どもみたい。私は十九歳になったというのに、こんなにも違うのかと思うと、なんだか落胆する。

「久しぶりだね」

一呼吸置いて、私は小夜ちゃんに言う。自分で言って、本当に嬉しくなってしまう。小夜ちゃんもニカッと笑って、久しぶりの志田先生のモノマネで言った。

「久しぶりやな！」

会ってものの一分で、あの頃の雰囲気を取り戻せるのだから、本当友達ってすごいなって思う。

私たちは人混みを避けながら、河川敷へ向かった。

四ヶ月ぶりの藍浜市の街並みは、なんだか人も景色も変わって懐かしさというよりは真新しさを感じる。コンビニができていたり、ケバブ屋さんがなくなっていたり。

哀愁を感じ、溜息をつくと、突然小夜ちゃんが笑いながらスマホで私を撮った。不意打ちだった私は思わず両手で顔を隠す。しかし、その拍子に通りすがりの女の人にぶつかってしまった。

「あ、ごめんなさい」

私はすぐに手を顔から離し、女の人に謝る。カップルらしく、男の人が女の人の肩を抱き寄せて、避けた。ぶつかったのは女の人なのに、「大丈夫ですよ」と言ったのは男の人だった。

カップル、いいなぁ。通りゆく彼らの姿が浴衣なのを見て、私は高校生のときにお小遣いで買った一万円の浴衣を思い出す。ああ、今日は久々の小夜ちゃんとの夏祭りなのだから、あの浴衣を着てくればよかった。一万円で、すごい薄い素材なのだけれど、着てると気分が上がるんだよね。あの頃は三人で楽しかったな。

三人。

私は不意に彼女のことを思い出し、無理やり笑う。寂しさが小夜ちゃんにバレないように……、と思ったが、小夜ちゃんは屋台や人混みの多さに興奮して写真を撮りまくっているから、あまり気にしなくても大丈夫そうだった。小夜ちゃんはいつも楽観的で、私には悲しむ素振りなんか見せたことがなくて、やっぱり自分より大人だなぁと、またしても落ち込みながら、通りを二人で歩いていく。

すると突然小夜ちゃんが言った。

「御幸は彼氏できた？」

「彼氏？　ううん。できるわけないよ。小夜ちゃんは？」

「できたよ」

「嘘！　どんな人！　大学の人？　歳上？　歳下？　イケメン？」

私が焦って質問攻めにすると、ふふん、と小夜ちゃんはスマホで写真を見せる。それは、ゲームセンターで彼氏とぬいぐるみを一緒に持っている小夜ちゃんだった。その彼氏は、確かに見覚えがある顔だった。だけど、なんだか雰囲気が変わっている。私の記憶と、その写真の画面の彼とどうにも整合性が合わなくて、私はクイズの答えを言うように恐る恐る言った。

「ゆう、すけ、くん？」

「正解でやんす！」

やんすって。今度は誰キャラ？　誰の真似？

私が高校生のときは、根暗とは言わずともものぺっとして、物静かでいながら喋ると元気な子だったんだけれど、画面の悠介くんは小夜ちゃんに合わせてピアスをして、髪を染めて、一言で言えば、チャラそう。小夜ちゃんと同じような人になったというか、似ているというか。

「悠介くん高校三年生だよね？　その髪型、怒られない？　進路とか」

「え、ちょっと、訊くのはそこじゃないでしょ。馴れ初めでしょ！　いやまぁ、実際怒られて、夏休み明けにちゃんと染め直すらしいよ。黒に。でもピアスは隠れて絶対やるって言ってた」

「ふえぇ……、悠介くんってそういう子だったんだ。知らなかった。そんな、やんちゃしたい系の男の子に見えなかったけど」

「悠介、相手に合わせるタイプだから。一途なの。好きな人に」

小夜ちゃんは柄にもなく、ニヘへとニヤついた。いや、柄ではあるか。楽しそうな彼女を私はずっと知っている。

なんだかみんな変わっちゃうな。小夜ちゃんも、悠介くんも、この街も全部。全部全部変わっていく。私だけなんだか取り残されているようで、寂しい。

そもそも、変われる、変わろうとする、ことができる周りが羨ましいなと思った。私はどうだろう。高校生の頃から何が変わっているんだろうか。

私はずっと就職か大学か悩んでいた。親戚のツテで内定を貰っていた事務の仕事という滑り止めもあった。やりたいことがないというのが、悩んでいる実際の理由で、私は悩んで悩んで、結局のところ諦めかけていたのだ。やりたいことが分からないなら、もはや社会の歯車になってみようと。そう両親に相談すると、意外なことに猛反対された。

御幸ちゃんはいつものんびりしているけれど、おっとりしているけれど、マイペースだけど、その選択は賛成しないよ。やりたいことが見つからないなら、やりたいことが分からないなら、それこそ大学に行きなさい。大学で四年間、いろんなものに触れて、いろんな人に出会い、いろんなものを知りなさい。

そんなことを両親が言ってくれたのが高校三年生の冬頃。熱い両親の言葉で、私は大学に行くことを決め、なんとなく楽しそうな県外の大学で独り暮らしを始めたけれど、結局のところそれも、両親の提案にうまいこと流されただけのように思える。流されて、環境が甘えさせてくれるなら、それに従う。私は高校生の頃から何も変わっていない。

だからといって、何もやりたくないわけではない。高校生のときは興味を持ってベースを始めたり、大学生ではジムに通ったりし始めた。だけど結局ベースは今は続けられていないし、ジムも月一くらいでしか行っていない。やろうと思った瞬間はあるけれど、ずっと続けられているものなんて、呼吸と、スマホのパズルゲームくらいじゃないだろうか。

私は何も変わらない。何も変わらず、それでも周りは足並み揃えて変わっていくから、私だけが変われないみたい。

親友の小夜ちゃんですら、ちょっと見ないうちにどんどん変わっていくのだから。私は本当に生きるのが遅い。『生き急ぐ』の反対はなんだろう。生き急がない？　生き遅い？

「そうそう、それで結局、悠介くんとはどういうきっかけなの？」

私が言うと、小夜ちゃんは、ああ、と、ようやく訊いてくれたとニンマリした。スマホを閉じてポケットに入れて、河川敷の方向へ向かって歩き出しながら、小夜ちゃんは言った。

「悠介は、雪のことが好きだったの」

小夜ちゃんは語った。

「悠介は雪に告白したんだけどさ、雪はあんま、けっこう曖昧に返事をする子だったから、そのときも曖昧に返したのよ。好きとも、嫌いとも言わずに。それでいて、そのまま軽音部辞めちゃったでしょ？　悠介に訊いたら、雪の奴、ラインも返さなかったんだって。もう本当雪の奴！　嫌いなら嫌いって、そんなに気になりません！　って、言えばいいのにね！　ともかく悠介が、それで落ち込んじゃって、私が慰めてたの。私、そもそも悠介から雪に告白したいって相談受けててさ。でも私、正直、一目見たときから好きだったんだよね、悠介のこと。普段はあんま喋んないのに、音楽の話をふっかけたらたくさん話し始めるの。ギャップがもう、可愛くて可愛くて。私的には身長があんま高くないところも罪だね。あれは犯罪級の可愛さ。いや私好きなアイドルとかはみんな身長高かったりするんだけどさ、実際悠介を好きになってみると、身長は同じくらいがちょうどいいよね。最高ですよ。例えば歩いているとき、顔を見合わせたら身長差があったらちょっと離れてるけど、身長が同じだったら顔が近いから毎回キスする雰囲気になるの。何十回何百回何千回そうなったことか。あ、ごめん。すんごい話逸れた。ともかくさ、それで落ち込んでる悠介を全力で慰めて、優しくして、側にいて、私が手に入れたってわけ。手に入れたって、ちょっとその言い方はヤバいか。付き合えたってわけ。雪にはちょっとだけ、いや、ちょっとじゃないよね……、正直すごい嫉妬してた。嫉妬して、一回だけ、去年の冬かな……、私すごい雪に向かって酷いこと言ったよ。雪も反論してきて、なんか言い合いみたいになっちゃってさ。でも雪が曖昧な返事で、曖昧なまま終わらせてくれたおかげで、悠介と今ラブラブだから、終わり良ければ全て良しって感じかもね」

小夜ちゃんのマシンガントークを聞きながら、私たちは河川敷に着いた。

人が少ない場所で、二人で並んで座り込む。

花火が打ち上がるまでもう少し。私は頷いたり、「へえ」と言ったり、「はは」と愛想笑いをしたりしていたのだけれど。やっぱり私は落ち込んだ。落ち込んで、寂しかった。

別に私を傷つける言葉も、そもそも私の話なんて一つもなかったのだけれど、私は小夜ちゃんの話を聞いて、落ち込んでしまった。

一つは、小夜ちゃんと雪ちゃんの間にそんなことが起きていたということ。そんなの全然知らなかった。

高校二年生の、文化祭のあの日までは、私たちはすごく仲が良かった。同級生の間でも、先生の間でも話題だったほどに。

だから私の知らないところで二人にそんなことがあったなんて、まったくもって知らなかった。悠介くんを間に挟んで、いろいろな感情が渦巻いていたのだろう。

そして二つ目は、小夜ちゃんと雪ちゃんが高校三年生の冬に言い合いになっていたということ。言い合いになったということは、それもびっくりしたけれど、はっきりと傷ついたのは、えぐられたのはそこじゃない。高校三年生の冬というところだ。私は話しかけられやしなかったのに、話しかけても、挨拶しても無視されたのに。小夜ちゃんは反論された。反論してもらえた。羨ましい。

そして最後の三つ目。一番、一番傷ついたこと。

小夜ちゃんが、何の躊躇いもなく、雪ちゃんの話をしたことだ。あいつ、嫌いなところもあったけど、全体的に良い奴だったよって。まるで当然のように過去になっていること。楽しそうに語っていること。

きっとそれが正解なんだ。楽しく語って、雪ちゃんのことを笑ってあげるのが、きっと正解なんだ。だけど私は、私はまだ大人になれない。四月が誕生日で、もうすでに十九歳。でも私だけが大人になれない。

私はまだそんなに楽しそうに、雪ちゃんのことを語れない。だから私は自分の心に正直に、自分自身に正直に、落ち込んだ顔で言った。

「そんなことがあったんだ。全然、知らなかった」

「まあね。雪にまた会えたら、私今超ラブラブだからって言ってやるんだ」

「会える?」

私は本当に思いがけず、小夜ちゃんに冷たく言ってしまった。花火が打ち上がるから、周りもどんどん騒がしくなってきたというのに。周りは楽しさで満ち溢れているというのに。ああ、本当に私は浮いている。

するとと小夜ちゃんは当然のように、「会える」と言った。本当にそうなら良いのに。

雪ちゃんは、今行方不明。自分の家を燃やして、どこかに消えていった。

「雪ちゃんに、私だって、会いたい。会いたいよ。でももう死んでるかも……」

「死んでない」

ひ弱なことを言う私に、小夜ちゃんは強く宣言した。

柄にもなく、これは本当に柄にもなく、小夜ちゃんは笑っていなかった。怒っているのではなく、まるで何かの問題を、1＋1、のような分かりやすい問題の答えを言うように、自信に満ちた表情で言った。

「死んでるわけないから」

「なんで、なんで」

「死んでないから。生きてるから。絶対に生きてる。雪が死ぬわけない。死ぬわけないの」

そう言って小夜ちゃんは私のことを抱き寄せる。イケメンすぎない？　と思ったが、私はいつの間にか泣いていて、それを周りに見せないように隠してくれたのだった。

「分からない、分からないじゃん。そんなの、もうこの世にいないかもしんないじゃん」

「いるよ。分かるよ。絶対にいる。だって、言ってたでしょう。雪が御幸に自分で言ってたんでしょう。必ず戻ってくるからって」

ああ、そうだ。小夜ちゃんにだけ言っていた、卒業式の日、雪ちゃんに言われたこと。

必ず、戻ってくるから。必ず、必ず戻ってくるから。頭の中でその言葉が巡っていく。巡り巡ってまるで金魚のように泳いでいる。

戻ってくるかな。戻ってきてほしいな。戻ってくるって言ったもんね。指切りはしてないけれど、宣言はしてくれたんだもの。ね。ね、そうだよね。ねえ。

雪ちゃん。

雪ちゃんも、変わっちゃって、ずるいよ。

私だけ変われてないの。何も、どこにも行けないの。ねえ、雪ちゃん。

「ほら、御幸。花火」

小夜ちゃんが、まるで赤ちゃんをあやすかのように、私の肩をポンポンと叩く。

それに促されて私は顔を上げた。涙でぼやけてそれが水晶のように光って、眩しくて私は瞬きをする。

何度か瞬きをして、涙が小夜ちゃんの肩に落ちて、ようやく見えた。

花火だ。

ああ、懐かしい。懐かしいな。

雪ちゃんのこと、私抱き締めたっけ。お義母さんに会いたいって子どもみたいに泣いてる雪ちゃんのこと抱き締めたんだよね。可愛かったな。子どもみたいだったな。面白かったな。また会いたいな、雪ちゃんに会いたいな。

「雪ちゃんにね、好きって言われたの」

「え?」

「卒業式のね、あの日ね、私、ばったり会って……、そのとき二人きりだったから、周りに誰もいなかったから言われたの。好きって。女の子として好きって」

「女の子としてって……」

「そうなの。そう、なの。私が、止められたのかもしれない。私が、私だけが雪ちゃんを止められたのかもしれない。私も好きって言えれば、好きって言っていれば、雪ちゃんとまた、ここで花火を見れたかもしれない」

ずっと、これからもずっと、雪ちゃんと、小夜ちゃんと、三人で楽しく過ごせたかもしれない。将来のこととか、大学のこととか、楽しく笑い合えたのかもしれない。

ああ、そうだったんだよね。私ずっと悲しかった。寂しかった。

雪ちゃんのことを、思い出さなかった日はない。雪ちゃんのことを、考えなかった日はない。雪ちゃんのことを、後悔しなかった日はない。私はずっと自分を責めている。責めて、責めて、責め続けている。

だからずっと言えなかった。家族にも、同級生にも、誰にも雪ちゃんのことを。言ったら、過去になっちゃうから。言ったら、成長しちゃうから。私はあの日彼女に告白されたことを初めて言った。

ずっと辛かった。ずっと寂しかった。

「私はずっと後悔してるの。何もかも、何もかも私のせいで……」

「そんなわけないでしょう。御幸、そんなわけないよ。雪のことは、御幸のせいじゃない」

小夜ちゃんはすぐに私にそう言った。今度はちゃんと笑っていた。

「御幸は、雪のこと、女の子として好きだったの？」

「ううん。でも友達として、大好きだったよ。友達として、大好きって、ちゃんと言った」

「だったら、それでいいでしょう。もしそこで雪を引き止めるために、御幸が女の子として雪のことを好きだって言ってたら、私はそれこそ御幸を軽蔑する。好きっていう感情は、コントロールなんてできないけれど、嘘をついてはいけないでしょう」

嘘をついてはいけない。

「好きなものには、正直な気持ちで向き合うのが正しいって私は思う。御幸の言葉は、正しい。御幸のしたことは、全部正しかった。友達としてだとしても、好きってちゃんと言えた御幸は、正しい。好きっていう気持ちに、正直だった御幸は、正しいよ」

正しい、と。

小夜ちゃんはただひたすらにそう言った。

私はそれで十分だった。それは小夜ちゃんの言葉であって、雪ちゃんの言葉でも、神様の言葉でもないけれど、私にはそれで十分だった。

それで十分で、そう言われたかった。

私は小夜ちゃんの肩にもたれかかりながら、ヒッグヒッグと泣いた。よしよしと、肩を、背中を小夜ちゃんに擦られながら二人で花火を見る。これこそまるで、カップルのようじゃないか。

「ふふ」

私が泣いていながらも、突然笑い出すものだから、小夜ちゃんが「どうしたの？」と訊いてきた。

「もし雪ちゃんがここにいたら、嫉妬しそうだなって」

「はは、確かに確かに。存分にさせてやろう」

ははは、と、ようやく私たちは笑う。

雪ちゃんが、ここにいたら。

まだ私にはちゃんと過去にできない。昔話にはできない。

それでも、大きな一歩だった。

きっと、会える。きっといつかまた、ここで三人で花火を見れる。

花火が打ち上がるたび、まるで何かに押し潰されそうな感覚になる。それほど迫力があった。

「爆弾」

私が言うと、小夜ちゃんが「ああ、なんだっけ？」と笑った。

「ええーっと……、『親愛なるあなたへ』」

「そうそう。えっと、『私はいつか私になって、さよならが全て愛おしいことを必ず証明してみます』」

思い出した小夜ちゃんは、懐《なつ》かしむように口ずさんだ。

親愛なるあなたの爆弾になれるでしょうか
あなたの全てをぶち壊すような
そんな詩を書きたいのです
あなたの全てを見下ろせる様な
そんな夏になりたい

「爆弾になったの？」

突拍子もないことを、私は小夜ちゃんに訊く。

「それも良いね。夏になれば、必ずここで会えるもの」

ふははは、とまるで男の子みたいに笑う小夜ちゃんに、私も思わず笑ってしまった。

本当にそう、そうだよね。

花火は、より一層激しさを増す。

涙はゆっくりと乾き、私たちは明るさに包まれていた。

本書は書き下ろしです。

この物語はフィクションであり、実在する個人、組織、事件等とは一切関係ありません。

親《しん》愛《あい》なるあなたへ

２０２１年11月20日　初版印刷
２０２１年11月30日　初版発行

著者　カンザキイオリ
発行者　小野寺優
発行所　株式会社河出書房新社
〒１５１-００５１　東京都渋谷区千駄ヶ谷２-32-２
電話０３-３４０４-１２０１(営業)　０３-３４０４-８６１１(編集)
https://www.kawade.co.jp/

デザイン　野条友史(BALCOLONY.)
組版　KAWADE DTP WORKS
印刷・製本　図書印刷株式会社

ISBN978-4-309-03002-9　Printed in Japan

［著者略歴］

カンザキイオリ
https://kamitsubaki.jp/artist/kanzakiiori/

２０１４年、ボカロPとしてアーティスト活動を開始。数々の人気曲を発表し、「命に嫌われている。」で初の殿堂入りを果たす。２０１９年には１stアルバム「白紙」を発表。大人気バーチャルシンガー花譜の全楽曲の提供や映画、ゲームの主題歌など活躍の場を広げる。２０２０年、大ヒット曲「あの夏が飽和する。」を元にした同名小説で作家デビュー。２０２１年夏からセルフボーカル活動も本格化する今最も注目のアーティスト。

イラスト：orie

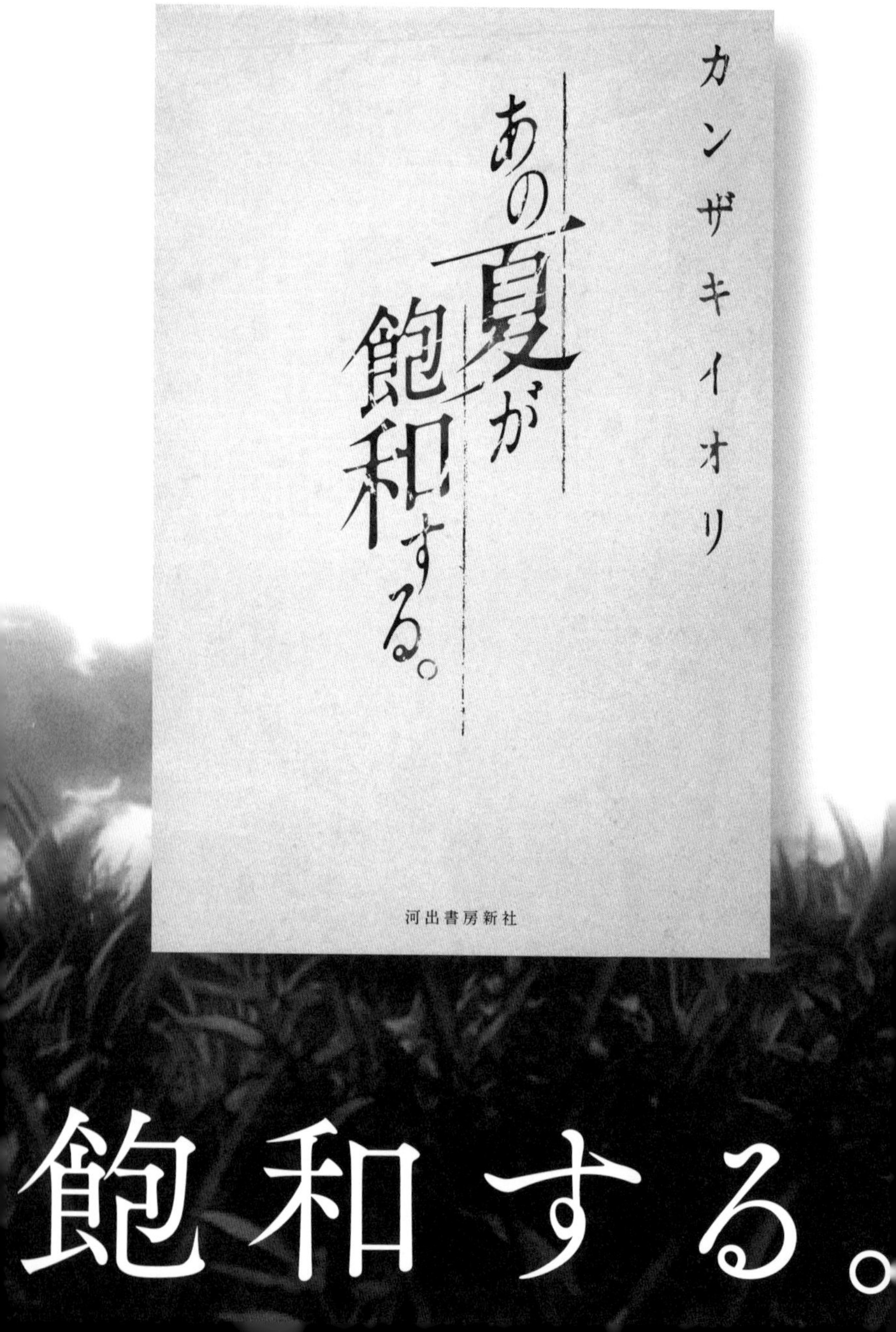

それでも形にはならな

うほどの衝う花火

偶像

えなどしないんだ

られない　それは僕だ

のは

それしか出来な